Andreas Schäfer
Mainhatten Star

Andreas Schäfer

Mainhatten Star

Ein Frankfurt-Krimi

SOCIETÄTS
VERLAG

Satz: Julia Desch, Societäts-Verlag
Umschlaggestaltung: Julia Desch, Societäts-Verlag
Druck und Verarbeitung: CPI – Ebner & Spiegel, Ulm
Printed in Germany 2015

ISBN 978-3-95542-143-4

Für meine drei
persönlichen Superstars

„When you have money to live on,
and a nice house,
and good weather most of the time,
and still your life goes wrong
– well, who can you blame?"

Ross Macdonald, „Black Money"

Prolog

Das Appartementhaus lag in der Allerheiligenstraße, an der Kreuzung zur Breiten Gasse. Die triste Fassade und die blinden Fensterscheiben der oberen Etagen reihten sich nahtlos in die trostlose Umgebung eines längst verblassten Rotlichtviertels ein. Hier hatte sich in den letzten Jahrzehnten ein Latinomilieu etabliert, in das wir, wie auch am Hauptbahnhof, immer mal wieder eintauchen mussten, um einen Fall zu klären. So wie heute, an diesem schwülen Nachmittag. Die dunklen, schweren Regenwolken hingen über den Bankentürmen der Mainmetropole, die feucht-heiße, tropenartige Luft sprang uns förmlich an, als wir aus unserem klimatisierten BMW stiegen. Rainer hatte unseren zivilen Dienstwagen auf dem Seitenstreifen geparkt, direkt vor einer kleinen, unscheinbaren Kneipe dem trostlosen Appartementhaus gegenüber. Auf der anderen Seite blinkten die blassen, roten Leuchtreklamen eines Sexshops und der Bordelle in der Breiten Gasse, dieser letzten sündigen kleinen Meile der Frankfurter Altstadt.

„Dann wollen wir mal", meinte mein Teampartner, und ich nickte, während mir der Schweiß aus den Poren schoss. Wir überquerten die Straße und gingen an dem ehemaligen Bistro im Erdgeschoß des Hauses vorbei, das ich noch als Verkehrslokal für kolumbianische Drogenkuriere und Wohnungseinbrecher in Erinnerung hatte. Direkt daneben führte eine Eingangstür in das Anwesen, in dem die Kolumbianer auch schon damals oft Unterschlupf fanden. Der Hausmeister hielt uns die Tür auf: „Guten Abend, die Herrn, die Kollegen von der Streife warten oben, zweiter Stock, gleich das erste Appartement ..." Ich nickte knapp und ging grußlos an dem schmierigen Typen vorbei, den ich noch als Hehler kannte, der den Einbrechern Goldschmuck anstatt barer Miete abgenommen hatte. Rainer folgte mir und wir nahmen die verschmutzten Treppenstufen in den zweiten Stock. Auf dem Flur stand Manni, ein Kollege vom ersten Revier, vor der Tür eines der vielen kleinen Appartements. Er war einer der langgedienten Veteranen auf dem Altstadtrevier, ein Schutzmann mit Leib und Seele, mir noch aus gemeinsamen Zeiten bekannt. Damals, als ich in den 80ern noch Funkstreife beim benachbarten vierten Revier fuhr. Er zog die Lederhandschuhe aus. Sein breites Grinsen und der kräftige Händedruck waren das erste Erfreuliche an diesem Einsatz. „Guude Thommy, hallo Rainer", begrüßte er uns. „Servus Manni", erwiderte ich und erinnerte mich an unsere gemeinsamen Schlägereien mit den Altluden des Rotlichtmilieus. Damals, als die Zuhälter noch lange, blonde Haare hatten und Porsche fuhren. Früher konnten die meisten Probleme noch ohne viel Schreiberei mit gesundem Menschenverstand und klaren Ansprachen geregelt werden.

„Heute wieder ein Wetterchen, fast wie in Spanien, oder?", meinte Manni.

„Ja, nur ist das kalte Bier hier besser", gab ich zurück, „Also, die Meldung hieß Suizid, ein Latino?"

„So wie's auf den ersten Blick aussieht. Er liegt mit geöffneten Pulsadern in der Badewanne. Neben dran das blutige Küchenmesser. Das Wasser ist übergelaufen und ein Stockwerk weiter unten rot verfärbt aus der Decke gekommen. Die Nachbarin drunter hat dann angerufen. Da drin ...", er deutete mit dem Daumen über seine Schulter in den Flur der Wohnung, „... auf dem Wohnzimmertisch ist ein leeres Glas, eine leere Bierflasche, ein geleertes Blister starker Schlaftabletten. Kein Abschiedsbrief. Die Wohnungstür war geschlossen, aber nicht verschlossen. Der Schlüssel steckte von innen, wir haben sie eingetreten, falls noch was zu retten gewesen wäre", fasste Manni kurz und knapp zusammen.

„Ein Latino, ist das bestätigt?", hakte ich nach, auch um seine ersten Eindrücke abzurufen.

„Ein richtiger Spanier", klärte er uns auf, „keine der üblichen Gestalten, die hier sonst gehaust haben."

Ich nickte, während er fortfuhr: „Er war wohl mal ein richtig guter Tennisspieler, an den Wänden findet ihr Fotos und so. Dann ist er hier irgendwie hängen geblieben. Wahrscheinlich wegen einer Chica, wie die unter ihm, bei der sein Badewasser durch die Decke gekommen ist. Die Details hat Carlos notiert, er schreibt den Bericht an euch." Wieder zeigte er mit seinem Daumen in Richtung Flur, in dem wahrscheinlich sein Teampartner wartete.

„Okay, danke Manni", raunte ich und wir betraten die Wohnung. Links hing ein Baumarktspiegel neben einer leeren Garderobe, gegenüber ging eine helle Tür ab, auf der ein Aufkleber „Baño" prangte. Zwischen der Unterkante der Tür und den Teppichfliesen des Flurs war hellrot gefärbtes Wasser auf hellem Linoleum erkennbar. Auf dem Flur stand das Wasser lediglich an einigen Stellen, da es durch die dunklen quadratischen Teppichfliesen offenbar teilweise aufgesaugt worden war. In der Wohnzimmertür stand Mannis Partner.

Er war etwa Mitte zwanzig und Polizeikommissar, wie der einzelne silberne Stern auf der dunkelblauen Schulterklappe über seinem hellblauen Diensthemd verriet. Er zog ebenfalls den Handschuh aus, wir gaben uns die Hände und ich stellte uns vor.

„Carlos Hernandez", gab er zurück, sah mich aufmerksam an, nahm dann seine Kladde hoch, sah aber nur ab und zu während seines Vortrages darauf: „Laut Unterlagen heißt er Jaime Cortez, Alter achtundzwanzig, wohnt offenbar seit zwei Jahren alleine hier. Die Nachbarin direkt unter ihm hat angerufen, das Wasser ist bei ihr im Bad durch die Decke gekommen."

„Danke. Die Personalien der Nachbarin habt ihr?"

„Ja klar", nickte er, „ich habe alles notiert, der Bericht zum ersten Angriff kommt heute noch als Sofortsache. Übrigens ..."

„Ja?"

„... Wir haben nur den Wasserhahn der Badewanne spurenschonend angefasst, um das Wasser abzudrehen."

Ich nickte, drehte mich um und sah Rainer, der mittlerweile Latexhandschuhe trug und das Schloss der Wohnungstür inspizierte.

„Und, wie sieht's so aus?", fragte ich den jungen Polizeikommissar, um auch seinen Eindruck mitzunehmen, während ich meine Handschuhe aus der Tasche kramte.

Er sah mich ernst an, verzog für einen Sekundenbruchteil spöttisch die Lippen, während er die Kladde herunternahm und strich sich dann über seinen Dreitagebart. „Nach den Fotos im Wohnzimmer zu urteilen, hat er mal richtig gut Tennis gespielt. Dann ist er offenbar an die Falschen geraten und hier gestrandet."

„Welche Falschen?", hakte ich nach.

Sein Blick fiel kurz zurück ins Wohnzimmer. „Die Partybilder hier, da sind eine Latinohure und offenbar ihre Zuhälter mit drauf, sehen Sie sich die mal an", meinte er vorsichtig.

„Jemand Bekanntes dabei?"

Jetzt sah er mir in die Augen, leicht misstrauisch, als wollte ich ihm etwas unterstellen.

„Ich bin erst seit einem Jahr hier, aber ich steige auch mal mit Manni aus dem Auto aus, um welche zu kontrollieren, und zwar die richtigen, wie diese Typen. Ich schreibe Ihnen die Personalien der Latinos von den Fotos in meinen Bericht auf. Schon mal vorab: kleine Zuhälter, Koksdealer und Angeber. Im Wohnzimmer liegen die üblichen Kokser-Utensilien. Im Badezimmer befinden sich Tranquilizer, um wieder herunterzukommen", er zeigte auf die Badezimmertür: „Und im Bad liegt neben der Wanne das Küchenmesser, das aus dem Messerblock in der Wohnküche fehlt."

Er sah mich nun offen und wieder erheblich freundlicher an. „So wie es aussieht, hat er einen Absturz nicht verkraftet, sich im Koks verloren und dann den Rest gegeben."

Ich nickte und kramte meine Visitenkarte aus meiner Brusttasche: „Danke für die Einschätzung. Wenn dir später noch etwas einfällt, dann ruf mich an. Für uns ist es immer wichtig zu wissen, was hier in der Altstadt los ist."

Er nahm die Karte, studierte sie aufmerksam und steckte sie dann in seine Brusttasche. Dann gab er mir noch einmal die Hand. Der Händedruck war nun etwas fester: „Gerne, ich melde mich, wenn mir noch etwas einfällt." Dann ging er an Rainer vorbei, der ihm die Tür aufhielt. Ich drehte mich zur Badezimmertür, mein Blick fiel auf den Aufkleber „Baño" und erst dann sah ich daneben den winzigen Aufkleber, direkt neben dem Badezimmertürschild. Er zeigte einen Mexikaner, der sitzend die Beine von sich streckte, einen Sombrero trug und einen Revolver hielt. Ich zog mir meine Latexhandschuhe an und drückte die Badezimmertür auf.

Er lag in der Wanne und trug ein ehemals graues T-Shirt und schwarze Bermuda-Shorts. Sein Kopf war auf die rechte Schulter gefallen, die Augen blickten leblos, die kurz geschnittenen, schwarzen Haare klebten nass an seinem Kopf, als ob er sich noch einmal geduscht hätte. Das Küchenmesser lag auf der Matte direkt neben der Wanne. Ich trat einen Schritt vor, ging in die Knie und sah in das blutgetränkte Wasser. Dann griff ich seinen linken Arm und zog ihn raus. Das durchtränkte T-Shirt rutschte ein wenig zurück und offenbarte ein kleines Tattoo auf dem Oberarm. Das Motiv zeigte den gleichen Mexikaner wie auf dem Aufkleber der Badezimmertür. Ich hob den leblosen Arm noch ein Stück hoch und sah mir die glatte Schnittwunde an den Pulsadern des Handgelenkes an. Ich visualisierte im Geiste, wie er sich mit der rechten Hand die Pulsadern am linken Handgelenk aufschnitt, das Messer aus der Wanne fallen ließ und dann endgültig das Bewusstsein verlor. Augenscheinlich lagegerechtes Spurenbild, dachte ich. Dann erhob ich mich und ging zunächst in den Flur und dann in das Wohnzimmer hinüber. An der linken Wand stand ein Wohnzimmerschrank, Ikea-Klasse, rechts in der Ecke ein Flachbildfernseher, rechts daneben eine Schlafcouch, darüber die Fotos, die der Kollege angesprochen hatte.

Davor stand der flache Wohnzimmertisch mit einer geöffneten Flasche Bier, einem Bierglas mit Schaumresten am inneren Rand, mehreren Tablettenblistern und einer dazugehörigen Schachtel eines starken Schlafmittels darauf. Daneben ein Schminkspiegel und kristalline Reste weißen Pulvers auf der Oberfläche. Auf dem Spiegel lag ein mit Aztekenmotiven verziertes Metallröhrchen. Weiterhin ein geöffnetes Papierbriefchen, ohne Aufschrift. Die übliche Verpackung für die Dosis Koks im Straßenverkauf. Ich ging hinüber zur eingeklappten Couch und sah mir die in einer Bildercollage gerahmten Fotos an der Wand an. Jaime Cortez im Tennisdress an einem Netz, im Hintergrund ein größeres Gebäude, eventuell der Nike Shop am Tennisplatz neben der Commerzbank-Arena. Daneben er auf dem gleichen Tennisplatz, mit einem Pokal in den Händen. Vor einem roten Porsche am Mainufer, im Hintergrund die Skyline. In einer Kneipe mit zwei breitschultrigen Latinos an seiner Seite, die jeweils einen Arm um ihn gelegt haben, auf seinem Schoß eine bildhübsche, rassige Südamerikanerin. Die Kneipe kam mir irgendwie bekannt vor. An der Wand hinter der Gruppe hing ein Flachbildschirm, daneben zahlreiche blau-rote Fußballwimpel. Dann wieder zusammen mit einer anderen Latina und den beiden Typen aus der Kneipe vor dem Porsche, im Hintergrund die Alte Oper. Ich drehte mich um und ging zum Wohnzimmerschrank hinüber, machte die Türen auf und sah mir die Klamotten an. Neben sauber gebügelten T-Shirts lagen modische Boxer-Shorts, an der Stange hingen ein Boss-Anzug und mehrere Jeanshosen sowie ein weißes T-Shirt auf einem Plastikbügel. Ich schob die Hosen beiseite und mein Blick fiel auf das weiße T-Shirt. Ich wurde neugierig, nahm es mit dem Bügel aus dem Schrank und betrachtete es genauer. Es roch nicht frisch, sondern getragen, in Höhe der Achsel war ein roter Abdruck zu erkennen. Ich sah ihn mir näher an und konnte die Form erahnen. Lippenstift. Roter Lippenstift. Wahrscheinlich eine romantische Erinnerung an einen schönen Abend.

„Thommy!", riss mich mein Teampartner aus den Gedanken.

„Ja?" Ich hängte das T-Shirt zurück. Dann drehte ich mich um und sah ihn hinter mir in der Wohnzimmertür stehen.

„Was meinst du?"

Ich zuckte die Schultern: „Kein Hinweis auf Fremdverschulden. Ich schlage vor, wir lassen die Feuerwehr das Wasser absaugen, den Doc mal ran und versiegeln die Wohnung..."

Mein Teampartner nickte mir zu: „Sehe ich genauso."

Das war wieder einmal einer dieser Fälle, eines der vielen Schicksale, die man schnell verdrängen wollte.

1

Der Park lag im Stadtteil Heddernheim an der Nidda, nur durch einen Weg und von einer Böschung vom Flussufer getrennt. Wir stellten unseren BMW auf dem unbefestigten Parkplatz einer Gaststätte neben dem Minigolfplatz ab. Dann gingen wir die wenigen Meter zu Fuß bis zur ersten Absperrung, die sich von einem Kinderspielplatz zur linken bis zu einem Zaunpfosten des Minigolfplatzes auf der rechten Seite am Ende des Parkplatzes erstreckte. Ein paar Schaulustige drängten sich an der Absperrung. Der Kollege vom 14. Revier grüßte kurz und hob das weiß-rote Flatterband mit der Aufschrift „Polizeiabsperrung" an. Wir bückten uns, tauchten unter dem Plastikband hindurch und trugen uns dann mit Namen und Uhrzeit auf der Kladde ein, die er uns mit der anderen Hand hinhielt. Das Tatortprotokoll war ein wesentlicher Bestandteil, um nachzuvollziehen, wer wann den Tatort betreten hatte. Nachdem wir uns wortlos eingetragen hatten, gingen wir weiter Richtung Uferweg. Es war ein wolkenloser, sonniger Spätsommertag und ich rief mir kurz in Erinnerung, was uns an diesen Tatort geführt hatte. Ein Spaziergänger hatte eine leblose, stark blutende Person auf dem Uferweg gefunden und die Rettungswache alarmiert, doch die konnte dem Mann auch nicht mehr helfen. Der Rettungswagen stand noch auf dem Uferweg, direkt neben dem Toten. Hinter dem Rettungswagen stand außerdem ein Notarztfahrzeug, der Arzt stellte auch in solchen Fällen formell den Tod einer Person fest. Der Dienstgruppenleiter des 14. Reviers begrüßte uns mit Handschlag. „Der Doc hat den Tod festgestellt, die Personalien stehen noch nicht fest. Aber er hatte ein Handy mit. Damit hat er über Kopfhörer Musik gehört. Wir haben alles so liegen lassen, wie es war. Die Sanis haben auch kaum etwas verändert. War eigentlich klar, dass da nix mehr zu machen ist."

„Okay, danke", brummte ich, nahm ein Paar Latexhandschuhe aus meinem leichten Blouson und zog sie über.

„Personalien der Sanis haben wir aufgenommen, der Zeuge, der ihn gefunden hat, wartet da bei meinem Kollegen."

Ich nickte und wir gingen weiter, um uns einen ersten Eindruck vom Tatort zu verschaffen.

Der Tote lag auf der linken Körperseite auf dem Fahrradweg in einer Blutlache von mindestens drei Quadratmetern Ausdehnung, wenige Meter oberhalb des Nidda-Ufers. Sein schwarzes T-Shirt und die Shorts waren voll Blut. Seine zusammengekrümmte, fötale Position und die vor der Brust gekreuzten Arme ließen darauf schließen, dass er noch versucht hatte, das aus seinem Leib entweichende Leben zurückzuhalten. Er hatte schulterlange, schwarze Haare, die durch ein Haargummi im Pferdeschwanz sowie an der Stirn durch ein ebenso schwarzes Frottee-Stirnband im Zaum gehalten wurden. Seine Augen blickten trübe und leer ins Nichts, als ob er friedlich eingeschlafen wäre. Über der schwarzen Boxer-Shorts trug er eine dunkelblaue Bauchtasche, aus der zwei Kabel und daran hängende Ohrstöpsel hingen. An den braungebrannten Armen und den muskulösen Beinen waren auf den ersten Blick keine Wunden oder Verletzungen zu erkennen. Ich sah zu Rainer, der hinter mir stand und sich in Richtung Parkplatz umgedreht hatte.

„Eddi rollt mit seinem Team an. Sarah ist auch unterwegs. Lass uns den Fototermin abwarten, dann geht's weiter."

„Ja, klar", meinte ich nachdenklich. In erster Linie war wichtig, die Ursprungssituation festzuhalten, die Sanis und den Zeugen zu befragen, was sie bei Auffinden der Leiche verändert hatten, um dann die ursprüngliche Situation zu rekonstruieren. Nur dann konnten wir in Verbindung mit dem Obduktionsergebnis belastbare Hypothesen zu einem Tatablauf aufstellen. Einen Unfall schloss ich schon in diesem Stadium aus. Solch ein Blutverlust entstand nicht durch einen Sturz. Hier hatte jemand nachgeholfen, das war sonnenklar.

Eddi Steinmann und sein Team hatten die ersten Übersichtsaufnahmen gemacht. Sarah Born, die Gerichtsmedizinerin, trat jetzt an den Toten heran und ging in die Hocke, ohne den Leichnam zu berühren. Matze, einer von Eddis Jungs, hielt die Digitalkamera bereit. Sie zog die Latexhandschuhe enger über ihre Handgelenke, schaltete ein kleines digitales Aufnahmegerät an, das sie an einem Schlüsselband um den Hals hängen hatte, und beugte sich über den Toten. Dann zog sie den Reißverschluss der Bauchtasche auf und nahm das Handy mit daran hängenden Kabeln und Ohrstöpseln heraus. Es war ein einfaches Smartphone älteren Typs.

„Hat noch Saft", raunte sie unkompliziert und reichte es mir. Das liebte ich an ihr. Als Medizinerin und Pathologin war sie hochqualifiziert und dennoch pragmatisch.

Kein Code, um das Display zu entsperren. Ich tippte mit meinen Latexfingern eine Tastenkombination ein, um zuerst die Rufnummer des Gerätes und dann die zuletzt gewählte Nummer vorzulesen. Rainer notierte beide Ziffernfolgen. Die zuletzt gewählte Nummer war ein Frankfurter Festanschluss, Anrufzeit war am Vorabend, 19:56 Uhr.

„Lass doch mal feststellen, wer das war", brummte ich.

Rainer zog sein Handy aus der Tasche und rief beim Hessischen Landeskriminalamt an, um Anschlussinhaber des Handys und letzten Kontakt festzustellen.

Ich drehte mich zu einem weiteren Kollegen aus Eddis Team um, der mir einen Klarsichtbeutel hinhielt, um das Handy spurenschonend sicherzustellen. Währenddessen untersuchte Sarah die Bauchtasche, ob sich eventuell weitere Hinweise zur Identität des Toten finden ließen. Sie fand noch einen Schlüsselbund mit zwei Zylinderschlüsseln und einem kleinen, roten Plastikturnschuh als Anhänger, sowie ein halbvolles Päckchen Zigaretten, ansonsten war die Bauchtasche leer. Keine Geldbörse, kein Ausweis, nichts, was uns sonst noch weiterhelfen konnte. Sie reichte mir den Schlüsselanhänger, der ebenfalls in einen Plastikbeutel der Spurensicherung wanderte. Das Handy war die beste Spur, um festzustellen, wen wir hier vor uns hatten. Der äußeren Erscheinung nach handelte es sich um einen Südländer. Ich dachte kurz an eine Affekttat zwischen Bandenmitgliedern aus den migrationsgeprägten Siedlungsstrukturen Mainhattans, aber diese Jungs gingen nicht morgens zum Joggen an die Nidda. Ich verwarf den Gedanken und konzentrierte mich auf die ersten Anhaltspunkte für eine mögliche Todesursache, ohne ein Obduktionsergebnis vorwegzunehmen.

Sarah zog das blutgetränkte T-Shirt hoch, ohne die Position der Leiche zu verändern. Ich bemerkte aus dem Augenwinkel, wie der Kollege von der Spurensicherung mehrere Fotos machte. Sie beugte sich vor, weiterhin hockend und zog das T-Shirt des Toten weiter hoch.

„Scharfkantige Wunde im Bereich des linken Brustmuskels, in Höhe der Brustwarze“, sagte sie nüchtern und sah sich die beiden Arme des Toten an.

„Keine Abwehrverletzungen erkennbar. Vorbehaltlich der weiteren ersten Leichenschau könnt ihr schon mal nach einem spitzen oder scharfen Gegenstand suchen, wahrscheinlich letale Stichverletzung in der Herzgegend“, formulierte sie glasklar und ich war mir sicher, dass sie, wie so oft, richtig lag, obwohl sie ihn noch nicht auf dem Tisch hatte. Die lagegerechten Verletzungen, die Auffinde-Situation, die Blutlache – das alles passte zusammen. Vorbehaltlich einer Obduktion natürlich. Aber irgendwo mussten wir ja mal anfangen. Und ich war erleichtert, dass wir endlich loslegen konnten. Ich versuchte, einen möglichen Tathergang zu visualisieren. Das Opfer joggte auf dem Weg an der Nidda entlang, traf auf den Täter und wurde durch einen Stich in die Herzgegend getötet. Mein Blick schweifte über die Blutlache am Rand des Fahrradweges zur grasbewachsenen, flach abfallenden Böschung hinüber. Sie endete nur wenige Meter unterhalb des Fahrradweges am Ufer der erdfarbenen Nidda, die gemächlich in Richtung Höchst floss, um dort in den Main zu münden.

„Rainer?", brummte ich.

„Thommy?", brummte er zurück.

„Wir müssen das Messer finden, oder was das auch immer war. Das volle Programm. Luftbilder vom Hubschrauber. Einen Zug Einsatzkräfte und Diensthunde zur Absuche hier im Umfeld, die Taucher der Technischen Einsatzeinheit aus Mühlheim und weitere Kräfte zur Befragung der Nachbarschaft, Presse- und Internetaufruf zur Mitteilung verdächtiger Wahrnehmungen und so weiter."

„Geht klar", meinte mein Teampartner und nahm sein Handy hoch, um die Truppen anzufordern und alles Weitere zu veranlassen. Mein Blick fiel auf das friedliche Gesicht des jungen Mannes und ich fragte mich, warum er sich nicht gewehrt hatte.

Der neue Stadtteil Riedberg lag an der nördlichen Peripherie der Mainmetropole. Noch vor zehn Jahren fuhren Landwirte aus den anliegenden dörflichen Ortsteilen mit ihren Traktoren über die Äcker des Riedberges. Dann erkannten einige Stadtplaner, dass das Konzept der sozialen Durchmischung gescheitert war und sich die Stadt in ihren Grenzen auch noch attraktiver weiterentwickeln konnte. In wenigen Jahren entstand hier in der Nähe einer Außenstelle der Universität ein neuer Stadtteil, der gutsituierten Neubürgern eine neue Heimat bescherte und Frankfurt damit Millionen an Einkommenssteuer in die Kassen spülte. Rainer lenkte unseren Wagen über einen Bahnübergang und wir folgten den Gleisen der neu gebauten U-Bahn-Linie, die den Riedberg nun mit der Innenstadt verband. Ich kannte diesen neuen Stadtteil von einem Sommerfest, bei dem sich das Viertel, seine neuen Vereine und auch die Geschäfte präsentierten. Damals bummelte ich von der Plaza im Zentrum über die am Berg abfallenden Straßen und schaute mir die Appartementhäuser, Reihenhaussiedlungen und Einfamilienhäuser an.

„Warst du schon mal hier?", fragte Rainer und ich dachte wieder an unseren Fall zurück.

Die Suche nach der Tatwaffe am Nidda-Ufer war noch in vollem Gange, als Rainer die Ergebnisse der Anschlussinhaberfeststellungen vom LKA mitgeteilt bekam. Die SIM-Karte im Handy des jungen Südländers war eine mexikanische Prepaid-Karte, der zuletzt angewählte Festanschluss eine Festnetzrufnummer, die zu einer Medienagentur am Riedberg gehörte.

„Ja, vorletztes Jahr war ich hier auf dem Riedbergfest und habe mich mal nach einer Wohnung umgesehen."

„Willst du dich verändern?"

Ich hatte seit vielen Jahren eine Wohnung auf dem Sachsenhäuser Berg und fühlte mich dort wohl, auch wegen des fantastischen Ausblicks auf die Skyline.

„Nicht direkt, eventuell wollte ich in eine Eigentumswohnung investieren“, meinte ich und lenkte dann das Gespräch wieder auf unseren Fall.

„Also wir sind uns einig, dass wir eine authentische Reaktion bei den Anschlussinhabern, die er gestern angerufen hat, wollen. Deshalb haben wir uns vorher nicht angemeldet.“

„Genau“, raunte mein Partner. „Der Festanschluss lautet auf eine Agentur, laut Google werden dort VIPs aus dem Showgeschäft vermittelt, hauptsächlich deutsche Schlagersänger.“

„Wie aufregend“, brummte ich und war gespannt, was uns erwarten würde.

Rainer parkte unseren BMW in einer Parkbucht am Zentrum des Riedbergs und wir liefen die wenigen Meter über die Plaza neben der U-Bahn-Haltestelle. Im Sommer vor zwei Jahren hatte ich mich in das Eiscafé an der Plaza gesetzt und einen Cappuccino getrunken. Hier lagen noch eine Bar, eine Sparkasse sowie eine Passage, in der es neben einem Supermarkt die üblichen, überall auffindbaren Geschäfte gab. Über der Passage befanden sich auf drei bis vier Etagen Wohnungen, die privat oder, wie wohl in unserem Fall, geschäftlich genutzt wurden. Wir erreichten den Hauseingang, ich klingelte an dem Schild mit dem schwarz-weißen Logo *Frankfurt Entertainment*, dass die dunkle Silhouette der Frankfurter Skyline unter einem Dutzend kreisförmig angeordneter Sterne zeigte. Nach wenigen Sekunden meldete sich eine weibliche Stimme und wiederholte die Aufschrift auf dem Klingelschild.

„Bach, Kriminalpolizei Frankfurt, wir müssen Sie dringend sprechen.“

„Eeeemh, um was geht es denn?“, kam es zögerlich zurück.

„Das möchten wir Ihnen gerne direkt und nicht an der Haustür sagen", entgegnete ich sachlich, klappte mein Ledermäppchen mit dem Dienstausweis auf und hielt es vor ein hinter Plexiglas eingelassenes Kameraobjektiv, das sich direkt neben der Klingel befand.

„Kommen Sie bitte herauf, oberste Etage!"

Als es summte, drückten wir die Tür auf und gelangten über ein helles, nüchternes Treppenhaus zur Stahltür eines Aufzuges, der sich wie von Geisterhand öffnete.

In der obersten Etage verließen wir den Aufzug und standen nach wenigen Schritten vor einer makellos weißen Tür mit demselben Logo wie auf dem Klingelschild am Hauseingang. Neben der Klingel befand sich wieder ein hinter Plexiglas eingelassenes Kameraobjektiv. Ich klappte mein Ledermäppchen mit Dienstausweis erneut auf und hielt es davor, während Rainer klingelte.

„Kommen Sie bitte herein, durch den Flur und dann geradeaus!", ertönte die Stimme nun hell und glasklar.

Eine Sekunde später sprang die Tür automatisch mit einem leisen Summen nach innen auf. Über den hell angelegten Flur gelangten wir in ein durch hohe Panoramascheiben begrenztes Wohnzimmer. Eine junge Frau stand seitlich an einem der Fenster und sah auf die am Horizont im Sonnenlicht glitzernden Bankentürme. Hinter der Fensterfront erstreckte sich eine Dachterrasse, auf der eine Sitzgruppe und ein Kugelgrill standen. Sie drehte sich zu uns um und sah uns freundlich lächelnd an. Ich kannte sie nicht und doch kam sie mir bekannt vor. Mein Unterbewusstsein spielte mir plötzlich einen Streich und ich dachte für wenige Sekunden, ich hätte diese Situation schon einmal erlebt. Sie kam langsam auf uns zu, wie ein Star, der den Auftritt auf der Bühne genießt. Ihr kastanienbraunes Haar trug sie schulterlang, ihre dezente Sonnenbräune und ihr kurzes, rotes Kleid harmonierten perfekt. Ja, nun ahnte ich, wo ich sie schon einmal gesehen hatte: Irgendwo auf Fotos der Boulevardpresse oder im Regionalfernsehen. Und dann fiel es mir ein. Sie war die Gewinnerin einer dieser Casting-Shows, der neue Star am deutschen Schlagerhimmel. Sie kam weiter auf uns zu, während ihre schwarzen Pumps auf dem hellen Parket in perfektem Takt klickten.

„Nadine Goldberg, wie kann ich Ihnen helfen?", sagte sie freundlich, lächelte und gab uns beiden die Hand. Mein Blick fing sich für Sekunden in ihren dunkelbraunen Augen, die mich aus unerklärlichen Gründen sofort faszinierten. Dann riss ich mich zusammen:

„Thomas Bach, das ist mein Kollege Rainer Arndt, wir sind vom K 11, Mordkommission", stellte ich uns vor und hielt ihr nochmals meinen Dienstausweis hin. Sie warf nur einen kurzen Blick darauf und nickte:

„Warum sind Sie hier?"

„Wir ermitteln in einem Todesfall", formulierte ich vorsichtig und fuhr fort: „Gestern Abend wurde Ihr hiesiger Telefonanschluss gegen 20:00 Uhr von einem Mobiltelefon angerufen. Uns interessiert, wer der Anrufer war."

Sie zog für einen Augenblick ihre Stirn kraus und ich bemerkte nun ihr dezentes Make-up.

„Möchten Sie vielleicht etwas trinken?", fragte sie ablenkend und wandte sich zu einem Barwagen ab, der an einer der Glaswände neben einer ausladenden, L-förmigen Designer-Couch mit passendem Glastisch stand.

„Nein, danke. Frau Goldberg, das ist für uns wirklich sehr wichtig, waren Sie gestern Abend hier, haben Sie den Anruf entgegengenommen?"

Nadine Goldberg nahm ein Flasche amerikanischen Bourbon aus dem Sortiment des Barwagens und goss sich ein bereitstehendes Whiskey-Glas halbvoll.

„Ich war gestern Abend hier und habe auf dem Balkon gelesen", sagte sie nun mit leicht brüchiger Stimme, stellte die Flasche zurück und nahm einen hastigen Schluck. Ein elektronisches Zwitschern unterbrach die kurzfristige Stille. Sie warf den Kopf herum und sah zum Couchtisch, auf dem ein Smartphone neben einer Schachtel Zigaretten und einem Feuerzeug lag.

„Frau Goldberg, wer hat gestern angerufen?", hakte ich nach. Sie zog die Schultern hoch und hielt sich mit beiden Händen an ihrem Glas fest. Der Star drehte den Kopf zur Fensterfront und sah wie gebannt auf die Skyline am Horizont.

„Was ist mit ihm, hat er etwas angestellt?", seufzte sie und sah uns wieder an.

„Wer hat gestern angerufen?", wiederholte ich nochmals.

Sie holte tief Luft: „Juan, mein Fitnesstrainer. Er hat mich gestern Abend gegen acht angerufen. Was ist mit ihm?"

„Warum kommen Sie auf die Idee, dass er etwas angestellt haben könnte?", fragte ich zurück.

„Nun ja, er ...", zögerte sie. „Was ist mit ihm?", fragte sie nach, ohne auf meine Frage zu antworten. So kamen wir nicht weiter und ich entschloss mich, die Sache zu beschleunigen. Ich nahm mein Smartphone zur Hand und zeigte ihr ein Foto vom Gesicht des Toten: „Ist das Juan, Ihr Fitnesstrainer?", fragte ich leise.

Das Whiskey-Glas zerschellte auf dem Parkett, noch bevor Nadine Goldberg beide Hände vor ihr Gesicht schlug. Die Tränen schossen ihr in die Augen, sie wandte sich ab und für einen Augenblick schlich sich bei mir ein Anflug schlechten Gewissens ein. Sie ging ein paar Schritte zur Couch und nahm leise weinend Platz.

„Frau Goldberg, sollen wir jemanden Ihres Vertrauens verständigen?", kam ich ihr entgegen. Sie zog die Nase hoch, nahm ein Papiertaschentuch aus einer bereitstehenden Box und schüttelte den Kopf: „Das mache ich schon." Dann putzte sie sich die Nase und nahm ein neues Tuch, mit dem sie sich die Tränen trocknete.

„Was wollen Sie wissen? Setzen Sie sich doch bitte."

Ich registrierte, dass sie sich erstaunlich schnell gefangen hatte, machte mir eine mentale Notiz und wir setzten uns auf die andere Seite der Couch. Aus der Innentasche meines Sommerblousons nahm ich mein altes Notizbuch und einen Kuli. Der Geruch des Whiskeys drang in meine Nase. Sie schüttelte eine Zigarette aus dem Päckchen, nahm das Feuerzeug und zündete sie mit leicht zitternden Fingern an.

„Das mache ich nachher weg", meinte sie, als ob sie meine Gedanken lesen könnte.

„Wie heißt er mit vollem Namen und wo wohnt er?"

Sie nahm sich noch ein Papiertaschentuch, putzte sich die Nase und begann zu erzählen, während sie das Tuch in den Händen zerknüllte:

„Juan Gonzales, er kommt aus Spanien. Ich kenne ihn jetzt ein halbes Jahr", sagte sie mit bebender Stimme und fuhr fort: „Ich habe ihn über Facebook kennengelernt, er ist selbstständiger Fitnesstrainer und hat mich gecoacht. Er wohnt zurzeit in Heddernheim. Was ist ihm passiert?"

Ich sah von meinen Notizen auf und unsere Blicke trafen sich. Jetzt übernahm Rainer, so dass sie ihn ansah und ich mich auf ihre Reaktionen konzentrieren konnte.

„Er ist beim Joggen an der Nidda zu Tode gekommen. Die Untersuchungen dauern derzeit noch an", formulierte mein Teampartner vorsichtig, um mögliches Täterwissen nicht vorzeitig preiszugeben. Sie schüttelte den Kopf: „Er war doch toppfit, das verstehe ich nicht, wie konnte das passieren?" Wahrscheinlich tippte sie auf Herzinfarkt.

„Ich brauche noch etwas zu trinken. Sie auch?" Sie stand auf, umrundete die Scherben und die Whiskey-Pfütze, nahm die Zigarette in den Mund und goss sich diesmal mit bebenden Händen einen Doppelten ein.

„Wir können derzeit ein Fremdverschulden nicht ausschließen, die Obduktion steht aber noch aus", sagte Rainer.

„Frau Goldberg, wann haben Sie ihn zuletzt gesehen?", fragte ich weiter.

Sie nahm zuerst einen großen Schluck, dann einen tiefen Zug und sah mich an: „Gestern Mittag zum Training, hier bei mir. Dann hat er gestern Abend wieder wegen eines neuen Termins angerufen, wir wollten uns morgen …", sie sah wieder zur Fensterfront.

„Sie wohnen hier?", bohrte ich weiter.

„Ja, seit ein paar Wochen, seitdem …, ja seitdem ich nach dem Casting mal wieder alleine sein wollte …"

„Frau Goldberg, wir müssen wissen, wo Juan genau wohnte, das ist wichtig für uns", hakte ich nach. Sie nahm wieder einen kräftigen Schluck, und kam auf gleichem Weg zur Couch zurück. Dann setzte sie sich, schlug die Beine elegant übereinander und sah uns traurig an.

„Er hatte vorübergehend ein Zimmer in einer Pension an der Nidda, da haben wir mal Minigolf gespielt und dann im Biergarten gesessen."

Mir fiel sofort der Tatort ein. Ein Minigolfplatz neben der Gaststätte. Wir mussten wieder zurück zum Tatort und seine Wohnung lokalisieren.

„Nochmals, Frau Goldberg, warum ziehen Sie in Erwägung, dass er etwas angestellt haben könnte?"

Ihr Smartphone zwitscherte wieder und sie sah kurz in die Richtung, doch dann traten wieder Tränen in ihre Augen. Sie stellte das Glas auf den Tisch, legte die Zigarette in den Ascher, nahm ein neues Taschentuch aus der Box, trocknete die Tränen und sah mich an, während Rainer sie beobachtete. Ihre Erschütterung und die Fragen zur Todesursache wirkten echt.

Sie straffte die Schultern, nahm die Zigarette, inhalierte tief und sah mich dann traurig an: „Mir wurden immer wieder Gerüchte zugetragen, er hätte etwas mit Drogen zu tun, und das hätte mir schaden können. Aber ich habe das nicht geglaubt."

„Wie wurde Ihnen das zugetragen?", fragte ich nach.

„Es gibt da einen Typen, der mich immer wieder belästigt, er schickt mir anonyme E-Mails. Der nervt echt, er hat schon heimlich Fotos von mir gemacht und mir geschickt. Wenn der…", sie stockte, drückte die Kippe im Ascher aus und begann erneut zu weinen. Ein Stalker, schoss es mir durch den Kopf, sie hatte wahrscheinlich einen Stalker. Und einen Lover, der jetzt erstochen am Ufer der Nidda lag. Mir fiel ein Artikel ein, den ich über die Anti-Stalking-Unit des Los Angeles Police Department gelesen hatte. In Hollywood war diese Einheit nur damit beschäftigt, gegen Stalker zu ermitteln, die den Stars in der Filmmetropole nachstellten. Wenn unser Schlagerstar wirklich gestalkt wurde, dann gab das dem Fall eine völlig neue Perspektive.

„Frau Goldberg, haben Sie deswegen schon die Polizei informiert?", fragte ich direkt nach.

„Nein, ich wollte erst mal keine Polizei…"

„Das müssen wir klären", unterbrach ich sie, „wir müssen uns Ihr Smartphone und Ihren Computer ansehen. Möchten Sie jetzt jemanden ihres Vertrauens verständigen?"

Sie nickte: „Ja, aber meine Mutter ist noch in unserem Haus in Südfrankreich. Chris, mein Manager, er kann bestimmt kommen."

„Dann rufen Sie ihn bitte an, unsere Techniker werden gleich kommen und sich Ihr Handy und den Rechner ansehen", bat ich, da sie jetzt bestimmt Unterstützung brauchen konnte.

Sie nahm ihr Smartphone vom Couchtisch, sah kurz auf das Display und suchte dann in den Kontakten nach einer Rufnummer. Sie startete den Anruf und sah dann wieder aus dem Fenster. Plötzlich schien sie um Jahre gealtert, aber dennoch abgeklärt und kontrolliert. Ich hatte für wenige Sekunden wieder das Gefühl, diese Situation schon einmal erlebt zu haben. Irgendwie kam sie mir bekannt vor und ich fragte mich, ob sie nicht vielleicht auch ein Motiv hatte.

Er sah auf den Bildschirm seines Laptops, der den Hauseingang zeigte. Die beiden Typen verließen gerade das Appartementhaus. Mit einem Mausklick wechselte er die Perspektive und hatte nun eine Übersicht der Schiebetüren in der Totalen. Sie betrat in diesem Moment die Dachterrasse, das Handy am Ohr und in der anderen Hand ein Glas Whiskey. Ihr trauriger Gesichtsausdruck hinterließ für einen Sekundenbruchteil einen Stich in seinem Herz. Doch dann lächelte er und tippte auf die Audiotaste seines Smartphones, und während sie die erste Strophe intonierte, sang er leise mit und wusste, dass er alles unter Kontrolle hatte.

Die heruntergekommene Gaststätte lag in Tatortnähe neben dem Minigolfplatz. Die verlebte Wirtin saß auf einem Barhocker hinter der Theke. Ihr Alter war schwer zu schätzen, wahrscheinlich irgendwo zwischen sechzig und achtzig. Die grauen Haare klebten fettig über ihrem aufgedunsenen Gesicht, ihre zusammengekniffenen Augen lugten müde über dunklen Tränensäcken hervor. Die ehemals bunte Kittelschürze war von Fett- und Soßenflecken übersät und dünstete eine aufdringliche Mischung aus Schweiß, Alkohol und Bratfett aus. Sie klammerte sich an ein geleertes Apfelweinglas, warf nur einen kurzen Blick auf das Opferfoto auf meinem Handy und zeigte sofort mit dem Daumen nach unten: „Das da draußen, das ist der Spanier, den es erwischt hat, oder? Der hatte die Drei", meinte sie ungerührt, „und der ist noch eine Woche im Rückstand, wer zahlt mir das denn?"

Ich schüttelte nur den Kopf und wir gingen zur Treppe. Im Souterrain der Kneipe herrschte ein muffiger 70er-Jahre-Flair. Der Teppichboden strotzte vor Flecken und Brandlöchern von Zigaretten, die Tapete zeigte ein uraltes Streifenmuster. Da hatte sich der Topptrainer ja eine tolle Bleibe geleistet. Wir blieben vor einer Tür stehen, auf der mit schwarzer Schrift eine ungelenke Drei gemalt war. Rainer zog ein Paar blaue Einweghandschuhe an und nahm den roten Turnschuhanhänger mit den beiden Zylinderschlüsseln aus dem Klarsichtbeutel der Spurensicherung. Dann schob er den ersten Schlüssel langsam in das einfache Schloss. Er passte. Nach einer Umdrehung ging die Tür einen Spalt auf, wir zogen unsere Dienstwaffen und Rainer stieß die Tür ganz auf.

Rocky legte die Nase unmittelbar neben einer Bahn auf dem Minigolfplatz ins Gras und nahm dann wieder kurz den Kopf hoch. Thorsten Schreiner, der junge, ehrgeizige Hundeführer, deutete das Zeichen sofort und rief „Rocky, such!". Der Diensthund hatte eine Spur aufgenommen und bewegte sich weiter schnüffelnd auf die Reihe von Gebüschen zu, die am Maschendrahtzaun standen. Hinterm Zaun befand sich der Fahrradweg. Nach wenigen Metern kroch der Rüde unter ein Gebüsch und legte sich flach auf den Boden. Der Hundeführer folgte ihm gespannt, bückte sich und lugte unter den Busch. Neben seinem Hund lag ein blutiges Messer. Thorsten kraulte Rocky hinter dem rechten Ohr, so wie er es am liebsten mochte, gab ihm ein Leckerli als Belohnung und griff dann zum Funkgerät.

Wir gingen mit den Waffen im Anschlag in das Zimmer. Der Raum war frei. Nur eine Tür ging zum Nebenraum, wahrscheinlich das Bad, ab. Mit wenigen Schritten war Rainer als nächster an dieser Tür, stieß sie auf und trat ein. „Raum frei!"

Ich zog ebenfalls neue Einweghandschuhe über und wir verschafften uns einen Überblick. Das schäbige Zimmer stand dem 70er-Jahre-Flair vom Flur in nichts nach. Eine ausgezogene Schlafcouch mit völlig zerwühltem Bettzeug, ein Tisch, eine Anrichte mit einem alten Fernseher und ein Kleiderschrank, der wahrscheinlich noch den Zweiten Weltkrieg miterlebt hatte. Die Tapeten und Gardinen hatten den gleichen Streifenlook wie der Flur, zwischendrin lagen überall verschwitzte Sportklamotten und es stank nach einer Mischung aus Schweiß und Nylon. Auf der Anrichte lag neben dem Fernseher ein weiteres Smartphone. Er hatte also zwei. Ich nahm es hoch und wischte am seitlichen Rand kurz über den Bildschirm. Wieder kein Zahlencode. Auf dem Display erschien das heutige Datum und die aktuelle Zeit mit den Wetterdaten von Bogotá, der Hauptstadt Kolumbiens. Rainer nahm währenddessen die Matratze hoch. Fehlanzeige.

„Unser Spanier interessiert sich für das Wetter in Bogotá", murmelte ich.

Der südamerikanische Staat galt als Hauptexportland für Kokain, das auf Routen über Mexiko und die Karibik in die USA oder nach Europa geschmuggelt wurde. Ich sah mich in dem Chaos um und erinnerte mich an meine kurze Zeit bei der Drogenfahndung, bevor ich zum K 11 kam.

„Ich habe da so eine Idee", meinte ich und reichte Rainer das Handy. Er nahm es, sah ebenfalls auf das Display und schüttelte den Kopf. Ich ging zur Tür, die zum Bad führte.

„Letzter Anruf gestern Abend, 19:56 Uhr, zu ihrem Festanschluss, definitiv sein Handy", meinte mein Teampartner hinter mir, während ich das schäbige Badezimmer betrat. Das Waschbecken lag direkt gegenüber mit einem zweigeteilten Spiegelschrank darüber, aus der rechten, gesprungenen Hälfte blickte mich mein Spiegelbild angestrengt an. Links gab es ein winziges Fenster, rechts die Dusche. Das Bad wirkte im Gegensatz zum anderen Zimmer aufgeräumt, auf dem Vorsprung vor dem kleinen Fenster stand eine Batterie verschiedener Duschgels und Rasierwasser, auf einem Bord in Brusthöhe war frische Unterwäsche und mehrere Sätze Sportbekleidung sauber gestapelt. Mein Blick fiel auf die Toilette neben der Dusche. Der Plastikvorhang war zurückgeschlagen, der Boden der Dusche sauber. Das passte alles irgendwie nicht so richtig zusammen. Er kommt nur zum Duschen hierher, sagte mir eine innere Stimme. Das Zimmer hier war vielleicht ein Bunker. Wir machten uns daran, die Absteige sorgfältig zu durchsuchen, Rainer im Zimmer, ich im Bad. Nach der Durchsicht der gestapelten Wäsche bückte ich mich und prüfte den Sockel zur Duschkabine, ein beliebtes Versteck für Drogen. Ich klopfte die Kacheln ab, sie klangen jedoch nicht hohl. Ich nahm den Plastikmülleimer und leerte ihn in die Duschkabine. Mehrere gebrauchte Tempo-Taschentücher und einige benutzte Kondome fielen auf den Boden der

Kabine. Dann wandte ich mich zum Spülkasten der Toilette, hob den Plastikdeckel an beiden Seiten gleichzeitig an und nahm ihn ab. An der inneren Zugangsleitung hingen zwei prall gefüllte Klarsichtbeutel im Spülkasten.

„Rainer!"

„Was gibt's?", meldete sich mein Partner sofort.

„Komm mal", meinte ich und nahm mein Smartphone heraus, um die Situation fotografisch zu sichern, bevor der Erkennungsdienst hier die Spurensicherung übernehmen würde. Ich machte eine Übersichtsaufnahme von der Toilette, von der Seite des Spülkastens und eine von oben in den Kasten. Rainer pfiff durch die Zähne: „Volltreffer. Der Klassiker", meinte er grinsend und ich hörte seine Anerkennung durch. Ich steckte mein Handy in die Tasche und nahm beide Plastikbeutel heraus. Der Wasserstand im Spülkasten nahm zur Hälfte ab und ich legte die beiden prall gefüllten Beutel auf den gekachelten Boden der Dusche.

Der eine enthielt einen mexikanischen und einen spanischen Reisepass sowie mehrere pralle Geldbündel mit Euro- und Dollar-Noten. Der andere war komplett mit kleineren Plastikbeuteln gefüllt, die weißes Pulver enthielten.

Ich öffnete den Beutel mit den Pässen möglichst spurenschonend und entnahm die beiden Dokumente. Der spanische Reisepass war auf die Personalien Juan Gonzales ausgestellt, der mexikanische lautete auf einen lateinamerikanischen Allerweltsnamen. In diesem mexikanischen Pass war ein einziger Einreisestempel des Flughafens Madrid vom Januar diesen Jahres vermerkt, die Ausstellung des vermutlich falschen spanischen Passes war zwei Wochen nach der Einreise in Madrid erfolgt. Die Passbilder in beiden Dokumenten waren identisch und zeigten das Gesicht des mittlerweile verstorbenen Fitnesstrainers. Deutsche Polizeibehörden hatten schon mehrfach südamerikanische Drogenschmuggler mit falschen Pässen festgenommen, die in einigen lateinamerikanischen Ländern durch korrupte Behördenmitarbeiter ausgestellt wurden, um eine visumfreie Einreise nach Europa zu ermöglichen.

„Unser Fitnesstrainer war vielleicht auch Dopingberater aus Kolumbien", raunte ich, während Rainer mir über die Schulter sah.

„Und hatte mit einem falschen mexikanischen Pass eine visumfreie Fahrkarte nach Europa und hier einen Daueraufenthalt mit einem ebenso falschen, spanischen Pass", ergänzte mein Teampartner.

Jetzt hatten wir nicht nur eine Spur zu einem Stalker, sondern auch in das lateinamerikanische Drogenmilieu, was den Fall unendlich verkomplizierte. Und damit standen wir wieder einmal vor einem komplexen Motivbündel, das uns die nächste Zeit auf Trab halten würde.

Er klickte auf „play" und sah sich noch einmal die letzten Sekunden von heute Nachmittag an, den Moment, als sie auf die Dachterrasse heraustrat. Sie wirkte traurig, kein Wunder, da sie ihn doch bestimmt vermisste. Mit einem weiteren Klick fror er ihr Profilbild auf dem Bildschirm seines Laptops ein, drehte sich in seinem Rollsessel um, bückte sich und nahm die Fernbedienung vom Couchtisch. Dann rief er die Aufzeichnung der Casting-Show erneut am großflächigen Flatscreen an der Wand auf. Der Trailer lief ab, die Kamera flog über ein klatschendes und tobendes Publikum, einige hielten Schilder mit aufgemalten Herzen, Sternen und *ihrem* Vornamen hoch. Dann erklangen die ersten Takte des Erfolgsschlagers, der sich in ihrer Coverversion besser anhörte als das Original. Sie kam auf die Bühne, perfekt gestylt, die dunklen Haare offen. Dazu trug sie das rote Kleid, das sie immer wieder nur für ihn anzog und begann für ihn zu singen. Er stand auf, summte den Text verzückt mit, schloss für wenige Sekunden seine Augen und drehte sich langsam gemeinsam mit ihr im Takt. In diesen Sekunden waren sie durch ein unsichtbares Band durch Raum und Zeit verbunden. Als er die Augen wieder öffnete, fiel sein Blick durch das Panoramafenster seiner Dachwohnung auf die zum Greifen nahe, hell erleuchtete Pyramidenspitze des Messeturms. Er genoss den Klang ihrer Stimme und wusste, keine Macht der Welt konnte sie mehr trennen.

Das Licht des Beamers schnitt eine helle Bahn durch den dunklen Raum und ich eröffnete unsere späte Besprechung. Stefan hatte die Präsentation wieder einmal in Rekordzeit zusammengestellt. Die erste Folie, die ich aufrief, zeigte ein Foto des Leichnams auf dem Fahrradweg.

„Heute Mittag, gegen 12:00 Uhr, wurde der Leichnam des Opfers von Spaziergängern auf einem Fahrradweg am Nidda-Ufer im Stadtteil Heddernheim aufgefunden“, begann ich und sah in die Runde der Teilnehmer, die gespannt auf die Leinwand blickten. Aus meinem Team waren Sabine, Rainer und Stefan dabei, außerdem die Gerichtsmedizinerin Dr. Sarah Born, Eddi Steinmann, unsere zuständige Staatsanwältin Frau Fischer, Jochen, ein IT-Spezialist unserer digitalen Forensik, und Martin, ein jüngerer Kollege von der Pressestelle.

„Sarah?“, gab ich das Wort an die Gerichtsmedizinerin weiter.

Sie nahm einen Schluck aus ihrer Kaffeetasse, räusperte sich und begann nüchtern mit ihrem Vortrag:

„Bei dem Opfer handelt es sich um eine männliche Person, offenbar lateinamerikanischer Herkunft…“

Ich lehnte mich auf meinem Stuhl zurück, nahm ebenfalls einen Schluck vom heißen Kaffee aus meiner Tasse mit dem Eintracht-Adler. Dann klickte ich in der Präsentation weiter und auf der Leinwand erschien ein Foto des Einstiches aus nächster Nähe.

„Morgen nehme ich die Obduktion vor", fuhr sie fort. „Meiner ersten Einschätzung nach verstarb er aufgrund einer Stichverletzung im Bereich der Herzgegend, die zu starkem Blutverlust und zeitnah zum Tod führte. Eine erste Inaugenscheinnahme des Leichnams ergab keinen Hinweis auf weitere Verletzungen, die mit dem Eintritt des Todes in Verbindung gebracht werden könnten. Wenn ich ihn morgen Nachmittag auf dem Tisch hatte, gibt es den detaillierten Obduktionsbericht. Irgendwelche bestimmten Untersuchungsanträge?"

„Bitte veranlasse eine toxikologische Untersuchung von Haaren, Blut und Urin, insbesondere zu zurückliegendem Kokainkonsum, das übliche: wie lange schon nachweisbar und so weiter und so weiter ..."

„Kein Problem."

„Und", fuhr ich fort, „kümmere dich bitte auch um eine spezifische Untersuchung seines Gebisses hinsichtlich Status, Füllungen, et cetera. Vielleicht lässt sich ja anhanddessen ein Rückschluss auf seine Herkunft ziehen." Sie nickte und ich wandte mich zu Eddi Steinmann, dem Leiter des Erkennungsdienstes. Dabei rief ich die nächste Folie auf, die ein Luftbild des Tatortes zeigte, aufgenommen durch den Polizeihubschrauber.

„Eine erste Tatortaufnahme ergab keine verwertbaren Spuren im engsten Tatortbereich. Weder in den Blutlachen noch in nächster Umgebung gab es Schuhabdrücke, die dem Täter zuzuordnen wären." Eddis rauchige Stimme klang eindringlich durch den Besprechungsraum im Polizeipräsidium und mein

Blick fiel für einen kurzen Moment durch die Fenster auf die in der Ferne gelb erleuchtete Silhouette des Commerzbank-Towers. Wieder einmal waren Überstunden nötig, aber die meisten Tötungsdelikte wurden in den ersten 48 Stunden nach der Tat geklärt.

„Die Absuche mit Diensthunden im weiteren Tatortbereich führte zur Sicherstellung eines Messers. Thommy?"

Ich rief die nächste Folie auf. Sie zeigte ein Gebüsch, unter dem ein Messer lag. Am Schaft waren Reste von Blut zu erkennen.

„Vorbehaltlich der Bestätigung durch die DNA-Untersuchung wurde das mögliche Tatmittel unter einem Gebüsch etwa zwölf Meter vom Tatort entfernt abgelegt", ergänzte Eddi. „Nächste Folie bitte!"

Auf dem nächsten Bild sah man die Nahaufnahme desselben Messers, das auf einer weißen Folie lag, daneben ein Zollstock mit Zentimeterangaben.

„Das Steak-Messer hat eine Klingenlänge von 13 Zentimetern, qualitativ hochwertige Marke, die man in Tausenden von Haushalten findet. Bitte noch mal das Luftbild", raunte er und ich klickte zwei Folien zurück.

Wir konzentrierten uns wieder auf das Luftbild des Tatortes, die Auflösung der Kamera unseres Eurocopters war herausragend. Der Flusslauf der Nidda durchschnitt das Foto in der rechten Bildhälfte von oben nach unten, links davon war das Gras der Böschung zu sehen, noch weiter links lag der Fahrradweg, auf dem man noch die dunkle Blutlache erkennen konnte. Eddi ließ sein Laserpointer aufblinken und markierte kurz den Blutfleck.

„Hier ist der engere Tatortbereich ..." Er ließ den roten Punkt flussabwärts wandern. Nach wenigen Metern erstreckte sich links unten vom Fahrradweg der Winkel einer Hecke, in deren Innerem sich der Minigolfplatz befand. Der rote Punkt verharrte an der Hecke neben dem Fahrradweg.

„Und hier hat Rocky das Messer aufgespürt“, ließ Eddi den objektiven Befund im Raum stehen, um dann doch noch etwas zu ergänzen: „Zwischen Hecke und Fahrradweg steht ein engmaschiger Drahtzaun, das Messer passt durch die Maschen. Thommy, bitte drei Folien weiter!“ Ich übersprang die beiden bekannten Messerfotos. Die nächste Folie zeigte erneut die blaue Hand mit Messer, nun in Höhe einer Masche des Zaunes. Es passte samt Griff hindurch.

„Das nur zur Ergänzung für eventuelle Fragen“, beendete Eddi seinen Vortrag.

„Danke Eddi.“ Ich nippte kurz an meinem Kaffee, blickte in die Runde und entschied mich, schon mal die ersten Eindrücke abzurufen.

„Okay, bitte erste Gedanken zu einem möglichen Tatablauf.“

Nach kurzem Schweigen meldete sich Sabine: „Es sieht ja so aus, als hätte der Täter das Messer durch den Maschendrahtzaun in der Hecke entsorgt. Warum so umständlich? Einmal ausgeholt und die Klinge landet auf Nimmerwiedersehen in der Nidda. Warum erst zehn Meter mit der Tatwaffe laufen und sie dann auch noch durch einen Maschendrahtzaun stecken?“

Sabine kam, wie so oft, direkt auf den Punkt. Ein halbwegs rationaler Täter hätte die Tatwaffe in die Nidda geworfen. Ein Blick in die Runde zeigte allgemeine Zustimmung zu ihren Überlegungen.

Ich erinnerte mich an ein Tötungsdelikt im Obdachlosenmilieu am Mainufer, vor vielen Jahren. Die Tatwaffe, ein faustgroßer Stein, lag unweit vom Opfer und die Tat konnte nur durch Sicherung der Täter-DNA am Stein geklärt werden. Wäre der Stein im Main entsorgt worden, hätten wir den Fall wahrscheinlich nie aufgeklärt.

Mir fiel außerdem wieder der Artikel über die Anti-Stalking-Einheit in Los Angeles ein. Diese Stalker in Hollywood waren völlig durchgeknallt und agierten irrational, total besessen von ihrem Star. Mit was für einem Durchgedrehten hatten wir es jetzt hier zu tun?

2

Der Spätsommermorgen zeigte sich von seiner schönsten Seite. Nur wenige weiße Wolken unterbrachen ab und zu den ansonsten tiefblauen Himmel. Rainer lenkte unseren BMW über die Bundesautobahn 5 Richtung Flughafen. Ich saß neben ihm, die aktuelle Ausgabe des Kuriers in meinen Händen. Als wir den Main auf der Europabrücke überquerten, gönnte ich mir einen Seitenblick nach links, zu den glitzernden Fassaden der Bürostadt Niederrad, die sich zum Greifen nahe auf der südlichen Mainseite erstreckte. Dann blätterte ich weiter zum Sportteil und versuchte, mich nicht über die Titelseite zu ärgern. Das Boulevardblatt war neben dem seriösen Frankfurter Express eine der größten Zeitungen Frankfurts.

„Und, was schreiben die so?“, fragte mein Partner.

Ich schüttelte den Kopf: „Titelseite, Überschrift: Schlagerstar im Fadenkreuz. Dazu ein Konzertfoto von Nadine Goldberg. Und ein weiteres vom Tatort am Nidda-Ufer. Untertitel: Mord an ihrem Fitnesstrainer.“

„Woher wissen die das? Die Pressemeldung war absolut sachlich, ohne Hinweis auf die Opferbeziehung!“

„Du, ich glaube unser Eintracht-Trainer ist genau der richtige“, entgegnete ich gedankenverloren.

„Sag mal, spinnst du? Die treiben uns vor sich her und du redest über Fußball!“, ärgerte sich Rainer, doch ich entgegnete in aller Ruhe:

„Ich weiß zwar nicht immer, wie es geht, aber ich weiß, wie es nicht geht“, brummte ich und blätterte im Sportteil weiter.

„Das ist mir auch klar, dass es so nicht geht“, gab mein Partner gereizt zurück.

„Das Zitat ist von unserem Eintracht-Trainer, der Mann ist wirklich gut."

Wir passierten eine Schilderbrücke und orientierten uns auf der rechten Fahrspur weiter Richtung Flughafen.

„Rainer, wir halten hier nichts zurück, schmink dir das ab", gab ich resigniert zu und versuchte, meinen Ärger über den Artikel zu verbergen.

„Na klasse, dann richten wir jetzt unsere Ermittlungen an den Boulevardmedien aus, oder was?", setzte er noch einen drauf: „Dann stell' doch gleich unsere Ermittlungsschritte auf Twitter oder Facebook ein. Mal sehen, wie viele Likes wir bekommen!"

„Reg' dich ab", entgegnete ich, „für uns ändert sich nichts. Wir müssen nur sensibler sein."

Er schnaufte tief durch, offenbar etwas beruhigt durch meine Antwort. Ich kannte ihn lange genug um zu wissen, dass er ab und zu einfach Dampf ablassen musste. Mir war zunächst wichtig, mit den engsten Bindungspersonen von Nadine Goldberg zu sprechen, um unabhängig von der zeitgleichen IT-Auswertung Hinweise auf den Stalker zu sammeln.

„Lass uns jetzt mal auf unser Treffen konzentrieren, das ist wichtiger", ermahnte ich ihn und versuchte, mich ganz darauf einzustimmen.

Sie verließ das Appartementhaus wie üblich durch den Haupteingang und joggte bergab in Richtung Nidda. Das hellblaue T-Shirt passte perfekt zu den schwarzen Leggings. Die langen, dunklen Haare hatte sie mit einem Haarband zum Zopf gebunden. Nach wenigen Sekunden verschwand sie aus dem Bereich des Kamerabildes, das auf seinem Laptop zu sehen war. Er fuhr den Laptop herunter, klappte ihn zusammen und zog das Verbindungskabel zu seinem Smartphone ab, über das die Bilder der versteckten Kamera übertragen wurden. Dann legte er den Laptop unter den Beifahrersitz des Kombis, nahm seine Minikopfhörer, setzte sie auf und verband sie mit dem Smartphone. Er steckte es in die Bauchtasche seiner Joggingjacke und stieg aus dem Auto, das in einer Nebenstraße parkte. Ohne Hast schloss er die Fahrertür, betätigte die Fernbedienung, steckte den Schlüssel ein und begann einen leichten Dauerlauf, ebenfalls bergab in Richtung Nidda. Klar, sie brauchte es mal wieder, sie wollte sich zusammen mit ihm verausgaben. Warum nicht?

Sie bog etwa 200 Meter von ihm entfernt in die nächste Seitenstraße ab und er schloss sich ihr an, in einem leichten Trab, in ihrem Rhythmus, genau so, wie sie es gern mochte.

Das Squaire wirkte wie ein riesiges Kreuzfahrtschiff, das am Frankfurter Flughafen angelegt hatte. Der Name leitete sich aus den englischen Wörtern für Hof (Square) und Flughafen (Airport) ab. Es war eines der größten Bürogebäude Deutschlands, horizontal und parallel zum Terminal 1 gebaut, nicht, wie sonst üblich, als Hochhaus. Hier arbeiteten mehrere Tausend Mitarbeiter unter einem Dach. Am größten deutschen Drehkreuz des internationalen Luftverkehrs lagen der Standort einer der wichtigsten Wirtschaftsprüfungsfirmen Deutschlands, Büros der größten deutschen Fluglinie, zahlreiche Geschäfte, eine Hotelkette und ein ICE-Bahnhof. Der mächtige, durch glänzende Fenster unterbrochene, metallisch schimmernde Koloss lag zwischen einer Autobahn im Süden, einer Bundestraße im Norden und dem ICE-Bahnhof im Untergeschoss gleichsam an drei Nervenadern des deutschen Hubs. Durch einen überdachten Brückentrakt über die Autobahn war das Gebäude mit dem Terminal 1 verbunden. Reisende, die mit dem ICE ankamen, konnten ihr Gepäck am Übergang zum Terminal direkt einchecken, dann noch ein bisschen bummeln und natürlich Geld ausgeben, bevor ihr Flug von einem der beiden Terminals abging. Die perfekte Verknüpfung von Bahnhof und Flughafen. Wir nahmen die nördliche Bundesstraße und ich las den Werbeschriftzug einer amerikanischen Hotelkette an der Stirnseite des Squaire, gleichsam wie ein majestätischer Schriftzug am Heck des riesigen Dampfers.

Rainer ließ den Zubringer zum Parkhaus rechts liegen und wir parkten am Rand der Zufahrtsstraße auf der Nordseite des Gebäudes.

Ich rief mir den Internet-Ausdruck in Erinnerung: *Frankfurt Entertainment,* The Squaire, Ebene 05, Atrium West. Das Hauptbüro von Christoph Heusemann, Manager von Nadine Goldberg. Er war am nächsten an seinem Star dran, er konnte uns eventuell wichtige Hinweise zum Stalker liefern. Wir traten ein und wurden in eine klimatisierte Atmosphäre katapultiert. Rechts lag ein Supermarkt, links eine italienische Trattoria, in der Mitte eine Rolltreppe und ein Aufzug in die nächsthöhere Ebene. Nach ein paar Schritten trat ein breitschultriger Typ mit Brille an uns heran.

„Hallo Thommy!“, begrüßte er mich.

„Servus Konny!“

Wir schlugen zum Gruß ein. Ich hatte mit ihm eine alte Verbindung aktiviert, da ich mich am Flughafen nicht auskannte und zuerst ein paar Hintergrundinformationen zu unserem Gesprächspartner einholen wollte.

„Komm, lass uns erst einmal ein paar Nudeln essen“, raunte Konny und rückte seine Umhängetasche zurecht. Der Zivilfahnder der Operativen Einheit Flughafen grinste mich an und schien sich seinen schwarzen Humor über die vielen Jahre bewahrt zu haben. Hier, am größten Flughafen Deutschlands, mit 60 Millionen Passagieren im Jahr, dem deutschen Tor zur Welt, gingen auch die polizeilichen Uhren anders als im Stadtgebiet. Die Bundespolizei war hier für die Ein- und Ausreisekontrollen zuständig, die Landespolizei Hessen für die Kriminalitätsbekämpfung in den Terminals. Wenn hier irgendetwas anbrannte, dann stank es gleich im ganzen Land, wie man zuletzt bei einem Anschlag auf US-Soldaten am Terminal 2 gesehen hatte. Wir nahmen eine Rolltreppe in die höher gelegene Ebene, über der sich der gläserne Himmel des Megabauwerks erstreckte. Ich ließ alles erst einmal auf mich wirken. „Na Jungs, zum ersten Mal hier?", grinste Konny. Ich nickte wortlos.

Wir standen in einer mit riesigen Glasscheiben überdachten, mehr als fußballfeldgroßen Halle, von der rechts und links Treppenhäuser abzweigten. Diese führten offenbar in Büros, deren Glaswände wiederum an diesem riesigen Atrium angrenzten, in dem wir jetzt standen. Hinter einem ebenfalls mit gläsernen Büros gespickten Übergang am Ende des Fußballfeldes lag die nächste, ähnlich riesige Halle. Das perfekte Überwachungsbüro, dachte ich mir und studierte für einen Augenblick die Angestellten, die dort vor ihren Laptops und Bildschirmen saßen. Darunter lagen verschiedene Restaurants mit Sitzgruppen in Außenbereichen, unter anderem die Filiale eines Münchner Brauhauses sowie eine Restaurantkette, die für ihre Burger und Pasta bekannt war.

„Ihr habt doch Hunger, oder?", meinte Konny und wandte sich zum Restaurant, ohne die Antwort abzuwarten. Wir nahmen auf den Sitzgruppen im hellen Atrium Platz. Ich entschied mich für Spaghetti Bolognese und ein Wasser. Konny und ich tauschten einige Erinnerungen aus unserer gemeinsamen Zeit beim vierten Revier aus, bis der Kellner mit unseren Getränken und Nudeln kam.

„Wie kann ich euch helfen?“, fragte Konny dann und ich nahm erst einmal einen Schluck von meinem Wasser, um meine Gedanken sortieren zu können.

„Wir haben gleich einen Termin bei Christoph Heusemann, Manager von Frankfurt Entertainment, ich habe dich ja deswegen schon angerufen, vielleicht habt ihr etwas über ihn. Du hast wahrscheinlich schon die Berichterstattung im Kurier gelesen, sein Schlagersternchen Nadine Goldberg ist in den Schlagzeilen. Ihr Fitnesstrainer hat nach einem Messerangriff das Zeitliche gesegnet. Wahrscheinlich ein kolumbianischer Koksdealer, das ist aber noch nicht bestätigt.“

Er legte seine Gabel hin und hörte mir aufmerksam zu, während Rainer seine Penne Arrabiata bearbeitete.

„In der Show-Szene ja auch nichts Besonderes“, fuhr ich fort und wickelte mir eine Portion Pasta auf den Löffel. „Das Entscheidende ist: Sie hat wohl einen Stalker. Ihr Manager scheint das bisher nicht an die große Glocke gehängt zu haben.“

Konny nickte und widmete sich dann weiter seinen Nudeln.

„Was macht die IT-Auswertung?“, fragte er zwischen zwei Bissen.

„Die Jungs sind dran. Am Nachmittag werden wir wahrscheinlich die ersten Ergebnisse haben“, erwiderte ich. „Sag mal, der Heusemann, was ist das für ein Typ? Habt ihr da etwas Näheres?“

Er legte seine Gabel wieder auf den Tellerrand, nahm ein Schluck Cola und fasste dann zusammen: „Ich habe mich nach deinem Anruf mal vorsichtig umgehört und einige Erkundungen gemacht.“ Jetzt hielt auch Rainer inne und hörte aufmerksam zu.

„Das Büro hier im Squaire hat er seit etwa einem guten Jahr. Das war auch der Zeitpunkt der Gründung von Frankfurt Entertainment, zumindest laut Gewerberegister. Eine GmbH, Heusemann ist alleiniger Gesellschafter. Hier gibt es keine Auffälligkeiten, er hat drei Büroräume, in einem befindet sich wohl ein kleines Tonstudio."

„Dann ging das ja ziemlich schnell", warf Rainer ein und ergänzte: „Letztes Jahr hat er auch die Goldberg unter Vertrag genommen. Im Frühjahr hat sie ihren Siegeszug durch die Casting-Show angetreten, im Mai erschien die erste CD."

Mein Teampartner hatte gestern Abend noch mit Sabine umfangreiche Internet-Recherchen durchgeführt. Erstaunlich, was sich heutzutage alles im Netz fand, dachte ich noch.

„Was kostet so ein Büro hier, rentiert sich das?", hakte ich nach, nur aus Interesse.

„Du, da stehen noch einige leer, ist bestimmt Verhandlungssache. Aber das ist hier momentan die Top Location, sieh dich mal um", grinste Konny mich an und ich sah zwei jungen, attraktiven Frauen nach, die gerade ihren Lunch beendet hatten und die Tabletts am Tresen abgaben. Ich lehnte mich für einen Augenblick zurück, genoss das Ambiente und überlegte kurz, ob ich mich nicht am Flughafen bewerben sollte.

Ein Managertyp im dunkelblauen Anzug öffnete uns, nachdem wir an dem Klingelschild mit dem bereits bekannten *Frankfurt Entertainment*-Logo geklingelt hatten. Er war in meinem Alter, etwa fünfzig, braungebrannt, mit millimeterkurz geschorenen grauen Haaren. Er trug ein weißes Hemd ohne Krawatte zu seinem Anzug. Der direkte Blick aus seinen blaugrauen Augen ließ sofort die Führungspersönlichkeit erkennen. Ich zeigte ihm meinen Dienstausweis, er warf nur einen kurzen Blick darauf, und ich stellte uns vor: „Mein Name ist Thomas Bach, das ist mein Kollege Rainer Arndt, vielen Dank, dass Sie sich für uns Zeit nehmen."

Er lächelte, streckte uns seine Hand entgegen und sein gespannter, aber nicht zu fester Händedruck bestätigte meinen ersten Eindruck.

„Selbstverständlich meine Herren, treten sie ein. Christoph Heusemann, Geschäftsführer der Frankfurt Entertainment", erwiderte er, ohne die geringste Nervosität in der Stimme.

Er begleitete uns in ein Büro. Fotos von verschiedenen Konzerten hingen an den weiß gestrichenen Wänden.

„Nehmen Sie doch bitte Platz. Darf ich Ihnen etwas zu trinken anbieten, einen Kaffee oder ein Wasser?"

„Nein, vielen Dank", antwortete ich. Rainer schüttelte den Kopf und wir setzten uns auf die modernen Bürosessel, die vor seinem Schreibtisch standen. Eine breite Fensterfront bot uns den direkten Blick hinunter auf das Atrium mit den Sitzgruppen des bayerischen Brauhauses und hinauf in den verglasten, blau-weißen Himmel.

„Meine Herren, wie kann ich Ihnen helfen?", eröffnete der Manager.

Ich beugte mich vor: „Herr Heusemann, Frau Goldberg hat uns im Gespräch gestern angedeutet, dass sie mehrfach von einer anonymen Person belästigt wurde. Im Zusammenhang mit dem Tötungsdelikt zum Nachteil ihres Fitnesstrainers erscheinen uns diese Belästigungen wesentlich für die weiteren Ermittlungen. Können Sie uns dazu etwas sagen?", fragte ich offen und nahm meinen Notizblock mit Kuli aus der Innentasche meines Blousons.

Er nickte, lehnte sich in seinem Bürosessel zurück, und begann zu berichten:

„Ich habe seit einem Jahr diese Agentur. Im letzten Herbst bekam ich Kontakt zu Nadine Goldberg", er machte eine Pause, drehte sich in seinem Bürosessel kurz in Richtung Atrium, wandte sich wieder uns zu und fuhr dann fort:

„Wissen Sie, Nadine hat wirklich Talent, sie ist nicht eine von denen, die alles für eine Karriere opfern würden. Sie hat wirklich Klasse und Stil, sie könnten ihr eine Rolle in einer dieser Soaps anbieten, sie würde ablehnen."

„Wie war das Verhältnis zu ihrem Fitnesstrainer?" Ich hielt die Frage absichtlich offen, um suggestive Momente auszuschließen, weil ich seine authentische Meinung hören wollte. Dabei konnte ich mich darauf verlassen, dass Rainer nun die wesentlichen nonverbalen Details registrierte, die mir möglicherweise entgingen. Das war auch der Grund, warum wir wichtige Vernehmungen immer zusammen durchführten und nicht im Alleingang bewältigten.

Er hob die Schultern: „Sie musste nach ihrem Erfolg bei der Casting-Show und der Aufnahme der ersten CD eine Auszeit nehmen. Da hat sie sich im Sommer diesen Fitnesstrainer engagiert. Es tat ihr gut, wieder ein bisschen Sport zu machen und sich mal eine Entspannung zu gönnen. *Er* hat ihr einfach gut getan."

Dann atmete er tief durch. „Wissen Sie, ich habe da in der großen Lostrommel einen Volltreffer gezogen. Ich muss bei ihr ganz genau aufpassen, dass sie alles verkraftet, das da nichts dazwischen kommt." Nach einer kurzen Pause sah er mich direkt an und fuhr fort:

„Das ist auch der Grund, warum ich bisher versuchte habe, diese Belästigungen nicht in die Öffentlichkeit gelangen zu lassen."

Er beugte sich vor, zog eine Schublade seines Schreibtisches auf, nahm eine Laufmappe heraus und reichte sie mir. „Die Texte und Fotos sind von einem Fan-Account auf Facebook." Ich nahm die Mappe und klappte sie auf, während Rainer näher heranrückte und mit mir durchblätterte.

Ausdrucke von Facebook, Texte von Posts und Fotos, auf denen Nadine Goldberg zu sehen war, lagen in der Mappe. Die Fotos waren während der Casting-Show, auf einer Pressekonferenz, in einem Restaurant und vor einem Bungalow aufgenommen worden.

Die Texte der Posts waren abstrakte Interpretationen ihrer Auftritte.

„Sie glauben gar nicht, wie viel Scheiß irgendwelche kranken Idioten über Nadine im Internet verbreiten. Mein Job ist es, dass sie arbeitsfähig bleibt, ich habe einige Filter eingebaut, so wie das eben geht...“, ergänzte er, nun mühsam seinen Zorn unterdrückend. Sein Kiefer mahlte und für einen Augenblick erwischte ich mich bei dem Gedanken, dass ich mit ihm auf keinen Fall tauschen wollte.

„In einem der letzten Einträge hat das Arschloch Fotos gepostet, die definitiv nicht aus dem Internet heruntergeladen sind. Da war mir klar, wir haben ein Problem. Deshalb habe ich sie aus der Schusslinie genommen. Sie ist zu Hause vorübergehend ausgezogen und ich habe sie in unserem anderen Office auf dem Riedberg untergebracht.“

Ich blätterte zurück, sah mir die Kopien an und suchte den passenden Post dazu heraus: *„... Ich weiß, du singst nur für mich, warum stehst du nicht dazu?“*

„Wo war das hier?“, fragte ich und zeigte ihm die Fotokopie mit Nadine vor einem Bungalow.

„Bei ihr zu Hause. Wie schon gesagt, sie hat Stil, von Haus aus. Ihre Mutter habe ich in ihrem Ferienhaus in Südfrankreich erreicht, sie kommt heute Nachmittag mit dem Flieger zurück. Das war das Foto, was nicht im Internet eingestellt war.

Er muss ihr aufgelauert haben."

Ich hielt die Kopie wortlos noch ein Stück höher.

„Ach so." Er nannte mir eine Adresse in der noblen Villengegend auf dem Sachsenhäuser Berg, unweit von meiner eigenen Wohnung.

„Wo sind die Nachrichten und Bilder eingegangen?", fragte ich, während mir mein unergründliches Bauchgefühl stechende Magenschmerzen bereitete.

„Ich recherchiere immer mal wieder auf den Fan-Accounts bei Facebook, die sind schon während der Casting-Show wie Pilze aus dem Boden geschossen. Zum Glück, denn das ist die beste Werbung. Bei einem der Fan-Accounts sind mir dann die Texte und Fotos aufgefallen. Nadine hat auf ihrem Smartphone natürlich Zugriff auf Facebook, aber die Kommunikation über unsere offizielle Seite pflege ich."

„Für unsere Ermittlungen brauchen wir Zugang zu Ihren Daten und Ihrer Hardware."

„Kein Problem", gab der Manager sofort zurück, „je eher wir den Spuk beenden, desto besser."

Ich nickte, während sich das Ziehen in meiner Magengegend verstärkte und Rainer das Handy herausholte, offenbar um die IT-Gruppe zu verständigen. Dann stand ich auf, ging die wenigen Schritte zur Glasfront, blickte kurz hinunter ins Atrium und sah dann Heusemann direkt an: „Haben Sie schon private Ermittlungen angestellt, um den Stalker zu finden? Recherchen zu diesem Fan-Account?"

Er atmete tief durch, drehte sich in seinem Rollsessel und sah zur Seite. Ich hatte ihn erwischt. Mit einem kurzen Seitenblick erkannte ich, dass Rainer innehielt.

„Ich denke, dass es meine Plicht ist, jeglichen Schaden von meiner Klientin abzuwenden."

„Und?“

„Ich habe eine Detektei beauftragt, aber die Spuren liefen alle ins Leere. Nichts. Gar nichts. Kein Ansatz, sorry. Aber vielleicht haben Sie mehr Glück“, lächelte er gequält.

„Das werden wir sehen“, meinte ich und war erleichtert, dass mich meine Intuition nicht getäuscht hatte.

„Und wen haben Sie im Verdacht?“, schoss ich einen Pfeil ins Blaue ab.

Er schien in seiner Position einzufrieren, schlug die Hände im Schoß übereinander und schloss die Augen. Das war es, er hatte einen Verdacht.

„Herr Heusemann, wenn jetzt noch jemand stirbt, dann werden Sie sich verantworten müssen.“

Er presste seine Lippen zusammen und die beiden Kieferhälften begannen wieder, aufeinander zu mahlen.

„Welche Detektei?“ Ich legte noch mal nach:

„Okay, jetzt mal Klartext. Ich habe einen guten Draht zur regionalen Presse. Wenn Sie mich jetzt anlügen und noch jemand stirbt, und ich kriege das raus, dann gebe ich der Boulevardpresse ein Exklusivinterview zu Ihrem Fitnesstrainer und Drogenberater!“

Er nickte und verzog ergeben die Mundwinkel.

„Argus Services, ich gebe Ihnen die Nummer, Sie bekommen alle Unterlagen.“ Er warf resignierend die Hand hoch. Doch ich ahnte: Das war noch nicht das Ende. Ich blickte zu Rainer, der Notizen in seinen Block kritzelte, und spürte, dass wir dem Stalker auf der Spur waren.

Heusemanns Kiefer mahlten wieder, wahrscheinlich wollte er sie wirklich nur schützen, aber er fing es total falsch an.

„Wer ist es?“

Er hob beide Hände, fast beschwörend: „Ich habe keine Beweise, wie gesagt, die Detektei kam nicht weiter, ich ..."

„Ich will keine Beweise, ich will Ihre Meinung", unterbrach ich ihn leise.

In diesem Moment sank er in seinem Bürosessel zurück und erwiderte: „Nadine hat mir von ihm erzählt, auch wenn sie es nicht wahrhaben will. Sie sagte, er will nur ihr Bestes. Aber er hat es einfach nicht kapiert, hat nie losgelassen. Er wusste auch, wo sie wohnt."

„Wer?"

„Ihr ehemaliger Tennislehrer", raunte er und wahrscheinlich schwante ihm, dass sein Star und Goldesel in einem Medienrummel weggespült werden würde. Die Frage war, ob sie am Ende in diesem Medienstrudel nach oben schwamm oder versank.

Sie legte ein atemberaubendes Tempo vor, aber er hatte auf dem ersten Kilometer seinen Rhythmus gefunden und genoss es, zusammen mit ihr an diesem wunderschönen Spätsommertag an der Nidda entlang zu traben. Dabei ließ er ihr weiterhin einen Vorsprung von etwa hundert Metern, so dass er nicht auffiel. Er kannte ihre Lieblingsstrecke. Sie liefen beide in absoluter Harmonie, im gleichen Takt, zu dem auch ihr Pferdeschwanz wippte. Aus seinen Kopfhörern erklang ihre schönste Ballade. Er lächelte. Sie sang nur für sie beide, ganz alleine.

Die Werbeflächen rechts am Straßenrand verkündeten den Bau weiterer Objekte in den „Gateway Gardens", dem neuen Stadtviertel am Flughafen. Wir waren auf dem Rückweg in die Stadt und Rainer gab unserem Wagen ordentlich die Sporen.

„Warum hat der uns nicht gleich gesagt, was los ist?", fragte ich mich laut.

„Mann, Thommy, das ist einer vom neuen Typ Manager. Du glaubst doch nicht im Ernst, dass der sich auf die Bullen verlässt", entgegnete mein Partner.

Als Rainer den Kreisel links liegen ließ und weiter Richtung Innenstadt fuhr, warf ich einen kurzen Blick auf das Steigenberger Airport Hotel oberhalb der Brücke. Dann nahm ich mein Dienst-Handy und rief Stefan an, der im Büro die Stellung hielt und den ich mit der Koordination der IT-Ermittlungen zum Stalker beauftragt hatte.

„Hallo Stefan, was gibt's Neues?"

„Hallo Thommy. Die Jungs sind aktuell dran, es kann aber noch eine Weile dauern. Die Daten vom Tablet und Smartphone der Goldberg sind ziemlich umfangreich. Sie hat zum Glück sofort kooperiert, aber die Auswertung zieht sich natürlich hin ..."

„Okay, gibt es denn schon irgendetwas Konkretes?"

„Nein, bisher nicht, sonst hätte ich mich schon gemeldet", meinte er leicht pikiert.

„Ja, schon klar, aber ich habe noch etwas Dringendes."

„Kommen", meinte er im Telegrammstil.

„Wir brauchen eine Eilanordnung zur präventiven Observation von Nadine Goldberg. Der Stalker hat sie vor ihrem Elternhaus am Lerchesberg beobachtet, fotografiert und die Fotos auf einem Fan-Account eingestellt. Vielleicht ist er näher an ihr dran, als wir denken. Wenn wir sie schützen, führt sie uns zu ihm."

„Machen wir", meinte Stefan.

„Und kläre uns bitte mal ihren Tennislehrer ab, Giovanni Briscone, Italiener. Ich brauche die aktuellen Erkenntnisse zu diesem Typ, und zwar gestern", drängte ich. „Er ist ein heißer Kandidat."

Stefan räusperte sich kurz: „Geht klar. Sabine regelt die Observation, ich den Italiener, ich gebe dir gleich Bescheid!"

„Ich mache auch mein Privat-Handy an."

„Okay, bis gleich", erwiderte Stefan und ich wusste, dass ich mich auf ihn verlassen konnte. Er war unser IT-Freak und nebenbei leidenschaftlicher Italienexperte. Die Recherche war bei ihm in besten Händen.

Rainer überholte zwei Taxis und ich fischte nach meinem privaten Smartphone in der Innentasche des Blousons. Ich schaltete es an und war gespannt, welche Nachrichten auf mich warteten. Das melodische Pfeifen kündigte mehrere an. Einige waren von Ute, meiner Freundin, die gerade einen Kongress in Berlin besuchte, und andere von Sandra, meiner Tochter, die noch studierte. Ich scrollte Utes Meldungen nach oben und freute mich über die Nachricht von Sandra, die mal wieder mit mir essen gehen wollte.

Rainer nahm die Überholspur Richtung Oberforsthaus und mein Blick fiel nach links zur Commerzbank-Arena. Wann war ich das letzte Mal mit Sandra bei einem Spiel der Eintracht? Ich beschloss, zunächst beiden nicht zu antworten und auf die Nachrichten von Stefan zu warten. Dabei beschlich mich ein schlechtes Gewissen, doch nur für einen kurzen Augenblick.

„Warum wurde der Fitnesstrainer gekillt?", fragte Rainer plötzlich laut.

Ich schwieg einen Moment und versuchte, den imaginären Reset-Knopf zu drücken, wie häufig bei Todesermittlungen, wenn wir vor einem möglichen Durchbruch standen. Rainer und ich hinterfragten oft gegenseitig unsere Theorien, um die Perspektiven zu wechseln und nicht in die falsche Richtung zu laufen. In mehr als einem Fall hatte das zur richtigen Lösung geführt.

„Eifersucht?“, schlug ich das einfachste und älteste Motiv vor. Währenddessen passierten wir das Wäldchen am Oberforsthaus, in dem jedes Jahr an Pfingsten eines der größten Frankfurter Volksfeste stattfand.

„Der Stalker hält es nicht aus, dass sie einen anderen hat“, brachte ich es auf den Punkt und erläuterte damit meine Haupthypothese.

„Das Zimmer des Trainers sah aus, als ob es durchsucht worden wäre …“, merkte mein Partner an und spann seinen Faden weiter: „… vielleicht waren das seine Compañeros aus Kolumbien, die eine Lieferung vermissen. Die Art Jungs, die jeden Ärger mit dem Messer klären?“

„Die Zimmertür war unversehrt und der Stoff war immerhin noch da“, hielt ich dagegen, ohne dass er sofort widersprach. Dennoch hatte er einen ersten Zweifel bei mir gesät.

Die sich gerne selbst feiernde High Society stellte eine lukrative Zielgruppe für die südamerikanischen Drogenbarone dar. Kolumbianische Kartelle hatten schon vor über zwanzig Jahren Allianzen mit süditalienischen Gruppen der Mafia geschmiedet, Synergien bei Lieferwegen nach Europa genutzt und hier an deren mediterrane Parallelwelten angedockt. Diese Welten wiesen insbesondere in edlen italienischen Restaurants einige Schnittmengen mit der dort verkehrenden Upper Class Mainhattans auf. Und zahlreiche A- bis Z-Promis puderten sich die Nase nicht nur von außen.

Durch die lichten Gebüsche am Straßenrand war in der Ferne die Tribüne der Pferderennbahn Niederrad zu sehen. Rainer gab weiter Gas, so als ob wir den Fall schon gelöst hätten und kurz vor der Festnahme stünden.

„Oder der Fitnesstrainer hatte mit ihr einen Volltreffer, den Jackpot, gelandet und wollte nicht teilen“, dachte er laut weiter.

„Wie meinst du das?“

„Was, wenn ein paar seiner alten Latinokumpels ein Stück vom Kuchen abhaben wollten und er nicht daran dachte, mit denen zu teilen?“

Ich ließ Rainers Gedanken langsam einsickern und konnte nicht verhehlen, dass sie durchaus schlüssig waren. Wo viel teurer Honig zu holen war, setzten sich gerne kriminelle Wespen drauf. Und viele Neureiche hatten oft nicht den blassen Schimmer, mit wem sie sich im Glamour des Frankfurter Nachtlebens umgaben, wem sie auf den ersten Blick vertrauten und dann eine faule Verbindung eingingen. Der Boulevard Mainhattans war gesäumt mit abgestürzten Schmetterlingen, die fröhlich gestartet waren und sich an den gleißenden Lichtern der Metropole die Flügel verbrannt hatten. Die Dunkelziffer der lukrativen Erpressungen war an der Schnittstelle des Nachtlebens zum Kapital am größten, genau dort, wo bei verheirateten Managern und neuen Medienstars die meiste Kohle zu holen war. Hier drohten keine Anzeigen wegen Imageverlust, das bedeutete wenig Risiko für die organisierte Kriminalität oder andere internationale Interessenten, die sensible Informationen erpressen wollten. Eine gutbezahlte Prostituierte, ein kleines, geheimes Privatfilmchen im präparierten Hotelzimmer, und die Euros oder Informationen rollten. Die Varianten des Kompromittierens funktionierten sowohl mit Edelhostessen als auch mit Edelstrichern bei Schwulen, die ihre Neigung nicht zugeben wollten. Am Main wurden Milliarden bewegt, hier stand viel zu viel auf dem Spiel. Und deswegen wurden hier wesentliche Dinge nicht dem Zufall überlassen, ebensowenig wie im Boxring oder auf der Pferderennbahn, an der wir gerade vorbeigefahren waren.

Und plötzlich war ich mir unsicher, ob wir nicht doch die Spur ins millionenträchtige, lateinamerikanische Drogenmilieu zu sehr vernachlässigten.

3

Manchmal ist es nur ein Lied, das unsere Erinnerungen aus der Tiefe des Unterbewusstseins hervorspült. Die Musik wirkt wie ein Schlüssel, der in das Schloss einer Schatzkiste passt, deren Öffnung man sehnsüchtig erwartet oder vermeiden möchte. Wenn der Schlüssel passt, dann schweben mit jedem Takt lange verborgene Bilder der Vergangenheit unweigerlich aus dieser sich öffnenden Schatzkiste, ob man will oder nicht. Aber an diesem Nachmittag war es irgendwie umgekehrt. Als ich sie nach all den Jahren plötzlich wiedersah, wurden zuerst meine Erinnerungen an einen wunderschönen Sommer wach, an unsere gemeinsame Zeit und damit an meinen damaligen Lieblingssong, der mich die nächsten Tage immer wieder begleiten sollte.

Die Nachmittagssonne stand im Südwesten. Eine Lufthansamaschine durchquerte dröhnend den blauen, wolkenlosen Himmel überm Lerchesberg und nahm die direkte Anfluglinie auf die neue Nordwest-Landebahn.

„Ganz schön laut“, raunte ich, mehr für mich, ohne auf Rainers Antwort zu warten, weil er mich wahrscheinlich nicht verstehen konnte. Die Maschine flog nur ein paar Hundert Meter schräg über uns und der Fluglärm war ohrenbetäubend.

Wir hatten uns zunächst im Polizeipräsidium auf den neuesten Stand gebracht, die ersten Ergebnisse der IT-Auswertung gesichtet und uns dann entschieden, Nadines Mutter, Maja Goldberg, zu Hause aufzusuchen und zu befragen.

Wir gingen durch den Vorgarten des eleganten Bungalows, den ich schon beim Einparken wiedererkannt hatte. Die Stalking-Aufnahme von Nadine war hier entstanden, das stand fest.

Er hatte sie fotografiert, als sie den Bungalow verließ. Ich sah mich kurz um und versuchte, seinen Standort beim Fotografieren zu rekonstruieren. Höchstwahrscheinlich hatte er gegenüber gestanden. Dort lag eine herrschaftliche Villa mit Doppelgarage davor. Ich machte mir eine Notiz im Geist. Dann gingen wir weiter durch den Vorgarten bis zum Eingang. Die weiße Hauseingangstür war von ebenso hellem Marmor eingefasst. Die Tür öffnete sich und dann kam sie auf uns zu, lächelnd, die blonden Haare im Pagenschnitt. Sie trug eine weiße Bluse und eine dunkelblaue Jacke und reichte uns ihre Hand zur Begrüßung. Der Fluglärm war nun abgeebbt und wir konnten uns halbwegs normal unterhalten.

Rainer preschte gleich vor: „Tut uns wirklich Leid um den Freund Ihrer Tochter, unser aufrichtiges Beileid." Und schon waren wir voll im Thema. Sie lächelte, vielleicht ein wenig zu kühl, und sah mich kurz direkt an, bevor sie sich wieder Rainer zuwandte. Ich nahm sie jetzt noch bewusster wahr, in allen ihren Facetten. Irgendwie kam sie mir bekannt vor. Und dann sackte schlagartig all mein Blut in den Bauch.

„Er war ihr Trainer, ich weiß nicht, ob man da schon von Freundschaft reden kann, da müssen sie Nadine fragen." Klasse pariert. Ein Seitenblick auf Rainers Miene zeigte mir, dass er sich einen anderen Start mit ihr vorgestellt hatte, aber vielleicht hatte er sie einfach nur unterschätzt. Ich konnte es immer noch nicht glauben, blickte verwirrt dem Flugzeug hinterher und hoffte, dass Rainer den Gesprächsfaden weiter aufrechthielt. Aber dann trafen sich unsere Blicke wieder, fast magnetisch, und sie sah mich wieder genauso frech an wie damals. Ich fühlte mich irgendwie ertappt.

„Kommen Sie doch mit herein, da können wir uns vielleicht ungestörter unterhalten", sagte sie freundlich und lächelte mich direkt an. Jetzt war ich mir sicher, dass sie mich auch erkannt hatte, obwohl unser Sommer schon fast dreißig Jahre zurücklag. Die Melodie von „Follow you, follow me“ schlich sich langsam in mein Bewusstsein und löste ein prickelndes Ziehen im Bauch aus.

Ich lehne mich nach vorne und schalte einen Gang hoch. Ihre Arme halten mich eng umschlungen und meine Yamaha trägt uns dem Sonnenuntergang entgegen. Wir biegen auf den einsamen Waldweg am See ein. Die letzten Sonnenstrahlen spiegeln sich glänzend im Wasser. Ich halte an, mache den Motor aus, lasse die Maschine am Rand des Waldweges im Gras liegen und nehme meinen Rucksack vom Gepäckträger. Wir steigen den Abhang zum Ufer hinab. Die Sonne sinkt tiefer und wir sind allein in unserer Welt. Sie lacht herzerfrischend, zieht sich im Eiltempo aus und springt in den See. Ich stelle meinen Rucksack an die Böschung, werfe auch alle meine Klamotten ab und springe hinterher. Ich tauche ein paar Meter und treffe auf sie. Wir küssen uns leidenschaftlich und ich trage sie an der Wasseroberfläche zurück ans Ufer. Dann legen wir uns in den noch durch die Sommerhitze erwärmten Sand. Ich nehmen zwei Bierflaschen und einen Kassettenrekorder aus der Tiefe meines Rucksacks, drücke die Playtaste, öffne die Flaschen und wir prosten uns zu. Die ersten Gitarrenakkorde klingen aus dem Rekorder: „... Stay with me, my love, I hope, you'll always be ...“

Die Sonne ist mittlerweile untergegangen und wir blicken in einen klaren Abendhimmel. Ich nehme sie in meinen Arm, sie schmiegt sich eng an mich und ich wünsche mir, die Zeit würde für immer stillstehen.

Die Sonne schien durch das Dachfenster auf seinen Bürotisch und er überspielte die heutigen Aufnahmen von seinem Smartphone auf den Laptop. Sie, im Joggingdress, am Ufer der Nidda, auf dem Rückweg durch die Felder, beim Stretching am Riedberg. Immer aus einer sicheren Entfernung aufgenommen, aber sie waren sich trotzdem so nahe. Auf dem Flatscreen lief im Hintergrund wieder ihr grandioser Auftritt und er summte leise mit, schloss kurz seine Augen und riss sich dann zusammen. Er hatte jetzt noch einiges zu tun und sie hatten ja noch so viel gemeinsame Zeit vor sich. Sie würde es bald verstehen, ganz bestimmt.

Wir standen an der Theke der modernen Wohnküche und nahmen einen Schluck Espresso. Ich hatte beschlossen, unsere Vergangenheit nicht zur Sprache zu bringen, wenn sie nicht selbst davon anfing. Sie wirkte wesentlich reifer, aber die Mimik, ihre Gestik, ihr Lächeln, waren wie damals. Zum Glück hatte Rainer intuitiv die Gesprächsführung übernommen, während ich noch versuchte, meine Gedanken zu ordnen und mich umsah.

„Wie lange kennen Sie Juan Gonzales schon?", fragte mein Partner und nahm seinen Notizblock heraus.

Sie gab einen Löffel braunen Rohrzucker in ihren Espresso und rührte elegant um: „Vor ein paar Wochen hat sie ihn mir vorgestellt, wir waren damals bei einem Italiener essen, an der Messe. Netter Kerl, wirklich charmant", sie wurde nachdenklich und nahm einen Schluck. „Schade um ihn."

„Ihre Tochter hat uns im ersten Gespräch gefragt, ob er etwas angestellt hätte. Hatte er Kontakte in kriminelle Milieus?", fragte Rainer weiter.

Sie zuckte die Schultern: „Glaube ich nicht. Er hatte zwar Kontakt zu vielen Leuten als Personaltrainer, aber die müssen sich das ja leisten können. Ich denke nicht, dass er sich mit solchen Leuten abgegeben hätte."

„Hatte Ihre Tochter einen Freund?"

Maja nahm die Schultern nach hinten und schien sich zu strecken: „Warum fragen Sie sie nicht selbst?“, entgegnete sie und sah dann auf ihre rotlackierten Fingernägel. Dann holte sie tief Luft: „Sie finden es ja sowieso heraus. Sie war glücklich mit ihm, mit Juan, das habe ich schon an dem Abend beim Italiener gesehen. Nach der Show und der Aufnahme ihrer CD hatte sie einen Break nötig und er hat ihr wirklich gutgetan.“

Sie sah aus dem Panoramafenster hinaus in den Garten, nachdenklich, so, als wollte sie noch etwas ergänzen. Wir unterbrachen sie nicht, manchmal ergaben sich aus solchen Pausen wichtige Wendungen.

„Na ja…“, meinte sie und sah mich jetzt an.

„Ja?“, schaltete ich mich fragend ein.

„… er sah wirklich gut aus und wusste das auch.“

Unsere Bilder von damals holten mich wieder ein und wahrscheinlich wurde ich rot. Zum Glück blieb Rainer dran: „Sie meinen, dass Nadine nicht die Einzige war?“

Sie zog wieder die Schultern hoch: „So gut wie er aussah, wer weiß das schon?“

„Was wissen Sie über den Stalker?“, übernahm ich jetzt die Fragen.

Sie verschränkte ihre Arme vor der Brust: „Da hat sich Christoph drum gekümmert. Wir haben versucht, nicht zu viel an sie ranzulassen, soweit das eben ging. Aber die Presse heute, das war eine Katastrophe.“ Sie nickte in Richtung des Kuriers, der auf dem Tresen lag. „Er hat mich gerade am Flughafen abgeholt und auf den Stand gebracht. Ich fahre gleich zu ihr und werde mich um sie kümmern. Zu dem Stalker kann ich Ihnen nichts weiter sagen, leider.“

Jetzt meldete sich Rainer noch einmal: „Noch eine Frage: Wann können wir Ihren Ehemann sprechen?“

Sie lächelte amüsiert. „Wir leben getrennt, er ist hier ausgezogen, aber ich kann Ihnen seine Nummer geben."

Sie griff unter den Tresen und gab uns jeweils zwei Visitenkarten. Die erste war eine Firmenkarte: Goldberg und Partner, eine Privatbank mit einer Adresse im Westend und zwei Telefonnummern. Auf der zweiten Karte war das Logo von Frankfurt Entertainment zu sehen, ohne Namen, mit der Adresse vom Squaire und einer Mobilnummer.

„Das sind eigentlich Nadines Karten. Ich habe ihr Telefon übernommen. Von diesen Karten sind so viele verteilt worden, wer weiß, wer da anruft. Sie hat jetzt ein neues Smartphone."

Ihr Manager war wirklich auf Zack, das musste man ihm lassen.

„Eins noch, sie hatte mal einen Tennislehrer?"

„Sie hatte mehrere Tennislehrer, wen meinen Sie denn?", gab sie zurück, ohne Giovanni Briscone zu erwähnen, den uns der Manager als möglichen Stalker genannt hatte. Also hatte er ihr auf der Fahrt vom Flughafen nichts gesagt.

„Ein Italiener, wir klären gerade ihre Facebook-Kontakte ab", ergänze Rainer und nannte zwei unabhängige Fakten in einem Satz, ohne den Namen des Verdächtigen zu erwähnen.

„Giovanni? Was ist mit ihm? Steht er in Verdacht?"

„Wir müssten uns mit ihm unterhalten, wie mit so vielen ihrer Facebook-Kontakte. Aber irgendwo müssen wir anfangen. Haben Sie seine Telefonnummer?"

„Kein Problem", sie griff nach dem Smartphone auf dem Tresen und sah unter ihren Kontakten nach.

„Ist das Nadines ehemaliges Handy?"

„Ja", nickte sie und nannte Rainer die Nummer des Italieners, die er in seinem Block notierte.

„Rufen Sie mich ruhig an, wenn Sie noch Fragen haben." Sie sah erst Rainer und dann mich an, lächelte, und ich verspürte wieder dieses Ziehen im Bauch. Wir verabschiedeten uns und ich versuchte mir auf dem Weg nach draußen darüber klar zu werden, ob das Ziehen in meinem Bauch nicht doch plötzlich Schmetterlinge waren.

Auf dem Weg zum Auto schwieg Rainer und ich ahnte, dass ihm meine Reaktionen nicht entgangen waren. Egal, sie hatte es nicht erwähnt und es spielte ja keine Rolle, ob wir uns kannten, versuchte ich mir einzureden.

„Ich frage mal bei Stefan nach, ob es vielleicht schon was Neues gibt", meinte er dann und ging weiter zu unserem BMW, der etwas abseits stand. Wie so oft hatten wir nicht direkt vor dem Haus geparkt, sondern etwas weiter entfernt, nachdem wir einmal an dem Anwesen vorbeigefahren waren. Alte Gewohnheit wahrscheinlich.

„Stefan?", sprach mein Partner ins Handy, offenbar hatte er ihn erreicht.

Ich überquerte die Straße, griff in die Innentasche meines Blousons und nahm die zusammengefalteten Kopien der Stalker-Fotos heraus. An der Auffahrt zur Doppelgarage blieb ich stehen, drehte mich zum Bungalow, prüfte die Perspektive der Fotos von Nadine, ging ein paar Schritte zur Seite und hielt die Kopien wieder hoch. Es passte. Von hier aus hatte er sie fotografiert. Wahrscheinlich aus einem Fahrzeug heraus. Die Entfernung zu der Stelle, an der Nadine Goldberg auf dem Foto durch den Vorgarten lief, betrug etwa 30 Meter. Aufgrund von Perspektive und Auflösung nahm ich an, dass der Stalker das Foto mit einem Smartphone aufgenommen haben musste. Ich blätterte die Kopien und Recherchen unserer Datensicherung durch, um die Einstellungszeit des Posts festzustellen. Vor gut einer Woche. Wenn das Foto wirklich mit einem Smartphone aufgenommen worden war, dann hatten wir jetzt einen Ansatz. Dafür musste er nämlich sein Handy einschalten und hatte deshalb hier, auf dem Sachsenhäuser Berg, in der nächsten Funkzelle eine digitale Spur hinterlassen.

Ich sah mich nochmals um, wandte mich ab, doch dann zögerte ich: Irgendetwas stimmte nicht. Ich hielt inne und drehte mich nochmals um. Mein Blick fiel auf die beiden Garagentore, die offenbar über einen Funksender geöffnet werden konnten. Und dann sah ich die Kamera, die an der oberen Ecke unter dem Vorsprung des Garagendaches angebracht war. Ich lächelte, weil meine Intuition mir wieder geholfen hatte. Vielleicht hatten wir jetzt nicht nur eine digitale Spur seines Handys, sondern auch ein Videobild des stalkenden Phantoms.

Das schwarzweiße Standbild zeigte die Beifahrerseite eines hellen Kombis von oben. Der Blickwinkel der Kamera ließ nur eine seitliche Sicht auf das Fahrzeugdach und die Beifahrerseite zu, aber keinen Blick auf den Fahrer.

Wir standen in einem der großzügigen Zimmer der Villa und der Sohn des Hauses ließ seine Finger über dic Tastatur fliegen. Sein Vater stand neben ihm und schien sichtlich zufrieden zu sein, dass sie uns möglicherweise helfen konnten.

„Ich kann Ihnen die Bilder auf einem Stick sichern“, bot der Junge an. Er war etwa sechzehn, großgewachsen und die dunklen Haare hingen ihm über die braungebrannte Stirn. Ich sah noch einmal auf die Ausdrucke unserer IT-Gruppe und von Christoph Heusemann und verglich die Zeit des Posts auf dem Fan-Account mit der auf der Einblendung am unteren Rand des Bildschirms vor uns. Zwei Stunden vor dem Post des Fotos parkte der Kombi vor dem Bungalow ein. An der Stelle, an der das Foto gemacht wurde. Für eine halbe Stunde.

„Wir haben leider keinen Stick dabei“, meinte ich, aber da griff der Hausherr schon in eine Schublade, holte einen originalverpackten Stick heraus, packte ihn aus und steckte ihn in den USB-Anschluss. Er war etwa fünfzig Jahre alt und irgendwie kam er mir bekannt vor, aber sein Name sagte mir nichts. Jochen Schmidt, so hatte er sich vorgestellt, als er uns die Tür geöffnet und wir unsere Dienstausweise vorgezeigt hatten. Sein Sohn speicherte das Standbild ab.

„Moment mal, bitte“, sagte ich, zückte mein Smartphone und fotografierte das Standbild von der Beifahrerseite des Kombis vom Bildschirm ab. Leider war auch auf dem besten Snapshot des Fahrzeuges nichts vom Fahrer zu sehen.

„Ich denke, das ist ein VW Passat Kombi, wahrscheinlich silberfarben. So einen hat einer meiner Mitarbeiter, der auf der Kamera sieht auch so aus“, warf Herr Schmidt ein. Sein Sohn spulte zurück und zeigte uns dann noch einmal den Ablauf. Aus dieser Perspektive konnte man auch kein Kennzeichen des Fahrzeuges ablesen. Wir standen jetzt schon eine knappe halbe Stunde hier und der Teenager hatte uns die Kamerabilder im Zeitraffer durchlaufen lassen. An diesem Tag war es das einzige für sie nicht zuzuordnende Fahrzeug im Bereich ihrer Doppelgarage. Der Junior lud die Snapshots auf den brandneuen Stick und konnte dann seine Neugier nicht mehr bremsen, obwohl beide bisher nicht nach unseren Ermittlungen gefragt hatten, seit wir mit unserem Anliegen an sie herangetreten waren.

„Ist das der Täter von dem Messermord an der Nidda?“, fragte er, ohne uns anzusehen. Das Boulevardblatt war also auch hier Tageslektüre. Kein Wunder, bei so einer berühmten Nachbarin.

„Achim, lass doch bitte die Herren einfach ihre Arbeit machen“, entgegnete sein Vater peinlich berührt.

„Der Fahrer ist eine Spur“, antwortete ich aufrichtig, „wenn wir ihn mit Ihrer Hilfe ermitteln können, melden wir uns im Nachhinein, versprochen.“ In anderen Fällen hatte ich das auch so praktiziert und konnte damit seine konstruktive Mitarbeit anerkennen und vielleicht auch weiterhin fördern. Er lächelte und nickte.

„Es wäre nur hilfreich, wenn das Detail mit dem VW Passat und das Bild hier unter uns bleibt...“, bat ich. „Wenn solche Details zum Beispiel über soziale Medien weitergetragen werden, dann könnte das unsere Ermittlungen sabotieren“, fuhr ich ermahnend fort und dachte an den IT-affinen Junior.

„Kein Problem, meine Herren“, versicherte Herr Schmidt und sein Sohn nickte mehrfach. Wir verabschiedeten uns, und der Familienvater brachte uns wieder zur Haustür. Bevor er sie öffnete, fiel mir noch etwas ein:

„Sagen Sie Herr Schmidt, ist Ihnen irgendwann mal etwas Besonderes aufgefallen, ich meine als Nachbar von Nadine Goldberg?“

„Hmmmh“, er hielt inne und kratzte sich an seinem grau melierten Hinterkopf. Er überlegte sichtlich ernsthaft, ob er uns noch weiterhelfen konnte. Ich sah mich für einen Augenblick um. Wirklich angenehme Leute, der Junge war gut erzogen. Tolles Haus, dachte ich und startete noch einen Versuch: „Auch Kleinigkeiten können im Nachhinein für uns wichtig sein und eventuell eine besondere Bedeutung erlangen.“

„Na ja, irgendwie tat sie mir immer Leid, die kleine Nadine“, meinte er fast väterlich. Dann zupfte er sich einen imaginären Fussel von seinem hellblauen Polohemd. Typische Verlegenheitsgeste.

„Warum?“, hakte ich ohne Umschweife nach. Es war ihm peinlich, das konnte man seinem Mienenspiel unschwer entnehmen. Dann holte er tief Luft, und ließ die Katze aus dem Sack: „Der Karl, der konnte ihr nie den richtigen Vater ersetzen. Ich glaube, sie hat immer darunter gelitten, dass sie ihn nie kennengelernt hat."

Ich rief mir den Namen und das Klingelschild von gegenüber in Erinnerung. Karl und Maja Goldberg. Maja Goldbergs Ehemann war nicht Nadines Vater. Meine Gedanken drehten sich im Kreis, immer schneller.

Rainer übernahm: „Wissen Sie denn, wer Nadines Vater ist?"

Er zuckte die Schultern. „Wir kennen uns zwar schon länger, aber das weiß wahrscheinlich nur Maja."

„Wie lange?", hakte mein Partner nach.

„Mehr als zwanzig Jahre", gab er ohne Zögern zurück, „sie ist eine gute Freundin meiner Frau. Maja und Karl haben sich hier in meinem Garten auf einer Party kennengelernt. Sie war damals alleinerziehend. Nadine war noch ganz klein und mit unserer Tochter zusammen im Kindergarten. Karl hat beide von Anfang an ins Herz geschlossen." Nach einer kurzen Pause seufzte er und fuhr dann fort: „Unsere Frauen haben immer noch einen guten Draht und Karl und ich sind nach wie vor geschäftlich verbunden."

Ich fing an zu rechnen, bekam aber die Jahreszahlen nicht richtig zusammen. Das Ziehen in meinem Bauch setzte wieder ein.

„Danke für die offenen Worte", meinte Rainer.

Ich bedankte mich ebenfalls und reichte ihm meine Visitenkarte, „falls Ihnen noch etwas einfällt, rufen Sie bitte an".

Jochen Schmidt lächelte verlegen.

„Selbstverständlich, meine Herren", sicherte er uns zu, verabschiedete sich und wir verließen das Anwesen durch die überdimensionale Haustür.

Das Mehrfamilienhaus lag in Bockenheim, oberhalb der Messe. Die letzte bekannte Adresse von Giovanni Briscone, Ex-Tennislehrer von Nadine Goldberg. Rainer drehte eine zweite Runde um den Wohnblock, weil wir, wie so oft, mal wieder keinen Parkplatz fanden. Ich hatte immer noch Stefan am Telefon, der uns über Lautsprecher auf den neuesten Stand brachte:

„Hier die Erkenntnisse der Internet-Auswertung zu Giovanni Briscone: Achtunddreißig Jahre, Single, wohnt in Frankfurt-Bockenheim, war vor zehn Jahren Tennisprofi in Italien, keine polizeilichen Erkenntnisse. Laut Facebook-Einträgen wechselnde Freundinnen, Likes zu Posts auf Nadines Website, gemeinsame Fotos mit ihr auf einem Tennisplatz an der Commerzbank-Arena und bei einem Turnier, aber alle nicht aktuell. Die letzten mit ihr sind knapp ein Jahr alt, ich schicke sie dir per Mail." Rainer hielt an einer Kreuzung. Über dem nächsten Straßenzug vor uns erhob sich der Messeturm. „Moment…", jetzt war das Rascheln von Papier zu hören und meine Gedanken schweiften wieder einmal zu ihr ab.

Wie lange war das damals her? Ich hatte noch meine Yamaha, das muss Anfang der 80er Jahre gewesen sein. Maja war damals Single, wie ich. Es waren einmalige Wochen mit ihr, bis sie mich verließ und ich sie aus den Augen verlor. Wenige Monate später lernte ich Angie, meine heutige Ex-Frau, kennen. Und meine Tochter Sandra war jetzt fast im gleichen Alter wie Nadine. Mein Puls beschleunigte bei diesen Gedanken.

Dann fuhr Stefan fort: „Er hat kein Fahrzeug auf sich zugelassen, aber es gibt einige Likes für Mietwagenfirmen", ergänzte er.

Rainer bog nach rechts ab. Links lag wieder das Eckhaus, in dem Briscone wohnte, im Erdgeschoß ein italienisches Restaurant. Mein Teampartner hatte mich immer noch nicht auf mein Verhalten bei Nadines Mutter angesprochen, aber zwischen uns gab es nach einem heftigen Streit vor Jahren die Vereinbarung, dass wir uns mit persönlichen Dingen nicht auf den Zeiger gehen, aber rechtzeitig meldeten, wenn wir etwas loswerden wollten.

„Wie sieht es mit der Observation aus?"

„Moment, ich gebe weiter an Sabine."

Vor uns fuhr ein schwarzer Benz aus einer Parklücke und Rainer hielt an, um ihn herauszulassen und dann etwa 200 Meter hinter dem Eckhaus endlich einzuparken.

„Hier ist Sabine", meldete sie sich. „Wir haben einen präventiven Observationsbeschluss, ich habe eben die Zusage für die erste Einheit, sie steigen morgen bei ihr am Appartement am Riedberg ein, ich melde mich, wenn es etwas Neues gibt."

„Danke", gab ich zurück.

Dann war Stefan wieder dran: „Bei der Anschlussinhaberfeststellung von Briscones Smartphone kommt auch die Adresse in Bockenheim heraus."

„Okay", brummte ich und ließ meinen Blick über die Fassade des Hauses schweifen.

„Ich kümmere mich jetzt um den Beschluss für die Handy-Daten vom Lerchesberg, dann um die Ermittlungen zu dem Fan-Account, auf dem die Fotos gepostet wurden", sagte Stefan, „sonst noch etwas?"

„Nein, wir melden uns, wenn wir noch etwas brauchen. Sag uns sofort Bescheid, wenn sich im Netz irgendetwas Besonderes tut."

Stefan bestätigte meine Bitte, während Rainer den Zündschlüssel drehte und der Motor erstarb. Ich schaltete den Lautsprecher aus und sah auf die zwitschernd eintrudelnden Eingänge meiner Nachrichten, die ich jedoch ignorierte. Wir blieben noch einen Augenblick im Auto sitzen und mir kam ein Gedanke.

„Rainer, als Nadines Mutter den Fitnesstrainer kennengelernt hat, da waren die doch bei einem Italiener an der Messe, habe ich das richtig in Erinnerung?"

„Hmmh …", brummte mein Partner, fischte sein Mobiltelefon und eine Visitenkarte aus seiner Jackentasche und wählte dann die Nummer.

„Das haben wir gleich …", meinte er und wartete auf eine Antwort. Als sie sich meldete, fragte er nach:

„Frau Goldberg, eine kurze Frage: Als Sie Juan das erste Mal beim Italiener getroffen haben, wo war das denn?" Er schwieg einen für mich ewig dauernden Augenblick, nickte dann und verabschiedete sich von ihr: „Vielen Dank Frau Goldberg. Ja, wir melden uns, wenn wir ihn haben, ganz bestimmt."

Er beendete das Gespräch und sah mich dann ernst an: „Wenn du mir jetzt sagst, was mit euch beiden ist, dann sage ich dir, ob die da vorne bei dem Italiener waren." In mir stieg Ärger hoch, doch ich schwieg zunächst und sah nach vorne durch die Frontscheibe. Rainer und ich waren schon mehr als zwanzig Jahre Teampartner beim K 11 und kannten uns besser als unsere Frauen. Warum war ich so naiv und dachte, er würde mein passives Verhalten einfach so hinnehmen? Also biss ich die Zähne zusammen und versuchte, trotz meines aufkommenden Ärgers über mich selbst, meine damalige Beziehung mit Maja zu erklären: „Wir haben mal was miteinander gehabt, aber das liegt fast dreißig Jahre zurück. Es waren nur ein paar Wochen, aber …", ich hielt einen kurzen Moment inne und rief mir die Bilder vom Waldsee in Erinnerung.

„Es war einfach eine geile Zeit", brachte ich es auf den Punkt.

Mein Partner schwieg für einen Moment und ich fragte mich, warum mich meine Vergangenheit schon wieder einholte.

„Thommy, ich will ja nix sagen, aber ..."

„Dann sag' es jetzt oder lass es stecken!"

„Kriegen wir das hier zusammen hin?", brachte er seine Bedenken heraus. Ich atmete tief durch und schüttelte leicht den Kopf: „Rainer, ich habe sie heute das erste Mal nach fast dreißig Jahren wiedergesehen. Es ist lange her und vorbei."

„Na gut, wenn du meinst", brummte er. „Sie waren übrigens wirklich mit Juan hier, sie kennen den Laden aber schon länger", bestätigte er meine erste Vermutung und zog den Schlüssel ab.

Am Hauseingang gab es ein Klingel- und ein Briefkastenschild mit seinem Namen. Wir klingelten aber bei den Nachbarn, wie so oft, wenn wir die Überraschung auf unserer Seite haben wollten. Eine ältere Dame öffnete die Haustür, nachdem wir uns auf der Gegensprechanlage zu erkennen gegeben hatten. Sie wohnte im Erdgeschoss, und als wir ihr unsere Dienstausweise zeigten, bat sie uns zu sich herein. So konnten wir gleich mit der Nachbarschaftsbefragung einsteigen. Sie holte eine Brille aus ihrer Schürze hervor, setzte sie auf und betrachtete dann sein Facebook-Foto auf meinem Smartphone.

„Ja, der Italiener, sicher kenne ich den. Ein echter Gentleman, noch vom alten Schlag, was wollen Sie denn von ihm?"

„Wir müssen ihn eigentlich nur etwas fragen, aber Sie können uns vielleicht auch weiterhelfen, falls er wirklich nicht da ist."

„Gerne, meine Herren, was kann ich für Sie tun?"

Ich wischte einige Fotos auf meinem Telefon weiter und hielt ihr ein Website-Foto von Nadine Goldberg hin:

„Diese junge Frau hat einmal mit ihm Tennis gespielt, das ist schon etwas länger her, kennen Sie sie vielleicht?"

Sie überlegte und schüttelte den Kopf: „Nein, tut mir Leid." Dann zeigte sie zum Ristorante: „Er saß oft bei Mario, meistens mit jungen Frauen, die kannte ich nicht, aber ich habe ihn dort oft gesehen. Er wohnt ja schließlich hier unterm Dach. Wirklich ein ganz netter junger Mann."

„Wann geht er denn so üblicherweise aus dem Haus, wissen Sie, was er arbeitet?"

Sie schüttelte den Kopf: „Nein, meine Herren, darum habe ich mich nicht gekümmert. Seien Sie aber versichert, das ist ein ordentliches Haus hier."

„Vielen Dank", sagte ich höflich und wir verabschiedeten uns, bevor wir die Treppen zu seinem Appartement hinaufstiegen. Auf dem letzten Absatz unter dem Dach gingen zwei Türen ab. An der rechten war ein schlichtes Namensschild mit seinem Namen angebracht. Rainer ging in die Hocke, stützte sich am Türrahmen ab und legte ein Ohr an das Türblatt. Ich nahm mein Dienst-Handy heraus und wählte Briscones Nummer, die uns Maja gegeben hatte. Mein Teampartner sah zu mir hoch, grinste, und unser Disput von vorhin schien Lichtjahre entfernt zu sein. Ich ließ es klingeln und nahm den Daumen meiner freien Hand hoch. Rainer schüttelte den Kopf. Das Handy war nicht im Appartement zu hören. Nach einigen Klingelsignalen meldete sich eine Stimme: „Pronto?"

Ich drückte die Offtaste. Meine dienstliche Nummer war unterdrückt und ich wollte unseren Überraschungseffekt nicht versauen. Rainer kam ächzend aus seiner Hocke hoch und stöhnte: „Mann, ich werde auch nicht jünger."

„Okay, dann halt morgen." Ich rief mir das Gespräch mit Nadines Manager in Erinnerung. Auch wenn er keine Beweise hatte, klangen seine Ausführungen doch plausibel. Briscone sei ihr wochenlang hinterhergelaufen, hatte sie an vielen unterschiedlichen Orten plötzlich mit Geschenken überrascht und ihr ständig Fotos geschickt, obwohl sie Ende letzten Jahres keine Zeit mehr hatte, Tennis zu spielen, weil die Karriere vorging.

„Wir sollten ihn schon überraschen, damit er sich keine Story zurechtlegen kann", brummte ich.

„Ja, du hast ja recht", meinte Rainer. „Komm, lass uns mal einen Espresso trinken." Ich nickte und kurz darauf standen wir in dem italienischen Restaurant im Erdgeschoss.

„Zwei Personen?", fragte der Kellner, als er uns entgegen kam.

„Ja, aber bitte nur zwei Espresso und zwei Wasser", bestellte mein Partner.

„Bitte schön, wie Sie wünschen", sagte er höflich, „setzen Sie sich hin, wo Sie wollen, hier oder an die Theke."

Wir entschieden uns für die Sitzecke am Ende des Tresens. Der Kellner hantierte an der riesigen Kaffeemaschine und braute uns einen Espresso zusammen. Ich warf einen Blick in die Speisekarte, die auf dem Tresen lag, und versuchte einen Moment abzuschalten, während sich Rainer interessiert umschaute. Die ersten Gäste trudelten zum Abendessen ein, der Kellner unterbrach für einen Augenblick seine Kaffeekünste, sprach sie freundlich an und wies ihnen einen Tisch zu. Ich grübelte, ob ich doch etwas zu essen bestellen sollte, weil ich langsam wieder Hunger bekam. Aber dann klappte ich die Karte zu.

„Schau mal, wen wir hier haben", meinte Rainer halblaut und ich drehte mich um. Hinter uns hingen mehrere kleine Rahmen mit Fotos an der Wand. Sie zeigten fast alle den gleichen lachenden, wohlbeleibten Italiener, Ende fünfzig, meist im weißen Hemd und zusammen mit verschiedenen Personen des öffentlichen Lebens. Das dürfte der Chef sein. Mario hatte ihn die ältere Dame genannt, zusammen mit berühmten Schauspielern und Musikern, wahrscheinlich nach Konzerten in der Festhalle oder der Musikmesse, die hier einmal im Jahr stattfand.

„Signori", meldete sich der Kellner und stellte uns die Porzellantassen mit dem dunklen Gebräu hin, „stilles Wasser oder mit Spritz?"

„Mit Sprudel, wenn Sie haben."

„Subito." Er drehte sich wieder um und ich widmete mich den Fotos, ohne dass Rainer noch etwas gesagt hatte. Wahrscheinlich wollte er uns nicht outen, es gab ja auch keinen Grund dafür. Eines der gerahmten Fotos in der Mitte der Wand zeigte Nadine Goldberg, links von ihr der Chef, rechts von ihr Giovanni Briscone, beide hatten einen Arm um sie gelegt. Das musste aus der Zeit stammen, als sie sich noch verstanden. Ich beschloss, den Kellner lieber nicht nach Briscone zu fragen.

„Prego", ertönte es hinter uns. Er stellte kleine Gläser neben unsere Espressotassen hin und schenkte jedem etwas aus zwei grünen Flaschen ein.

Ich bedankte mich, nahm vom Zucker, rührte um und leerte die Tasse mit einem tiefen Schluck. Dann nahm ich mein Wasser, trank einen weiteren Schluck und drehte mich wieder um. Wir studierten weiter die Fotos, schweigend, weil der Kellner unseren Kandidaten wahrscheinlich warnen würde, egal, ob der Dreck am Stecken hatte oder nicht.

Rechts waren einige Lücken, hier war noch Platz für neue Bilder. Und auf einem der neueren Fotos war wieder Nadine zu sehen mit einem hellen Kleid, darauf ein Autogramm, offenbar mit schwarzem Edding geschrieben: „Per Mario, ti amo! Nadine ☺“ Und neben ihr lachte Juan Gonzales in die Kamera, eine schwarze Tolle hing ihm in die Stirn. Dieses Mal hatte sie ihren Arm um ihn gelegt, so eng als ob sie ihn nicht mehr loslassen wollte. Und beim Anblick des Fotos fiel mir schlagartig ein, dass ihr Auftritt hier mit Juan dem Stammgast Giovanni nicht entgangen sein dürfte. Und der konnte sich von seinen italienischen Kumpels mit Sicherheit einige Lästereien anhören, spätestens, wenn sie ihn auf das neue Foto von Nadine mit ihrem aktuellen Lover hinwiesen. Mit einem Indianer aus den Anden, der nach ihm ganz eng an der leckersten Goldgans dran war. Beim virtuellen Casting meiner Killer-Kandidaten war der Italiener damit definitiv im Recall.

Er zog den kleinen Trolley hinter sich auf die Rolltreppe und fuhr zur Abflughalle B des Frankfurter Flughafens hinauf. Dann sah er auf seine Armbanduhr. Gleich 19:00 Uhr, er lag noch gut in der Zeit. Wenigstens war er heute noch einmal mit ihr zusammen gewesen. Sie vermisste ihn bestimmt schon, aber sie waren ja nicht für lange Zeit getrennt und diesen Termin konnte er definitiv nicht absagen. In der Halle sah er auf die riesige Anzeigetafel und fand seinen Abflug nach Mailand zur geplanten Zeit. Dann ging er zu den elektronischen Ticket-Automaten, um mit den Buchungsdaten seine Bordkarte auszudrucken. Er nahm seine Laptop-Tasche von der Schulter, legte sie oben auf den Trolley rechts neben ihm und nahm den Ausdruck seiner Buchung aus der Innentasche des Sakkos. Er hangelte sich auf dem Touchscreen durch das Menü, als ihn etwas an seinem linken Bein streifte. Er sah sich sofort um. Bei einem anderen Fluggast, der sich mit Gepäckwagen am nächsten Etix-Automaten anstellte, ragte der Koffer etwas über den Rand des Wagens hinaus. Sein

Blut geriet für eine Sekunde in Wallung, der junge Mann im Anzug entschuldigte sich aber sofort und daher biss er seine Zähne zusammen, um sich unter Kontrolle zu bringen. Er nickte, widmete sich wieder dem Touchscreen und druckte dann endlich seine Bordkarte aus. Als er nach seinem Trolley greifen wollte, sah er, dass die Laptop-Tasche fehlte. Blitzartig durchfuhr es ihn und er drehte sich wieder zu dem jungen Mann um, doch der war weit und breit nirgendwo mehr zu sehen. Er nahm seinen Trolley und ging ein paar Schritte, nach dem Typ Ausschau haltend, der ihn abgelenkt hatte. Scheiße, dachte er sich wütend und griff in seine Sakkoinnentasche. Pass, Brieftasche, Bordkarte und Trolley hatte er noch. Aber seine Tasche mit Laptop und Smartphone und ihren Fotos waren weg. Zum Glück hatte er die meisten Bilder von ihr auf seiner externen Festplatte gesichert. Die Bullen rief er lieber nicht, die konnten ihm seine Sachen sowieso nicht wiedergeben, und selbst wenn sie die gefunden hätten, würden sie wegen der Fotos nur blöde Fragen stellen. Jetzt musste er ganz alleine nach Italien fliegen, ohne ein Bild von ihr. Für einen kurzen Moment überlegte er, seinen Flug zu verschieben, aber dann besann er sich. Schon bald war er wieder bei ihr, und dann war es wirklich Zeit, dass sie ihre Chance mit ihm endlich nutzte. Er wandte sich ab und ging zum Gate.

Rainer hielt mit dem Dienstwagen auf einem Seitenstreifen am Skyline Plaza, ich verabschiedete mich in den Feierabend und stieg aus. Mein Partner wollte noch einmal ins Präsidium fahren, um sich über die letzte Internet-Auswertung zu informieren, während ich mir eine Auszeit gönnte und meine Gedanken bei einem Drink durchlüften wollte.

Das moderne Einkaufszentrum war als ovaler Komplex auf mehreren Ebenen erbaut worden und lag zwischen Messeturm und Hauptbahnhof direkt neben der Festhalle. Hier entstand das Europaviertel, noch ein neuer Stadtteil für mehr als 10.000 Einwohner, mit U-Bahn-Anschluss, ähnlich wie der Riedberg, wo Nadine jetzt wohnte. Aber das Europaviertel lag wirklich zentral. Die moderne Architektur der Appartements und Penthouses mit Blick auf die Frankfurter Skyline, weitläufig und durch grüne Parkanlagen verbunden, versprach hohe Renditen für Investoren in dieser Phase der Niedrigzinspolitik. Ich hatte beschlossen, hier meinen Drink zu nehmen und telefonierte spontan noch einmal. Dann schaltete ich meine Handys aus.

Die Bar lag im Alex, einem Restaurant auf der Dachterrasse des Skyline Plaza. Ich nahm den Aufzug aus der Lobby und stand kurz darauf an der gut besuchten Theke. Fred, der glatzköpfige Barkeeper, begrüßte mich, ich nickte ihm zu und nahm auf einem freien Barhocker Platz. Er mixte mir ohne Nachfrage einen Mainhattan Sour, meinen Favoriten. Wir verstanden uns blind. Wahrscheinlich, weil wir keine überflüssigen Worte wechselten und ich hier immer meine Ruhe hatte. Außerdem kam ich gerne hierher, um das internationale Flair und die gigantische Aussicht zu genießen. Kurz darauf stand der Drink auf der Theke, ich nahm einen ersten Schluck, nickte Fred zu und ging auf die Dachterrasse.

Nachts waren die erleuchteten Bankentürme der Mainmetropole immer wieder ein besonderer Anblick. Ich nahm in einer Sitzgruppe im Freien Platz, nippte an meinem Sour und ließ die Stadt auf mich wirken. Links erhob sich der Messeturm mit der weiß beleuchteten Pyramidenspitze. Rechts davon lagen die beiden Bürotürme Castor und Pollux. Sie waren nach den Söhnen des Zeus benannt, die nach der griechischen Mythologie zwischen dem Totenreich Hades und dem Götterhimmel Olymp wanderten. Es schien mir beinahe symbolisch, dass der kleinere Büroturm Castor kaum an seinen höheren Bruder Pollux heranreichen konnte, der im Eigentum einer Investorengruppe aus den USA stand. Vielleicht hatte ein Witzbold bei der Taufe der beiden Gebäude die griechische Finanzkrise schon vorhergesehen. Ich trank noch einen Schluck, nahm die Zitronenscheibe vom Glasrand, biss hinein, genoss meinen Drink und ließ die Fruchtschale dann auf dem Bierdeckel liegen. Rechts von Castor und Pollux lag der Tower 185, der trotz seiner 200 Meter den Namen der ursprünglich geplanten Höhe behalten hatte. Auch um diese Zeit waren in allen Bürotürmen noch einzelne Fenster hell erleuchtet. Ich blickte in die Lichter der Skyline und meine Gedanken kehrten an unseren ersten Abend vor fast dreißig Jahren zurück.

Die Rockkneipe liegt im „Dörfchen“, dem Vergnügungsviertel von Alt-Sachsenhausen. Ich stehe mit meinen Jungs vom vierten Revier am Tresen und trinke einen Schluck vom Feierabendbier. An diesem Wochenende ist die Kneipe wieder rammelvoll, die Luft vom Zigarettenqualm rauchgeschwängert. Im Hintergrund spielen Genesis ein paar ältere Hits von ihrem legendären Album „... and then there were three ...“.

Sie stellt sich neben mich, lächelt mich frech an und hält ihr Bierglas hoch. Ich lächle zurück und sie stößt provozierend mit mir an. Ihre blonde Mähne fällt in Locken auf die Schultern und über ihre helle, durchsichtige Bluse. Sie trägt hautenge Bluejeans und Cowboystiefel. Das letzte Lied vom Album läuft, Mike an der E-Gitarre, Tony am Synthesizer und Phil am Mikro. Wir stellen unsere Biergläser ab und ich streiche ihr eine blonde Strähne hinters Ohr. Sie legt ihre Arme über meine Schultern, ich meine um ihre Hüften und dann tanzen wir engumschlungen einen langsamen Blues zu „Follow you, follow me". Und dann küssen wir uns das erste Mal, während Phil das Lied singt, das ich wenige Wochen später ganz tief in meinen Erinnerungen verberge.

Als ich aufblickte, sah mich die Bedienung erwartungsvoll an und ich bemerkte, dass mein Drink leer war. Ich nickte und fragte mich für einen winzigen Moment, ob der letzte Anruf wirklich richtig gewesen war. Doch dann verwarf ich meine Zweifel und hoffte insgeheim, dass sie wirklich kam, wie sie so spontan zugesagt hatte.

Sie setzte sich direkt neben mich in die Sitzgruppe, gerade als ich meinen zweiten Drink geleert hatte.

„Krieg ich auch so einen?", fragte Maja Goldberg, „aber bitte mit anständiger Mischung." Sie lächelte genauso wie damals.

Ich versuchte ernst zu bleiben, zeigte der gerade vorbeilaufenden Kellnerin zwei Finger meiner linken Hand. Sie nickte und dann musste ich doch wegen Majas Spruch zur Mischung lachen. Sie trug eine helle Bluse und Bluejeans, so als würde sie meine Erinnerungen von damals wieder wecken wollen. Die neue Pagenfrisur stand ihr wirklich gut. Maja schlug die Beine übereinander und drehte sich zu mir. Die kleinen Lachfalten rund um die Augen wirkten sofort sympathisch, ihre dezent rot geschminkten Lippen lächelten mich weiter an. Ich vernahm den Duft eines lange vergessenen Parfums und war sofort verlegen. Wie ein Schuljunge vor dem ersten Date, aber die beiden Drinks zeigten schon ihre Wirkung. Die Zeit schien für eine kleine Ewigkeit stillzustehen, ohne dass wir etwas sagten und die nächtliche Skyline betrachteten.

Ich räusperte mich: „Du siehst gut aus."

„Du auch“, erwiderte sie sofort und fuhr nach einer kurzen Pause fort: „Wie lange ist das jetzt her?“

„Ich habe heute auch schon ein paar Mal überlegt, ich…“, zögerte ich, als uns die Bedienung die beiden Drinks und eine Schale Erdnüsse auf den Tisch stellte. Maja nahm ihr Cocktail-Glas, hielt es mir hin und lachte wieder: „Prösterchen!“

„Auf die alten Zeiten“, gab ich mit belegter Stimme zurück. Unsere Gläser klickten und ich nahm einen großen Schluck. Und plötzlich war es wieder so wie damals. Sie stellte ihr Glas ab und sah mir in die Augen, so frech wie an unserem ersten Abend. Ich wusste, es war verrückt, aber das war mir in diesem Moment total egal. Sie lehnte sich an mich, den Mund leicht geöffnet, ich beugte mich ebenfalls vor und dann trafen sich langsam unsere Lippen, zuerst zart und vorsichtig, dann fordernd und unmissverständlich. Die Erinnerungen tauchten wieder auf, in kurzen, harten Schnitten, wie in einem alten Musikvideo aus den 80er Jahren. Ich fühlte mich wie ein Nichtschwimmer in einem reißenden Bergfluss, ohne Schwimmweste, unweigerlich in einem unerbittlichen Strudel in die Vergangenheit zurückgespült. Aber es fühlte sich wirklich gut an und dann ließ ich mich einfach treiben.

4

Ich saß in meinem Büro im Polizeipräsidium und meine Füße lagen auf dem Schreibtisch, während ich in einer Laufmappe mit Internet-Ausdrucken zu Nadine Goldberg blätterte und noch einen Schluck von meinem obligatorischen Morgenkaffee nahm. Mein Partner saß mir gegenüber und las ebenfalls.

„Perforation des Herzbeutels durch scharfkantigen Gegenstand“, zitierte er aus dem Obduktionsbericht, „eine letale Stichverletzung, die mit der Spurenlage und dem im weiteren Tatortbereich aufgefundenen Messer korrespondiert“, ergänzte er und fasste dann zusammen: „Ein gezielter Stich ins Herz. Hmmm ... Thommy, der war doch wahrscheinlich aus Kolumbien ... Meinst du, der lässt sich einfach so abstechen?“

Ich versuchte mir die Szene vorzustellen, den Fahrradweg am Ufer der Nidda. Der Täter lauert ihm auf, verwickelt ihn in ein Gespräch, sticht dann unvermittelt zu. Irgendetwas stimmte da nicht.

„Er hat ihn gekannt, war arglos“, warf Rainer ein. Heimtücke, dachte ich, das uralte, klassische Mordmerkmal.

„Wie verlief der Stichkanal?“, fragte ich nach und Rainer blätterte im Bericht von Dr. Born.

„Leicht aufwärts, also von rechts unten nach links oben“, antwortete er.

Ein plötzlicher, gezielter Stich, vielleicht nach einer Ablenkung, von unten geführt, so könnte es gewesen sein. Er blätterte weiter: „Der DNA-Abgleich vom Opfer mit dem Blut vom sichergestellten Messer war positiv.“ Dann hielt er einen bunten Hochglanzabdruck des Fotos vom Messer hoch: „Das war ein hochwertiges Steakmesser, schmale Klinge, damit schneidet man Fleisch. Passt zwar in eine Jackentasche, ist aber definitiv kein Messer, das man einfach so mit sich herumträgt."

„Aber deine Favoriten, die Latinos, die haben doch normalerweise Klappmesser oder Springmesser einstecken", erwiderte ich, um etwas gegen seine Hypothese zu sagen. Er ließ es ohne Wiederspruch so stehen, klappte die Mappe zusammen, legte sie auf den Tisch, nahm eine andere und brachte uns zu den IT-Ermittlungen auf den letzten Stand.

„Okay, zur Auswertung von Nadines aktuellem Smartphone. Am Vorabend der Tat ein Telefonat, gegen halb neun auf einen Festanschluss in Südfrankreich, wahrscheinlich das Ferienhaus ihrer Mutter." Er blätterte weiter und ich drehte mich in meinem Drehstuhl zum Fenster, nippte weiter an meinem Kaffee und dachte an gestern Abend zurück. Ein kurzer Anflug schlechten Gewissens berührte mich, doch ich verscheuchte ihn und konzentrierte mich wieder auf Rainers Vortrag.

„Um es auf den Punkt zu bringen: Die weitere Auswertung von Smartphone und Laptop sowie von den Geräten ihres Managers ergaben keine Hinweise auf den Stalker, nichts. Der vom Manager genannte Fan-Account bei Facebook ist auf Fantasiepersonalien in Offenbach angemeldet, die Ermittlungen zu den Einträgen laufen noch. Die Funkzellenauswertung vom Lerchesberg zum Stalker-Handy steht noch aus, kann aber jeden Moment eintreffen."

„Wenn da im relevanten Zeitfenster eine markante Telefonnummer hervorsticht, können wir sie abhören und lokalisieren", brachte ich unseren derzeit Erfolg versprechendsten Ansatz auf den Punkt. Dann fasste ich meine Internet-Ausdrucke zusammen: „In den letzten Wochen ist es ziemlich ruhig geworden um sie. Von wann datieren ihre ersten Facebook-Kontakte zum Opfer?"

Rainer blätterte wieder in seiner Mappe, während ich in den Ausdrucken ihrer Website stöberte.

„Im Juli, vor zwei Monaten, da hat sie ihn engagiert", meinte mein Partner.

„Das war auch die Zeit, als das mit dem Stalker anfing, oder?"

Er kramte wieder in den Papieren herum und brummte dann zustimmend: „Richtig, das war ungefähr die Zeit."

„Was, wenn die zwei sich kannten, Juan und der Stalker? Er hat ihr nachgestellt, wollte seinen Konkurrenten loswerden, hat ihm aufgelauert, unter einem Vorwand angesprochen und ihn dann erledigt."

Mir fiel wieder das Foto von Nadine und Juan an der Promiwand in dem italienischen Ristorante in Bockenheim ein. Giovanni Briscone hatte ein Motiv, er kannte das Opfer höchstwahrscheinlich und verhielt sich mit seinen aufdringlichen Nachstellungen dringend verdächtig. Höchste Zeit, dass wir uns mit ihm unterhielten.

Sabine kam durch die offene Bürotür. „Morgen Jungs, ich habe eben die erste Meldung vom MEK, sie sind an Nadine Goldberg dran. Sie dreht gerade eine Joggingrunde an der Nidda."

„Danke für die Rückmeldung, irgendetwas Besonderes?"

„Nein, bisher keine besonderen Vorkommnisse."

Ich nickte. Vielleicht waren wir der Lösung schon näher, als wir dachten. Jetzt hatten wir in Nadines Umfeld ein Mobiles Einsatzkommando, eine verdeckt aufklärende Spezialeinheit, denen würde der Stalker bestimmt nicht entgehen. Das war nach der Funkzellenauswertung die zweite aussichtsreiche Spur. Höchste Zeit für ein Treffen mit dem Italiener.

Die Fassade des Mailänder Doms schien von der Dachterrasse des Restaurants zum Greifen nahe. Er schob seine Sonnenbrille hoch, bedankte sich bei der Kellnerin, die ihm sein Frühstück servierte, und genoss für einen Augenblick die italienische Morgensonne. Dann nahm er einen Schluck vom Latte Macchiato, wischte sich den Milchschaum von der Oberlippe und griff nach seinem üppig belegten Ciabatta. Er biss hinein, ließ die letzten Monate Revue passieren und versuchte die Bilder vom ersten Abend mit ihr zu verdrängen. Sie war damals einfach schlecht gelaunt, das musste er sich immer wieder klarmachen. So wie die vielen anderen, die immer wieder ihre Launen nicht verbergen konnten. Aber mit ihr war es trotzdem etwas anderes. Er hatte diesen Abend einfach als Panne verbucht und sich den neuen Job gesucht. Das Talent für Fotografie pflegte er schon seit seiner Jugend. Nach einigen Internet-Recherchen und frisierten Empfehlungsschreiben bekam er seine Trips jetzt sogar noch bezahlt. Er nahm noch einen Schluck, dachte an Nadine und lächelte die Italienerin an, die ihn seit einer Minute vom Nachbartisch aus intensiv beobachtete. Pech für sie, er war schon vergeben.

Ich lenkte den Wagen aus der Tiefgarage des Polizeipräsidiums. Wir fuhren durch den Innenhof, als mein Handy klingelte. Ich gab es an Rainer weiter, der den Anruf annahm und offenbar eine gute Nachricht erhielt.

„Ja, super, dann sag mal an", freute er sich.

Ich hielt kurz darauf an der ersten roten Ampel und hoffte inständig, dass der Stalker aufgenommen worden war. Ein Kollege überquerte vor uns den Fußgängerüberweg und grüßte mich, offenbar auf dem Weg zum Supermarkt gegenüber.

Ich sah Rainer fragend an und wedelte mit meiner rechten Hand, um die Richtung abzufragen, falls es doch nach Norden zu Nadines Joggingstrecke gehen sollte. Doch er deutete nach Südwesten, nach Bockenheim. Die Ampel sprang auf grün und ich bog hinter der Kreuzung links ab.

„Okay, prima, bleib weiter dran Stefan. Wir brauchen dann eine Live-Schaltung von seinem Handy, wenn er sich wieder einbucht“, bat er unseren Teampartner und verabschiedete sich. „Bis dann, danke!“ Er drückte die Off-Taste, während ich im Stau an der nächsten Kreuzung anhielt. Im Süden streckten sich Commerzbank und Maintower in den strahlend blauen Morgen, meine Laune besserte sich zusehends und mein Partner brachte mich auf Stand, während ich weiterfahren konnte.

„Stefan hat die Handy-Daten der Funkzellenauswertung vom Lerchesberg für den Zeitraum erhalten, als der helle VW Passat dort geparkt hat. Das ging wirklich schnell“, spannte er mich auf die Folter.

„Und?“, fragte ich ungeduldig.

„Die meisten Personalien der registrierten Inhaber waren unauffällig, aber einer fiel aus dem Rahmen“, dehnte Rainer weiter aus und verfiel in Schweigen, offenbar, weil er irgendetwas noch einmal durchdachte. Das schätzte ich an ihm; in entscheidenden Situationen überlegte er genau, was er sagte.

Ich fuhr weiter und rief mir in wenigen Sekunden noch einmal die Abläufe einer Funkzellenauswertung in Erinnerung. Im ersten Schritt wurden auf Antrag der Ermittler nach Gerichtsbeschluss die Handy-Daten einer bestimmten Funkzelle durch die Mobiltelefon-Provider übermittelt. Damit konnte man feststellen, welche Handys dort zu einem bestimmten Zeitraum betrieben wurden. Anhand der gespeicherten Handy-Nummern konnte man die dazu registrierten Inhaber feststellen. Wie zum Beispiel die Handy-Nummer des Stalkers während der Aufnahmen von Nadine vor dem Bungalow. In dieser abgelegenen Villengegend war eine solche Auswertung durchaus Erfolg versprechend, während das in der City, an Bahnhöfen und Flughäfen aufgrund der hohen Personenanzahl und der Datenmasse viel aufwändiger war. Genauso schwierig stellten sich Funkzellenauswertungen in komplexen Bandenverfahren dar, weil viele Handy-Nutzer mit Polizeierfahrung fast ausschließlich unter falschem Namen registriert waren. Dabei konnte man viele schwere Straftaten, wie den bandenmäßigen Enkeltrickbetrug zum Nachteil von älteren Menschen, oft nur durch diese digital hinterlassenen Spuren klären. Doch das war den empörten Datenschützern und hochmoralischen Gegnern der Vorratsdatenspeicherung egal. Aber wahrscheinlich nur solange, bis sie selbst einmal als Erben in die Röhre gucken würden, weil ihre Oma um die letzten Ersparnisse gebracht wurde.

Ich bog nach rechts zum Campus Westend ab, als Rainer endlich zum Punkt kam: „Eine Handy-Nummer mit falscher Registrierung fiel auf, auf Pseudopersonalien in Offenbach angemeldet, leider seit gestern Abend nicht mehr online, der Antrag auf Live-Schaltung läuft ...“

Ich seufzte enttäuscht. Ein Mobiltelefon, registriert unter falschen Personalien in Offenbach, genauso wie der Fan-Account, auf dem die Fotos mit Nadine gepostet wurden. Selbst wenn der Stalker dieses Telefon nur für sein extravagantes Hobby nutzte, bekamen wir wenigstens ein Bewegungsprofil. Die retrograden Geodaten zeigten Orte und Zeiten, zu denen sich das Handy unseres Stalkers automatisch in die nächste Funkzelle eingebucht hatte.

„Was ist mit den Geodaten?“

Mein Partner atmete tief durch: „Das mutmaßliche Stalker-Handy vom Lerchesberg war neben den Aufenthaltsorten von Nadine Goldberg, also Sachsenhausen, Riedberg und Nidda-

Ufer, schwerpunktmäßig im Bereich Bockenheim eingeloggt. Also nördlich der Messe, zumeist abends, bevor es über Nacht abgeschaltet wird.“

Das passte zu Giovanni Briscone mit Wohnsitz in Bockenheim, nördlich der Messe. Mein Favorit als Killer-Kandidat, aktuell aber auch der Einzige, wenn ich ehrlich war. Ich sah zum Campus Westend der Universität hinüber, wo sich einige Studenten auf dem Rasen sonnten. Plötzlich musste ich an Sandra, meine Tochter, denken, die auch hier studierte. Wie die Zeit doch verging, Sandra war fast so alt wie Nadine. Ich versuchte mich wieder auf unseren Job zu konzentrieren. Alles sprach für den abgewiesenen Italiener und ehemaligen Tennistrainer. Hatten wir genug, um ihn zu konfrontieren? Oder sollten wir warten, bis er Nadine nochmals nachstellte und sein Stalker-Handy einschaltete?

Langsam rollten wir an dem Mehrfamilienhaus vorbei, in dem Briscone wohnte. Das Ristorante im Erdgeschoss hatte schon geöffnet, an einigen Tischen saßen junge Studenten, genossen die morgendliche Sonne und tranken ihren Kaffee. Wie immer kein Parkplatz weit und breit, dachte ich im Vorbeifahren, als sich Rainer in seinem Sitz umdrehte.

„Thommy, ich glaube unser Italiener sitzt im Biergarten, lass' mich mal raus“, raunte mein Partner. Ich fuhr noch etwas weiter, bis wir außer Sichtweite waren, und wir stimmten uns kurz ab.

„Ich mache vom Dienst-Handy einen Testanruf auf seiner Privatnummer, die wir von der Goldberg haben. Wenn der Typ rangeht, beobachten wir ihn vielleicht mal eine Weile, bevor wir ihn uns vornehmen. Ruf mich an, wenn du soweit bist.“

Ich nickte, „okay, bis gleich“, hielt an und ließ meinen Teampartner aussteigen. Er setzte seine Sonnenbrille auf und ich fuhr weiter, um einen Parkplatz zu suchen.

Manchmal läuft man sich wegen einer einzigen Information tagelang die Hacken ab, aber an anderen Tagen hat man einfach nur Glück. So wie heute. Mein Adrenalinspiegel stieg weiter an und kurz darauf fand ich endlich einen Parkplatz. Ich stieg aus und ließ die Fernbedienung klicken, als plötzlich mein Dienst-Handy klingelte. Ich nahm den Anruf an und ging weiter, um wie verabredet Rainer zu unterstützen: „Thommy, Stefan hier."

„Kommen", forderte ich ihn im Telegrammstil zum Bericht auf.

„Das Stalker-Handy hat sich gerade eben eingebucht."

„Wo?"

„Hier oben am Polizeipräsidium, in der nächsten Funkzelle."

Hatte sich Rainer doch getäuscht? War das wirklich Briscone im Biergarten? Wenn ja, dann war er nicht mit dem Stalker identisch, denn der war jetzt offenbar irgendwo am Polizeipräsidium. Aber dennoch war Briscone ein Tatverdächtiger, der Nadine Goldberg nachstellte und ein solides Motiv hatte: Eifersucht. Ich überlegte einen Augenblick und entschied mich dann, zweigleisig weiterzufahren: „Stefan, behalte die Geodaten weiter im Auge und stelle zwei Teams zusammen, die dann reagieren, falls bei euch da oben Bewegung reinkommt. Bei eindeutiger Identifizierung des Stalker-Handys sofortige Festnahme des Nutzers. Und hole die Jungs vom LKA zur Ortung des Handys."

„Geht klar", bestätigte er und ich ergänzte: „Wir haben hier eventuell Briscone lokalisiert und bleiben an ihm dran. Ich melde mich wieder."

„Bis dann", beendete Stefan das Gespräch. Wenige Sekunden später hatte ich den Eingang zum Biergarten von der gegenüberliegenden Straßenseite aus im Blick und Rainer am Telefon. Ich sah ihn von hier nicht, aber er klang völlig entspannt und genoss es wahrscheinlich, mal wieder einen Tatverdächtigen verdeckt zu beobachten, was bei uns nicht so oft vorkam.

„Du, ich sitze hier noch bei Mario und trinke einen Cappuccino. Und mit meinem Tipp habe ich auch richtig gelegen, da trinken wir irgendwann einmal einen drauf", gab er mir verschlüsselt, aber deutlich zu verstehen, dass seine Identifizierung von Briscone über den Testanruf und auch visuell positiv verlaufen war. Der saß wahrscheinlich am Nachbartisch und konnte unser Gespräch mithören, was ihm aber jetzt auch nicht mehr weiterhalf.

„Ja prima!", gab ich zurück und setzte ihn ebenso verschlüsselt über die neuesten Erkenntnisse ins Bild: „Wir haben brandneue Nachrichten von unserem Kandidaten Nummer Eins: Der ist aktuell gebucht, aber leider nicht hier. Deshalb können wir deinen Kandidaten jetzt mal zum Interview bitten. Ich bin da voll bei dir", gab ich ihm zu verstehen, dass ich in Position war.

„Bis gleich", meinte Rainer, „ich möchte dann auch bitte zahlen!"

Ich lief einige Schritte scheinbar gelangweilt weiter, um einen direkten Blick zu bekommen, offenbar zahlte der Tennislehrer.

„Okay bis gleich, wir sehen uns, bevor dein Kandidat mobil wird", gab ich intuitiv zurück. Die aktuellen Geodaten am Präsidium sprachen gegen Briscone als Stalker. Damit war er nicht unsere oberste Priorität, aber wenn wir ihn jetzt schon vor uns hatten, dann wollte ich ihn auch ins Gebet nehmen. Ich konnte sehen, wie Rainer an einem der Tische aufstand, das Handy am linken Ohr, einige Münzen aus der Hosentasche kramte und neben seine Kaffeetasse legte. Zwei Tische weiter verabschiedete sich jemand im Anzug überschwänglich bei einem der Kellner. Ich ließ den Blick kurz schweifen. An den anderen Tischen saßen nur jüngere Leute, das musste also unser Mann sein. Er nahm einen Koffer, der unter seinem Tisch stand, schob sich seine Sonnenbrille über die Augen und schlenderte in meine Richtung. Rainer schloss sich an, ich ging parallel auf der anderen Straßenseite weiter und dann kam er hinüber auf meine Seite. Er trug ein hellblaues Sommerhemd zu seinem hellbraunen Anzug, die Sonnenbrille ließ aber seinen Blick nicht erkennen. Den schwarzen Lederkoffer trug er mit einer gespielten Geschäftigkeit, die irgendwie merkwürdig rüberkam. Vielleicht hatte der Kellner Rainer erkannt und seinen Landsmann gewarnt.

An der nächsten Kreuzung ging er Richtung Bockenheimer Warte weiter und ich sah mit einem Blick zur Seite, dass Rainer auch an ihm dran war. Der Italiener sah sich um, wechselte noch einmal die Straßenseite und nahm den Aktenkoffer in die linke Hand. Dann kramte er einen Autoschlüssel aus der rechten Hosentasche und drückte die Fernbedienung. An einem geparkten, schwarzen Audi gingen kurz zwitschernd die Blinker an. Showtime. Er öffnete gerade die linke Hintertür, offenbar um den Koffer reinzustellen, als Rainer und ich an ihn herantraten. Ich zog meinen Dienstausweis, hielt ihn vor seine dunkle Sonnenbrille und stellte mich vor: „Bach. Kriminalpolizei Frankfurt. Wir haben ..."

Seine Körperhaltung straffte sich, er ließ den Koffer einfach fallen und versuchte, blitzartig unter sein Jackett zu greifen. Die nächsten Sekunden liefen in Zeitlupe vor mir ab, während im Hinterkopf die Puzzleteilchen blitzartig zusammenfielen: Der Edelitaliener um die Ecke, die Fotowand am Tresen, mit Bildern von Juan, dem Kolumbianer, und Mario, dem Chef, die Kokspakete in Juans Absteige und jetzt ein Aktenkoffer. Ich ließ meinen Dienstausweis einfach fallen, ballte meine Rechte und traf ihn mit einem Schwinger am linken Unterkiefer. Sein Kopf pendelte kurz, dann erwischte ich ihn mit einem Tritt zum Knie und er knickte um. Rainer packte ihn sofort an einem Arm, brachte ihn in Bauchlage und wir knieten auf ihm.

„Überfall!“, schrie er lauthals.

„Schnauze!“, brüllte ich zurück und fesselte ihn auf dem Rücken.

Rainer drehte ihn um und zog ihm eine Pistole aus dem Schulterholster unterm Jackett hervor.

„Sie sind vorläufig festgenommen, Verstoß gegen das Waffengesetz, Widerstand gegen Vollstreckungsbeamte“, brummte mein Partner, entlud die Pistole und steckte sie sich hinten in seinen Hosenbund. Dann übernahm er Briscone, den ich mittlerweile auf die Beine gestellt hatte. Ich hob meinen Dienstausweis auf, hielt ihn hoch und wandte mich an die jungen Leute, die auf dem Gehweg auf der anderen Straßenseite standen. „Polizei! Kein Überfall, sondern Festnahme. Die Show ist vorbei, Sie können weitergehen!“, informierte ich sie, weil einige schon ihre Handys hervorkramten.

„Sie sind wirklich von der Polizei?“, stammelte Giovanni Briscone, „ich habe gedacht, Sie wollen mich überfallen!“

„Na sowas“, brummte ich und hob die Sonnenbrille auf, die ich ihm in die Brusttasche seines Anzuges steckte. Dann prüfte ich seinen Schlüsselbund, nahm einen der kleineren Schlüssel, legte den Aktenkoffer auf den Kofferraum und schloss ihn damit auf.

„Das dürfen Sie nicht, das ist…“

„Zu spät“, raunte ich und hob den Deckel an.

„Das werden Sie …" Ich griff hinein und nahm eines der grünen Geldbündel heraus: „Werden was?"

Seine Gesichtszüge erschlafften, dann sagte er leise: „Das klärt dann mein Anwalt."

Ich warf das Bündel wieder zu den anderen in den Koffer und schätzte, dass ein mindestens sechsstelliger Eurobetrag vor uns lag. Und dann wurde mir klar, dass wir hier soeben in ein Wespennest gestochen hatten.

Wir hatten ihn zunächst zur erkennungsdienstlichen Behandlung ins Polizeipräsidium gebracht, die noch eine Weile dauern würde. Dann setzten wir uns im Büro zur Lagebesprechung zusammen. Der geöffnete Aktenkoffer lag vor Rainer auf dem Schreibtisch, die gebündelten Hunderter in Stapeln daneben. Sie hatten keine der üblichen Papierbanderolen von Geldinstituten, die etwas über ihre Herkunft verrieten, sondern wurden mit dünnen Gummibändern zusammengehalten.

„Zweihundertachtundvierzigtausendfünfhundert Euro, aber nicht von der Frankfurter Sparkasse, das steht mal fest", meinte Rainer und ich pfiff durch die Zähne: „Eine Viertelmillion?"

Mein Partner nickte und kurz darauf kamen Stefan und Sabine herein und setzten sich zu uns.

„Also gut, der Italiener hatte eine Viertelmillion im Koffer, bitte mal ein paar Ideen dazu", fragte ich ihre Eindrücke ab.

„Geldwäsche", meinte Rainer sofort, „vielleicht hängen noch ein paar Gramm Koks zwischen den Scheinen. Das sind wahrscheinlich Marios gesammelte Einnahmen vom Sonderbuffet für die Frankfurter Schickeria. Und der abgehalfterte Tennislehrer fährt sie in die Schweiz, nach Liechtenstein, oder direkt nach Italien."

Ich nickte. „Andere Ideen?"

Sabine meldete sich: „Warum so viel Kohle auf einmal? Das sieht eher nach einer Anzahlung für einen größeren Deal aus, was für einer auch immer, abzüglich eines Honorars für den Transporteur. Ich habe schon mal einen Kollegen vom K 60 angerufen und ihm die Namen des Italieners durchgegeben. Der checkt mal einen möglichen Hintergrund zur Organisierten Kriminalität mit dem italienischen Verbindungsbeamten beim BKA."

Sabine dachte oft selbstständig voraus und hatte uns mit ihrer Initiative schon mehrfach in entscheidenden Situationen zum Durchbruch verholfen. Sie sprach außerdem einen Umstand an, der mir auch schon aufgefallen war. Wieso fuhr der Italiener solch einen Haufen Geld durch die Gegend. War er ein professioneller Kurier?

„Okay, zurück zu unserem Fall: Briscone und das Opfer kannten sich wahrscheinlich, das werden wir dann in der Vernehmung klären. Ein Motiv wäre möglicherweise Eifersucht. Wir nehmen ihn uns gleich vor, aber vorher brauche ich nochmal den letzten Stand von euch."

„Das MEK ist weiter an Nadine Goldberg dran", begann Sabine, „sie ist aktuell wieder im Penthouse am Riedberg. Ihre Joggingstrecke führte heute Morgen an der Nidda entlang bis zum Tatort. Da hat sie eine Pause gemacht und ist dann nach so etwas wie einer Gedenkminute auf dem gleichen Weg zurückgelaufen. In ihrem Umfeld keine besonderen Feststellungen."

„Danke. Stefan?", fragte ich unseren Italienspezialist, der sich bisher mit Ideen zum Geldkoffer zurückgehalten hatte.

„Das Handy ist immer noch in der Funkzelle hier am Präsidium eingebucht, vielleicht hat sie ja auch bei uns einen Fan", scherzte er.

Das wäre der Super-GAU, dachte ich, und sah im Geiste die Schlagzeilen der Boulevardpresse vor mir: „Die Schöne und der Fahnder. Geheimnisse einer Leidenschaft“.

Stefan sah kurz auf seine edle Armbanduhr – er war wie immer perfekt gekleidet mit einer Vorliebe für Statussymbole – und fuhr mit seinem Bericht fort: „In diesen Minuten sind die Kollegen vom LKA hier und beginnen mit der Peilung des Handys, da kriegen wir in Kürze ein Ergebnis. Die melden sich direkt bei mir.“

„Okay. Noch irgendwelche Ergänzungen?“ Ich blickte in die Runde, ohne dass sich jemand meldete. „Dann lasst uns mal den Tennislehrer anhören.“

Er zeigte eine gelassene Überheblichkeit, die mich anwiderte, noch bevor er Platz genommen hatte. Rainer, der ihn vom Erkennungsdienst abgeholt hatte, schloss meine Bürotür und setzte sich ebenfalls.

Nach einem Seitenblick auf die Geldbündel zog Briscone eine Augenbraue hoch und grinste:

„Das Geld verwahre ich aktuell für Geschäftspartner, mehr sage ich nicht dazu“, eröffnete er, bevor wir ihn etwas gefragt hatten. Ich nutzte die Gelegenheit und hielt das Gespräch aufrecht, obwohl wir ihn eigentlich sofort belehren mussten: „Haben Sie das Geld von Nadine Goldberg?“

Er sah mich direkt an, für eine Sekunde sichtlich irritiert: „Wie kommen Sie auf Nadine?“

„Sie ist doch Ihre Freundin, da gibt es ja ein gemeinsames Foto bei Mario in seiner VIP-Ecke.“

Er überlegte kurz, antwortete dann aber durchaus glaubhaft: „Ja, ich kenne Nadine gut, aber das Geld ist nicht von ihr.“ Er beugte sich vor und hob seinen rechten Zeigefinger: „Ich bin übrigens in einem Schützenverein. Meine Waffe ist legal, die möchte ich wieder zurückhaben. Und außerdem habe ich angenommen, dass Sie mich wegen des Geldes überfallen. Sie sehen nicht aus wie von der Kriminalpolizei. Sie haben ja noch nicht einmal einen Anzug an und so einen Ausweis kann sich jeder selbst machen. Ich habe mich leider geirrt und mich deshalb gewehrt."

Seine gewählte Ausdrucksweise überraschte mich, wahrscheinlich hatten wir ihn unterschätzt. Ich ließ das normale Protokoll sausen, nahm die Laufmappe vom Schreibtisch, klappte sie so auf, dass er den Inhalt nicht sehen konnte und nahm ein Hochglanzfoto heraus. Das warf ich direkt vor ihn auf den Schreibtisch, um seine Reaktion zu testen. Seine Augen weiteten sich für einen Sekundenbruchteil. Überraschung. Kurze Betroffenheit, die dann in echte Verärgerung umschlug. „Was soll das? Was wollt ihr von mir?"

Und dann warf er nochmal einen Blick auf das Tatortfoto mit dem Gesicht des Opfers. Ich sah ihn weiter an und ging davon aus, dass auch Rainer die Reaktionen registriert hatte.

„Kennen Sie ihn?"

Er zögerte einen Moment und überlegte, doch dann antwortete er: „Klar kenne ich ihn, das ist ihr Neuer, oder? Er grinste wieder, „war vielmehr ihr Neuer." Er zog die Augenbrauen zusammen. „Erst fragt ihr nach Nadine, heute war ihr Kerl in der Zeitung und jetzt zeigt ihr mir sein Foto. Wollt ihr mir das hier anhängen?", er schüttelte den Kopf, „nein, keine Chance, das war ich nicht, und jetzt will ich meinen Anwalt."

Wir hatten damit eine erste authentische Reaktion von ihm. Jetzt war er für mich definitiv nicht mehr in der engeren Auswahl, nicht nur, weil er mit dem Stalker-Handy nicht in Verbindung gebracht werden konnte. Aber ich wollte noch eine Bestätigung meines Eindrucks und ergänzte: „Auch wenn Sie eine Waffenbesitzkarte haben sollten, ist das Führen von Waffen außerhalb von Schießständen, mit Ausnahme des Transportes dorthin, ein Verstoß gegen das Waffengesetz, das ist jedem Sportschützen bekannt. Ihre Fotos und Fingerabdrücke haben Sie abgegeben, aber Ihre charakterliche Eignung zum Führen von Schusswaffen wird das Ordnungsamt prüfen", klärte ich ihn auf und setzte dann noch einen drauf: „Und eins steht jetzt schon fest: Die Kohle hier", ich nickte zum Geld, „die ist erst einmal beschlagnahmt. Verdacht der Geldwäsche und Verstoß gegen die Abgabenordnung. Die Steuerfahndung ist schon informiert und brennend daran interessiert", betonte ich, um noch einmal eine spontane Reaktion auszulösen.

Die Arroganz war verflogen, jetzt war er wirklich verärgert, und damit bestätigte er meine erste Einschätzung. Es wurde deutlich, dass ihm der Tod des Fitnesstrainers wirklich egal war, sonst hätte er schon vorher so emotional reagiert. Er beugte sich noch weiter vor und zischte: „Das werden wir ja noch sehen. Wir haben die besten Anwälte, da werden Sie sich die Zähne dran ausbeißen!"

Ich lächelte ihn an und stand auf. Die Vernehmung war für mich schon ergiebig, bevor sie überhaupt formal angefangen hatte.

Er stand neben dem Laufsteg, genoss einen Augenblick das Blitzlichtgewitter und nahm dann seine Kamera wieder hoch. Sie schwebte in einem kurzen roten Kleid heran und lächelte in die zuckenden Lichter. Dabei erinnerte sie ihn an Nadine und er lichtete sie mit einer Serie ab. Er sah auf sein Display, prüfte die Fotos und widmete sich dann der Nächsten. Als er ein paar Bilder im Kasten hatte, dachte er wieder an sie, doch dann konzentrierte er sich auf seine Arbeit. Die Agentur hatte ihn nur für diese Fashion Week nach Mailand geschickt, also musste sie eben noch auf ihn warten. Sie würde es schon verstehen. Sein Handy klingelte, doch er nahm nicht ab. Er hatte Wichtigeres zu tun. Wenn, dann hätte er nur für sie abgehoben, doch sie hatte noch nicht seine richtige Nummer. Noch nicht.

5

Ich war gerade auf dem Weg in die Kantine, als mich Stefan auf dem Handy anrief.

„Die Kollegen vom LKA haben das Handy des Stalkers geortet."

„Und wo?"

„Hier im Präsidium", antwortete er mit belegter Stimme.

Das darf nicht wahr sein, dachte ich und hakte nach: „Geht es vielleicht genauer?"

„Ich bin beim K 24. Das Handy wurde heute Vormittag bei einem Gepäckdieb sichergestellt, der sitzt hier zur Vernehmung", ergänzte Stefan und ich war erleichtert, dass meine ersten Befürchtungen nicht eintraten und uns ein Skandal mit einem stalkenden Polizeibeamten erspart blieb. Ein Taschendieb als Stalker, wie passte das denn jetzt zusammen?

„Ich bin gleich da, Rainer und Sabine weihen wir später ein, die sitzen noch mit Briscone und seinem Anwalt bei der Vernehmung", brummte ich, verschob mein Mittagessen und hoffte endlich auf einen Durchbruch bei unseren Ermittlungen.

Wenige Minuten später betrat ich das Büro des Kollegen, der beim K 24 für Taschen- und Trickdiebstahl zuständig war. Der Festgenommene saß auf einem Gästestuhl und blickte auf, als ich hereinkam. Er trug ein schwarzes Sakko, ein weißes Hemd und graue Hosen. Auf den ersten Blick Geschäftsmann, auf den zweiten Blick Nordafrikaner, dachte ich. Den jungen Kollegen, der neben dem Festgenommenen und Stefan stand, kannte ich, weil er vor ein paar Monaten bei uns im Rahmen seiner Ausbildung einige Wochen Dienst versehen hatte.

„Hallo Thommy! Schön, dass wir euch auch mal helfen können", begrüßte er mich. Holger, jetzt erinnerte ich mich, er hieß Holger Werthmann. Ein cleverer Junge, der bestimmt seinen Weg machen würde.

„Hallo Holger", grüßte ich zurück und wir gaben uns die Hand. Er hatte kurzes blondes Haar, einen Dreitagebart und trug legere, funktionale Outdoor-Kleidung. Jetzt fiel mir ein, dass er zuvor schon ein paar Jahre Dienst bei einer operativen Einheit getan und die professionellen Trickdiebe auch schon in Echtlagen erlebt hatte. Er nickte mir zu und deutete dann auf seinen Schreibtisch, auf dem ein Klarsichtbeutel mit einem Smartphone lag.

„Das steckte in seiner Sakko-Innentasche, es war ausgeschaltet. Er wurde heute früh in einem Hotel am Eschenheimer Turm nach Gepäckdiebstahl festgenommen."

Ich zog die Augenbraue kurz hoch, weil ich unsere Ermittlungen nicht vor dem Festgenommenen erörtern wollte. Stefan registrierte das und sagte: „Kein Problem, er hat das schon zugegeben. Wir haben unser Thema hier nicht erörtert."

Ich stellte meine Bedenken zurück und Holger fuhr fort: „Ein typischer Gepäckdiebstahl im Hotel. Wir haben die Bilder der Videoüberwachung des Hotels gesichert. Eine Gruppe asiatischer Gäste kam mit dem Bus am Hotel an, sie orientierten sich beim Einchecken in der Lobby und er griff sich einen Rucksack, während ein Komplize das Opfer ablenkte."

Ich sah den Festgenommenen direkt an, er hielt dem Blick kurz stand und senkte dann seine Augen.

„Seinem Komplizen gelang erst die Flucht, aber ein Sicherheitsmitarbeiter des Hotels hat ihn festgehalten. Die Kollegen vom ersten Revier haben ihn hergebracht und das Handy aus der Sakko-Innentasche zunächst als Täter-Handy sichergestellt."

Er ging zum Schreibtisch und deutete auf den Klarsichtbeutel mit dem Smartphone: „Es war nicht durch Pincode gesichert. Ich habe mal in die Protokolle und Kontakte reingeschaut, aber da gibt es nichts, was uns weiterbringen könnte."

„Okay, danke Holger. Was sagt er dazu?"

„Farid, erzähl doch noch mal wie das war. Das ist Hauptkommissar Bach von der Mordkommission", forderte Holger den Festgenommenen auf und reichte mir einen Computerausdruck mit Daten und digitalem Foto des Trickdiebes. Ich nahm den Auszug, konzentrierte mich aber zunächst auf den Festgenommenen. Der sah wieder hoch, überrascht, also hatte er Holger verstanden. Dann hob er die Hände, die Flächen nach oben gestreckt.

„Chef, ich habe nur den Rucksack mitgenommen. Ich gebe zu, das war Diebstahl, aber ich habe mit Mord nichts zu tun, wirklich, glauben Sie mir!" Er sah mich verzweifelt an und ich fühlte mich in meine alte Zeit bei der Drogenfahndung zurückversetzt, als wir die algerischen Haschischhändler in der City verfolgten. Ich erwiderte zunächst nichts, nahm mir einen Stuhl, und auch Holger und Stefan setzten sich. Der Ausdruck mit seinen Personalien zeigte mehrere Festnahmen wegen Taschen- und Trickdiebstahls, Hehlerei und Verstößen gegen das Aufenthaltsgesetz, sowie Daten von erkennungsdienstlichen Behandlungen in Großstädten und an Flughäfen quer durch das Bundesgebiet. Und zwar schon seit einigen Jahren. Er war offenbar schon länger hier, was seine guten Deutschkenntnisse erklärte. Laut Ausdruck war er dreiundzwanzig Jahre alt, als Geburtsort war Algier angegeben. Die schwarzen Haare waren kurz geschnitten, mit seinem Profil hätte man ihn auch für einen Südeuropäer halten können. Ich sah in seine dunklen Augen und erinnerte mich an mein letztes Seminar für interkulturelle Kompetenz. Deshalb nahm ich den Computerausdruck in die linke Hand und hob meine offene Rechte kurz an meine linke Brustseite, in Höhe des Herzens, zur Betonung meiner ehrlichen Aufrichtigkeit. Dann log ich ihn mit freundlichem Lächeln an: „Farid, ich glaube, du bist ein guter Junge und willst eigentlich nur deine Familie zu Hause unterstützen.“ Dabei nahm ich auch nonverbal die Elternperspektive ein, passend zu meiner Vernehmungstaktik.

„Ja Chef, ich schwöre...“, er nickte mehrfach eifrig, hob flehend seine Hände, „ich schwöre bei meiner Mutter!“ Damit antwortete er aus der Kindsperspektive und ließ sich auf mein beabsichtigtes Kommunikationsmuster ein.

„Aber jetzt hast du ein Handy aus einer Mordermittlung“, interpretierte ich frei den aktuellen Ermittlungsstand, hob den imaginären, moralischen Zeigefinger, Gefahr androhend: „Wenn du uns nicht ehrlich und nachvollziehbar erklären kannst, woher du das Handy hast, dann hast du wirklich ein echtes Problem.“ Ich sah an seinem Blick, dass meine Taktik aufging und öffnete ihm eine Tür, einen Ausweg aus seinem Dilemma: „Aber du weißt doch ganz bestimmt, woher du das Handy hast.“ Dabei nickte ich Richtung Schreibtisch, wo der Klarsichtbeutel mit dem Gerät lag.

Er faltete die Hände und sah mich wieder flehend an: „Ich habe das Handy gestern Abend am Flughafen gefunden, es lag in einer Tasche neben einem Mülleimer!“

Wahrscheinlich hatte er es am Flughafen geklaut, da war immer viel zu holen, das würde zu einer organisierten Bande von Gepäckdieben passen. Wenn das Handy wirklich geklaut war, dann hatte der Stalker wahrscheinlich keine Anzeige gemacht, weil er nicht wollte, dass ihm das Handy zugeordnet wurde. Shit happens, dachte ich. Unsere beste Spur zum Stalker war damit wohl erledigt. Dennoch setzte ich nach: „Farid, wir fahren jetzt zum Flughafen und dann zeigst du mir, wo das genau war."

„Ja Chef, sofort, kein Problem, ich kenne mich am Flughafen aus", entgegnete er beflissen.

„Am Flughafen gibt es überall Videokameras, die zeichnen alles auf." Er nahm seine gefalteten Hände vor das Gesicht und schien jetzt wirklich verzweifelt. Ich setzte alles auf eine Karte, nahm wieder die Elternrolle ein und wurde deutlich: „Farid, deine letzte Chance, sonst kannst du den Rest dem Richter erzählen. Es geht um Mord! Was war wirklich mit dem Handy?"

Er holte tief Luft, atmete dann aus und schlug die Hände über dem Kopf zusammen: „Wir haben es am Flughafen geklaut, ich weiß nicht mehr genau, wo. Es war in einer Tasche. Ich habe nur das Handy behalten, den Rest haben wir in eine Mülltonne am Flughafen geschmissen."

„Wer ist wir?", hakte ich nach.

„Rachid, mein Bruder und ich, er war heute früh im Hotel dabei."

Das war sicherlich auch wieder nur die Hälfte von einem Drittel der Wahrheit, aber die Story vom Flughafen klang echt. Wahrscheinlich hatte er dort schon so viel geklaut, dass er sich nicht mehr an jeden Fall erinnern konnte. Ohne konkreten Tatort blieb eine gezielte Videoauswertung chancenlos. Und damit war klar, dass unsere beste Spur zu Nadines Stalker wirklich endgültig erledigt war.

Rainer fuhr über den Ratsweg Richtung Offenbach. Das herrliche Spätsommerwetter verbesserte meine Laune erheblich und ich hoffte für einen Augenblick, wir könnten den Fall schnell abschließen, um kurzfristig Urlaub zu nehmen. Rechts lag der

Ostpark, links das Festplatzgelände der Herbstdippemess mit Riesenrad und den bunten Aufbauten der Fahrgeschäfte. Das Frankfurter Volksfest „Dippemess" hatte seine historischen Wurzeln als Marktplatz für Haushaltswaren und Geschirr, im Volksmund Dippe genannt. Es fand jeweils im Frühling und Herbst hier auf dem Festplatz am Ratsweg statt.

Plötzlich setzten wieder meine Erinnerungen ein. Die Bilder von der Dippemess in den 80er Jahren kehrten zurück und nahmen mich für einen Augenblick gefangen.

Die verspiegelten Discokugeln drehen sich im flackernden Licht, unzählige bunte Lichter blinken und Donna Summers Topphit dröhnt aus den Lautsprechern des „Jaguarexpress". Die harten Beats im Hintergrund können die spitzen Schreie der mitfahrenden Mädchen nicht übertönen. Wir sitzen alleine in unserem Wagen, der sich mit den anderen vor und hinter uns immer schneller im Kreis dreht. Ich werde durch die Fliehkraft links außen an die Seitenwand unseres Wagens gedrückt. Maja sitzt rechts von mir und wird immer enger an mich gepresst. Ich habe meinen rechten Arm um sie gelegt und taste mich unter ihrer Jeansjacke zur Bluse vor. Sie lacht, wirft die langen blonden Haare mit einem Schwung zur Seite, entblößt damit ihr linkes Ohr, und ich versuche, sie trotz der harten Fahrt zu küssen. Die zunehmende Zentrifugalkraft presst uns enger aneinander, während der Jaguarexpress kreisend seine gefühlte Höchstgeschwindigkeit erreicht. Ich kann sie trotz der wilden Fahrt leicht am Ohr küssen, dann dreht sie sich zu mir, lacht und stimmt in Donnas Refrain ein: „She works hard for the money, so hard for it honey…"

„Thommy!" Rainer riss mich aus meiner Zeitreise.

„Mhhm …"

Ich verscheuchte die Erinnerungen und sah ihn an.

„Meinst du, sein Alibi hält einer Überprüfung stand?", spielte er auf die Vernehmung von Giovanni Briscone an. Der hatte zusammen mit seinem Anwalt ein Tennismatch mit einem Geschäftspartner als Alibi präsentiert, genau zum Tatzeitraum, in Bad Homburg. Ich zuckte die Achseln, während Rainer unseren BMW im Stau vor dem Ratswegkreisel anhielt.

„Ich denke schon, der ist ja nicht blöd. Das Alibi ist bestimmt wasserdicht. Ich denke, der ist erst einmal raus", entgegnete ich, auch, weil ich an meiner Stalker-Hypothese festhielt.

„Sabine hat mit dem Kollegen vom K 62 telefoniert und ein Treffen für morgen vereinbart, vielleicht gibt es ja zu unseren Italienern was Neues", ergänzte er, weiter an seiner Bandentheorie festhaltend.

„Das Handy des Stalkers war unsere beste Spur, leider hat sich das erledigt. Jetzt setzen wir erst einmal auf die Observation von Nadine, um ihn vielleicht bei ihr aufzunehmen", fasste ich meine Gedanken zusammen.

Rainer fuhr wieder an und wir überquerten zunächst den Ratswegkreisel und im Anschluss die Kaiserleibrücke. Wir wollten uns die Gegend in Offenbach rund um die Scheinadresse ansehen, auf die das Smartphone und der Fan-Account des Stalkers gemeldet waren. Das war ein Strohhalm, mehr nicht, denn solche Adressen waren oft reine Fantasieprodukte. Aber ich wollte heute einfach raus und versuchen ein Gefühl für ihn zu bekommen, wollte verstehen, warum er diese Adresse gewählt hatte. Vielleicht gab es ja eine Bindung, die wir bisher übersehen hatten. Und dann kam mir ein Gedanke, wer uns beim Verstehen des Stalkers vielleicht noch helfen konnte. Frank Berger war vor vielen Jahren mein Partner bei der Drogenfahndung gewesen und aktuell Dozent an der Hochschule für Polizei und Verwaltung in Mühlheim am Main.

„Rainer, mir fällt da noch was ein. Ich rufe einmal Frank in Mühlheim an, vielleicht hat der noch eine Idee zum Thema Stalking. Der kennt ja Gott und die Welt."

„Gute Idee", meinte Rainer grinsend, „der soll gleich mal einen Espresso machen."

Ich fischte mein Smartphone aus der Tasche, suchte in den Kontaktdaten und freute mich auf einen original italienischen Espresso bei meinem alten Teamkollegen.

Die Hochschule für Polizei und Verwaltung lag auf dem Gelände der Bereitschaftspolizei in Mühlheim am Main. Rainer hielt am Pförtnergebäude seinen Dienstausweis aus dem Fenster, der Kollege winkte uns zu, die Schranke öffnete sich und kurz darauf fuhren wir an den Garagen und Unterkunftsgebäuden vorbei. Ich erinnerte mich an meine Zeit hier, an die Einsätze an der Startbahn West und den Zusammenhalt in meiner damaligen Hundertschaft. Wir teilten uns damals gemeinsam eine Bude, spielten nach Feierabend auf dem Sportplatz Fußball und grillten danach an der Hütte am Bahndamm. Seitdem hatte sich hier einiges getan, neue Gebäude, eine Sporthalle und eine Schießanlage wurden gebaut. Aber den Sportplatz und die Grillhütte am Bahndamm gab es immer noch. Daneben erstreckten sich die roten Klinkerbauten der Hochschule. Hier studierten angehende Polizeibeamte drei Jahre und schlossen dann mit dem Bachelor-Grad ab. Die zukünftigen Polizeikommissare schrieben im letzten Jahr auch eine wissenschaftliche Thesis als Bachelor-Arbeit. Rainer parkte neben dem Hörsaalgebäude, kurz darauf standen wir vor Franks Bürotür und klopften an.

„Kommt rein!“, rief er von innen und wir betraten sein Büro. Er kam auf uns zu und wir begrüßten uns herzlich: „Hallo Männer, was macht das richtige Polizeileben? Kommt, ich mache euch einen Espresso!“ Frank trug ein elegantes graues Sakko, ein helles Hemd und Bluejeans und war gut gelaunt. Ich kannte ihn auch gar nicht anders. Wir hatten damals einige Fälle zusammen gelöst und spektakuläre Festnahmen gemacht. Er war noch einer der Fahnder vom alten Schlag. Ich wusste, dass er sich seine alten Werte im steten Fluss der Zeit auch unabhängig vom Mainstream bewahrt hatte.

Wir setzten uns an den Besprechungstisch, während Frank eine elektrische Herdplatte und das italienische Schraubkännchen bediente.

„Frank, wir haben gerade mal einen ganz anderen Fall ...“, begann ich, bevor wir in Small Talk und den obligatorischen Rückblick auf alte Zeiten verfielen.

„Thommy, komm schieß los. Ich weiß, wenn du es mal wieder hierher schaffst, dann hat das schon einen guten Grund“, sagte er, so wie ich ihn schon immer kannte, gerade heraus.

„Wir haben einen erstochenen Fitnesstrainer. Und seine Freundin, der Schlagerstar Nadine Goldberg, wird gestalkt“, erläuterte ich.

„Ich habe im Kurier davon gelesen“, warf Frank kurz ein und ich fuhr fort: „Er wurde in nächster Nähe seiner Pension erstochen. Höchstwahrscheinlich kannte er den Täter, zumindest weist das Verletzungsbild darauf hin. In seiner Bude haben wir dann einen falschen mexikanischen und spanischen Pass, Bargeld und Kokainpakete gefunden. Alles deutet auf einen Kolumbianer hin, der sich hier eine neue Identität als spanischer Fitnesstrainer zugelegt und die bessere Gesellschaft mit Kokain versorgt hat.“

„Wie lange war er schon hier?", fragte Frank nach und sah mich aufmerksam an.

„Seit Jahresbeginn, zumindest laut Einreisestempel im mexikanischen Pass. Nadine hat ihn diesen Sommer über Facebook kennengelernt und dann in die bessere Gesellschaft eingeführt. Sie waren häufig zusammen bei ihrem Favoriten essen, einem Edelitaliener in Bockenheim."

Für einen Moment lauschten wir dem brodelnden Espresso und erzählten uns ein paar alte Storys aus unserer Zeit als Drogenfahnder, als die koksende High Society noch in der Flughafendisco und in edlen Innenstadtclubs verkehrte. Dann nahm er die Espressokanne von der Herdplatte und schenkte das Gebräu in die vorbereiteten Porzellantassen. Rainer und ich bekamen unser Espressoset und ich bediente mich vom Zucker, bevor ich wieder auf unser eigentliches Thema zurückkam:

„Nadine Goldberg ist seit diesem Sommer im Fokus eines Stalkers. Wir konnten ermitteln, dass einige von ihr verdeckt aufgenommene Fotos auf einem Fan-Account bei Facebook gepostet wurden. Dieser Account wurde unter den gleichen Aliaspersonalien angemeldet wie das Smartphone, mit dem der Stalker die Aufnahmen von ihr gemacht hat."

Franks Espresso war jetzt auch fertig, er setzte sich zu uns und hörte weiter aufmerksam zu. Ich rührte in meiner Tasse. „Wir haben eine Nebenhypothese zu einer, wie auch immer gearteten, finanziellen Motivlage aufgrund der Drogengeschäfte des Opfers. Und eine Haupthypothese zu einem Stalker mit den klassischen Mordmotiven Eifersucht und Heimtücke."

„Okay, und wie kann ich euch helfen?"

Ich stellte meine Tasse hin und führte meine Gedanken aus: „In einem Magazin habe ich mal von einer Einheit in Hollywood gelesen, die auf Stalker spezialisiert ist. Ihr habt doch auch internationale Verbindungen. Sagt dir das was?“

Er nahm einen Schluck von seinem Espresso und nickte. „Wir haben hier erst letztes Jahr ein Seminar zum Thema Bedrohungslagen gemacht, zusammen mit der TU Darmstadt, die arbeiten auch mit Experten aus den USA zusammen. Beim Los Angeles Police Department wurde nach dem Mord an einem Nachwuchsstar Anfang der 90er eine Anti-Stalking-Einheit gegründet. In unserem Seminar war Promi-Stalking eines von mehreren Themen. Ich habe da einige Kontakte geknüpft, aber bei uns ist das Phänomen nicht so ausgeprägt. Meistens sind es hier in Deutschland Fälle, die aus ehemaligen Beziehungen entstehen.“ Frank hielt kurz inne, ich lehnte mich zurück und folgte seinen Ausführungen weiter interessiert. Er deutete auf ein Regal, in dem zahlreiche Fachbücher und Ausarbeitungen standen. „Eine unserer Studentinnen hat das Thema aufgegriffen und ihre Bachelor-Arbeit darüber geschrieben, die könnt ihr gerne mitnehmen.“

„Kannst du die wesentlichen Punkte zusammenfassen?“

Jetzt stellte er seine Tasse ab, lehnte sich bequem im Stuhl zurück, schlug die Beine übereinander und gab uns einen Überblick: „Der Begriff *to stalk* bedeutet in etwa ‚jagen‘, ‚hetzen‘, aber auch ‚stolzieren‘ und stammt ursprünglich vom Gälischen *stalc*. Heute wird damit das willentliche, beharrliche Nachstellen oder Verfolgen einer Person beschrieben, deren physische oder psychische Unversehrtheit dadurch unmittelbar oder mittelbar bedroht oder geschädigt werden kann“, er faltete seine Hände und fuhr fort: „Stalking ist in vielen Staaten eine Straftat, seit 2007 auch in Deutschland, und seit den 90ern Thema kriminologischer und psychologischer Untersuchungen, insbesondere im anglo-amerikanischen Raum. Nach den letzten Statistiken werden jährlich in Deutschland über 20.000 Fälle polizeilich bekannt. In neun von zehn Fällen kannten sich Opfer und Täter, oft stehen ehemalige Lebenspartner dahinter. Mehr als 90 Prozent der Opfer sind weiblich, mehr als 80 Prozent der Täter männlich. Eine Studie differenziert hinsichtlich des psychologischen Profils bei Stalkern zwischen Gruppen, Motivationen und Beziehungsverhältnissen, das könnt ihr in der Bachelor-Arbeit", er deutete zum Buchregal, „ausführlicher nachlesen."

„Was hat es mit den Promi-Stalkern auf sich?", fragte Rainer nach.

„Der erste bekannte Fall war 1980 der Mord an John Lennon mittels Schusswaffe. Der psychisch kranke Täter war getrieben von krankhaftem Geltungsbedürfnis. Die versuchten Tötungsdelikte Anfang der 90er Jahre an Wolfgang Schäuble und Oskar Lafontaine gingen auf das Konto von sogenannten „Hass-Stalkern", die sich aufgrund von Psychosen verfolgt fühlten und in ihrem Wahn diese Politiker für irgendetwas verantwortlich machten. 1993 stach ein ebenso gestörter Fan von Steffi Graf ihre sportliche Konkurrentin Monica Seles nieder, um sein Idol wieder zur Nummer Eins zu machen. Dann war Jeanette Biedermann 2003 Opfer eines Stalkers, der in ihre Wohnung eindrang, das ist auch in der Arbeit erwähnt." Er stand auf, ging zum Regal, nahm nach kurzer Suche einen in rotem Karton gebundenen DIN-A4-Hefter heraus und gab ihn mir. Ich blätterte kurz durch und warf einen Blick auf das Inhaltsverzeichnis, während er sich wieder setzte.

„Und wie siehst du unseren aktuellen Fall?", fragte ich ihn.

„Thommy, ich bin kein Experte, da sind andere besser. Ich kann nur sagen: Bisher gab es in Deutschland aufgrund von psychotischem Verfolgungswahn Messerangriffe auf Politiker und eine Topp-Sportlerin. Aber da unterhaltet ihr euch besser mit einem Experten."

„Und wen kannst du uns empfehlen?“

„Die Studentin hat für ihre Arbeit den Chief der Anti-Stalking-Unit in Hollywood über Skype interviewt. Ich habe seine Handy-Nummer und den Kontakt hergestellt. Wir skypen ab und zu miteinander. Gary hat mir gesagt, ich kann mich jederzeit melden, wenn es mal brennt.“ Er sah auf die Uhr: „Jetzt haben wir gleich 16:00 Uhr, neun Stunden Zeitunterschied zu L. A. … Bei denen ist es jetzt kurz vor 07:00 Uhr morgens.“

Frank grinste uns an: „Die stehen da immer früh auf, da ist ja auch das ganze Jahr Sommer. Herrlich, oder? Ich kann ihn gleich anrufen. Wie dringend soll ich es machen?“ Und schon jetzt wusste ich, dass sich unser Trip nach Mühlheim gelohnt hatte.

Er sah sich noch einmal die Visitenkarte an, die ihm der Kollege mit dem Hinweis auf die Party heute Abend gegeben hatte. Vielleicht würde er hingehen. Aber er hatte dieses Kärtchen, das wohl irgendwie als Einladung galt, nur dankend eingesteckt, sich verabschiedet und stand jetzt in einer Fußgängerzone. Die Digitalkamera steckte in seiner Fototasche, die SD-Card mit den aktuellen Bildern hatte er schon entnommen und in eine Plastikbox in seine Hemdtasche gesteckt. Diese Fotos vom ersten Tag der Fashion Week waren jetzt das Wichtigste. Sie mussten so schnell wie möglich eingestellt werden und er brauchte unbedingt einen neuen Laptop. Er lief weiter, den Mailänder Dom im Rücken, Richtung Bahnhof. Dort gab es bestimmt Telefonläden. Als die historische Altstadt hinter ihm lag, fiel sein Blick auf einen Internet Shop an der nächsten Straßenecke. Die bunt beklebten Schaufenster priesen Telefonkarten und gebrauchte Elektronikartikel an. Er trat ein, studierte die Auslagen und entschied sich dann für einen gebrauchten IBM-Laptop, einen Stick der italienischen Telekom mit zwanzig Euro Guthaben und nahm dann noch ein ebenso gebrauchtes Smartphone mit. Der Inder hinterm Tresen freute sich über sein Tagesgeschäft. Dann setzte er sich mit seinen Einkäufen in das nächste Café. Er bestellte wieder einen Milchkaffee, warf den Laptop an und setzte Stick und SD-Karte ein. Nach wenigen Minuten hatte er die besten Bilder in die Cloud der Agentur gestellt. Dann schickte er eine Mail aus einem seiner Freemail-Konten an seine Auftraggeber und bat um Überweisung des ersten Honorars auf sein Konto.

Er konnte sich nicht verkneifen, nach den aktuellen News aus Frankfurt zu sehen. Auf seinem Fan-Account gab es ein paar Kommentare zu dem Artikel im Frankfurter Kurier und er überlegte, ob er sich nicht doch einmal zu Wort melden sollte, schließlich hatte er sich jetzt eine sichere, anonyme Hardware zugelegt. Hier konnten sie ihn nur sehr aufwändig zurückverfolgen. Doch als der Kellner kam, entschied er sich vorerst gegen einen Post und klappte den Laptop zu.

Wir saßen in Franks Büro rund um seinen Laptop. Gary Charlton, Chef der Anti-Stalking-Unit des Los Angeles Police Department (LAPD) war über Skype zugeschaltet. Er war jünger als ich, etwa vierzig, hatte volle schwarze Haare, ein markantes Gesicht, war braungebrannt und genauso gut gelaunt wie Frank. Die beiden hielten zunächst Small Talk und der Fahnder aus L.A. nahm sein Tablet für einen Augenblick hoch und schwenkte vom Balkon seines Strandhauses über den Strand, wo sich für diese frühe Uhrzeit erstaunlich viele Jogger tummelten.

„Du musst mich unbedingt mal besuchen, Frank. Dann mach ich uns ein Barbecue mit frischem Seafood“, lud er meinen alten Teampartner ein.

Das Bild wurde wieder statisch, offenbar hatte er das Tablet aufgestellt und sich an einen Tisch auf dem Balkon gesetzt. Im Hintergrund waren der hellblaue, wolkenlose Sommerhimmel und die Spitzen einiger Palmen zu sehen, die sich sacht im Wind bewegten.

„Gary, schön das du Zeit für uns hast", eröffnete Frank.

„Kein Thema, ich muss erst in zwei Stunden beim ersten Briefing sein", erwiderte er und öffnete den obersten Knopf seines blütenweißen Hemdes.

„Das sind meine Kollegen Thomas Bach und Rainer Arndt, beide vom Frankfurt Police Department, Homicide Division. Thommy und ich sind Buddys, wir sind früher bei der Drogenfahndung zusammen gefahren", stellte uns Frank in perfektem Englisch vor. Ich konnte beide gut verstehen, auch wenn mein gesprochenes Englisch nicht so perfekt war. Rainer und ich begrüßten ihn, er grüßte freundlich zurück und dann nahm Frank den Zettel mit unserem zuvor abgestimmten Gesprächsfahrplan zur Hand.

„Gary, wir haben hier in Frankfurt eine Sängerin, Nadine Goldberg. Sie hat im Frühjahr eine Casting-Show gewonnen und dann ihre erste CD herausgebracht", schilderte Frank den persönlichen Hintergrund unseres Stars. Gary hatte sich bequem zurückgelehnt und hörte zu. Frank fasste unsere bisherigen Erkenntnisse wie besprochen zusammen, während ich die Bilder aus Kalifornien auf mich wirken ließ.

„Wir konnten den Stalker bisher nicht identifizieren, der Star wird verdeckt überwacht, um ihn hoffentlich in ihrem Umfeld aufzunehmen. Das Phänomen Promi-Stalking ist bei uns selten, daher fehlen uns die Erfahrungen und wir hätten gerne deine Einschätzung oder zumindest einen Rat, wie wir weiter vorgehen könnten", erklärte Frank unser Anliegen.

„Am Anfang ist jeder unserer Stalker wirklich erst einmal ein Phantom, und darum so bedrohlich. Es kann jeder sein, der die Medien konsumiert und bei dem irgendwann die berühmte Sicherung rausfliegt." Gary nahm seinen rechten Zeigefinger an die Schläfe, um eine eindeutige Geste zu machen. „Wir wissen mittlerweile mit sehr hoher Wahrscheinlichkeit, wie der entscheidende Moment abläuft." Er nahm den Finger wieder herunter und fuhr nach einer kurzen Spannungspause fort: „Es kommt zu einer Begegnung des Stalkers mit dem Star oder einem Assistenten, der Stalker wird verbal, aber auch insbesondere nonverbal deutlich zurückgewiesen, dann tickt er aus."

„Also auch bei Promi-Stalkern ist eine vorherige Begegnung hochwahrscheinlich?", fragte Frank nach.

Gary nickte und beugte sich jetzt vor: „Unser Psychologe hat nach wissenschaftlichen Auswertungen unserer Fälle ein belastbares Profil eines VIP-stalkenden Phantoms erstellt: Meist hat dieser die genetische Veranlagung für eine Psychose und als Kind einen Elternteil oder eine andere Bezugsperson verloren, ist bindungsgestört und scheitert immer wieder in Beziehungen oder wird arbeitslos. Die Psychose bricht nach einem oder mehreren Verlusten aus, das Phantom taucht in eine mediale Scheinwelt ab. Der Star, der ihn täglich über die Medien begleitet, scheint diese Leere auszufüllen, er verliebt sich, die Auftritte werden zum Date, er ist fasziniert vom Ruhm, der auch auf ihn abstrahlen soll." Gary hielt kurz inne und lehnte sich dann wieder zurück: „Er sendet ihr Nachrichten, manche ihrer Verhaltensweisen bezieht er nur auf sich, daher denkt er, dass auch sie ihn liebt und greift an. Diese Phantome können tagelang im Nahbereich der Opfer lauern, dringen in die Häuser ein. In einem Fall konnten nur Bodyguards Schlimmeres verhindern, als der Stalker mit einer Waffe vor der Villa auftauchte. Das ist wirklich nur die Management-Version, aber eins steht fest: Einen Stalker fasst man nicht wie einen Autodieb, man muss Geduld haben und ihn Fehler machen lassen."

Na, das waren ja tolle Aussichten, dachte ich mir und warf einen Seitenblick auf Frank, der das erste Mal heute nicht gutgelaunt schien.

„Habt ihr noch Fragen?", wandte er sich an Rainer und mich.

Ich schüttelte den Kopf, aber Rainer meldete sich mit perfektem Englisch zu Wort: „Wie wahrscheinlich ist ein Angriff eines Promi-Stalkers auf einen Lover des Stars?"

Gary runzelte die Stirn: „Der Lover steht zwischen dem Star und ihm, das spricht dafür …" Er überlegte kurz und fragte dann: „Was hat das Opfer für einen Background?"

„Die Identität steht noch nicht fest, wahrscheinlich ein kolumbianischer Drogendealer", erwiderte Rainer.

„Oh shit", rief Gary und kratzte sich am Kopf. „Habt ihr da was in dieser Drogenrichtung?"

„Nein, bisher keine konkreten Hinweise", schaltete sich Frank wieder ein.

„War das schon in der Zeitung?", fragte Gary.

„Ja, in einem Boulevardblatt, außerhalb unserer Pressemitteilung ", ergänzte Frank.

Der Detective vom LAPD schüttelte den Kopf: „Jungs, da muss ich passen. So etwas gab es hier auch noch nicht, aber …", er gönnte sich wieder eine kleine Spannungspause, das gehörte wahrscheinlich dazu, „aber hier in Hollywood bist du eigentlich wirklich erst ein richtiger Star, wenn du schon einmal einen Stalker hattest."

Ich ließ dieses Statement langsam einsickern. Rainer schüttelte den Kopf und Frank beendete die Videokonferenz: „Okay Gary, vielen Dank für deine Hilfe. Ich komme in meinem nächsten Urlaub und bringe deutsches Bier zum Seafood mit."

Gary lachte: „Du bist immer willkommen, schönen Abend." Wir verabschiedeten uns vom Detective, das Bild verschwand und wir bedankten uns bei Frank für die unkomplizierte Unterstützung. Als wir uns von ihm verabschiedeten, bat er mich noch um einen Gefallen: „Thommy, bitte halte mich auf dem Laufenden. Wenn ihr ihn habt, ist das auf jeden Fall eine Follow-up-Thema für eine weitere Bachelor-Arbeit."

„Na klar Frank, machen wir. Hoffentlich kriegen wir ihn, bevor noch etwas passiert", sicherte ich ihm besorgt zu und war gespannt, wann das MEK den Stalker endlich aufnehmen konnte.

Die Fantasieadresse unseres Stalkers lag in einer völlig unscheinbaren Seitenstraße in Offenbach, von der ich noch nie gehört hatte.

Es war ein brachliegendes Baugrundstück in der City, eine Baulücke zwischen zwei Altbauten mit korrespondierenden Hausnummern, unweit eines Kinocenters, in dem sich auch ein Café befand. Ein Blick in Google hatte gezeigt, dass die Baulücke nicht im Internet recherchierbar war. Also kannte der Stalker diese Bau- und Adresslücke wahrscheinlich. Die für den Fan-Account und das Smartphone angegebenen Personalien waren rumänische Allerweltsnamen, die im Telefonbuch von Bukarest wahrscheinlich mehrere Seiten füllten. Wir stellten unseren Wagen auf dem Parkplatz eines Supermarktes neben dem Kinocenter ab und tauchten dann in eine der vielen Parallelgesellschaften des Freizeitparks Deutschland ein. Ich hatte hier bereits wegen eines Tötungsdeliktes im Milieu der rumänischen Trickdiebe ermittelt. Typisch Offenbach, dachte ich mir als langjähriger Eintracht-Fan natürlich vorurteilsbehaftet. Wir gingen eine kurze Runde und nahmen dann einen Cappuccino in einem der Cafés in Neu-Bukarest, ohne auch nur einen Millimeter weitergekommen zu sein. Kinder spielten direkt neben der stark befahrenen Hauptstraße, während die bunt gekleideten Mütter die Gäste in den umliegenden Cafés anbettelten. Ich überlegte, ob die alten Verbindungen zwischen kriminellen rumänischen und italienischen Milieus im Frankfurter Bahnhofsgebiet eine Rolle bei unserer Scheinanmeldung spielten, aber das war dann wahrscheinlich doch zu weit hergeholt. Einige der extrovertierten, männlichen Offenbacher Neubürger und Aufpasser der buntgekleideten Frauen erschienen auf der Bühne, kassierten ihre Bettelsklaven ab und telefonierten dann eifrig weiter mit ihren Smartphones. Mir fielen die explodierenden Hartz-IV-Zuwachsraten der Zuwanderer aus Südosteuropa ein, doch dann leerte ich meine Tasse in einem Schluck und wollte nur noch in meine Heimatstadt.

Die im Westen langsam untergehende Abendsonne ließ den Main wie rötliches Quecksilber metallisch schimmern und die Bankentürme in einem unwirklichen Licht erscheinen. Rainer lenkte den BMW über die Flößerbrücke zurück in die City, als mein Dienst-Handy zirpte und ich es aus der Jackentasche fischte.

„Ja?“, meldete ich mich kurz angebunden.

„Thommy, Stefan hier, ich habe eine Nachricht von der Internet-Auswertung: Auf Facebook wird ein Auftritt von Nadine Goldberg angekündigt. Heute Abend in einer Disco in der City. Kein geplantes Konzert, anscheinend ein Spontanauftritt.“

„Okay, danke für die Nachricht. Wann und wo?“

Er gab mir Uhrzeit und Club durch und ich fragte nach: „Gibt es ansonsten irgendwelche News zur Berichterstattung im

Frankfurter Kurier oder zum Tod ihres Fitnesstrainers?“

„Hmmh“, brummte er, „also bisher keine Feststellungen in dieser Richtung, nichts. Wir bleiben aber dran.“

„Und?“, fragte mein Teampartner und hielt an einer roten Ampel an der Zoo-Passage.

„Unser Star hat heute Abend noch einen Auftritt“, entgegnete ich und wusste, dass ich mir diesen Gig definitiv nicht entgehen lassen würde.

6

Die Diskothek lag gegenüber vom Schauspielhaus. In der Grünanlage davor stand das leuchtend blaue Euro-Symbol mit gelbem Sternenkranz wie eine überdimensionale, futuristische Leuchtreklame der Europäischen Union. Ich stand an einer roten Fußgängerampel direkt gegenüber und erinnerte mich an die linken Proteste und das zugemüllte Camp mit den obdachlosen, europäischen Neubürgern unterm Euro-Zeichen. Hier, im Zentrum der größten deutschen Bankenmetropole, reichten oft wenige Schritte während der Mittagspause, um die Kontraste in der amerikanischsten aller deutschen Städte mit allen Sinnen zu erleben.

Als die Ampel auf grün sprang, schlenderte ich weiter zur gläsernen Front der Diskothek, wo schon eine Schlange vorm Eingang zu sehen war. Dann stellte ich mich auch an und ließ in den nächsten Minuten den bisherigen Abend Revue passieren.

Wir hatten uns bei einer Teambesprechung im Präsidium mit Sabine und Stefan gegenseitig auf den aktuellen Stand gebracht. Rainer hatte sich dann verabschiedet, weil er zu einer Familienfeier eingeladen war, während ich mir die noch letzten Informationen zu Nadines Auftritt besorgen wollte.

Ich wunderte mich, warum sie so kurze Zeit nach seinem Tod wieder auftrat. Dann war ich an der Reihe und präsentierte dem Türsteher den Ausdruck meines Online-Tickets, weil ich mich nicht outen und einen möglichst unverfälschten Eindruck erhalten wollte. Zumindest redete ich mir das ein, warum auch immer. Hinter der Glasfassade gelangte ich in den Bereich der Bar, dahinter ging es ein paar Stufen hinab zur Tanzfläche und der Bühne. An der Bar drängte sich ein gemischtes, augenscheinlich solventes Publikum jenseits der Dreißig. Ich suchte mir einen taktisch günstigen Platz am Tresen mit Blick auf die Bühne und entschied mich, hier einen Mainhattan Sour zu testen. Hinter der Bar klebte ein schwarz-weißes DIN-A3-Plakat mit dem Schriftzug des Clubs, darunter Nadines Foto im Seitenprofil vor einem alten Mikro aus den 50ern, von Zigarettenqualm umgeben. „Retro Night" war der Untertitel des monatlichen Tanzabends, bei dem Titel der 70er und 80er liefen. In der Fußzeile waren die Logos der Sponsoren verzeichnet. Ein bekanntes Stadtmagazin, der Schlagersender des Hessischen Rundfunks, die Verkehrsgesellschaft Frankfurt und die größte Brauerei der Stadt. Mir fielen Stefans Worte wieder ein: *kein geplantes Konzert, anscheinend ein Spontanauftritt* ... War der Gig wirklich nicht geplant, oder eher eine Variante des Facebook-Marketings, das auf spontane Reaktionen der Community setzte?

Der Barkeeper stellte meinen Cocktail hin und lächelte mir zu. Ich griff nach dem Glas, nahm einen großen Schluck und ließ einen Eiswürfel langsam in meinem Mund zerschmelzen. Der Hintergrund der Bühne war rabenschwarz. Im Off liefen Schlager aus den 70ern und ich sah mich um. Die Gäste waren leger gekleidet, hielten Small Talk und nuckelten an ihren Drinks. Einige waren intensiv mit ihren Smartphones beschäftigt, wahrscheinlich, um die Nachrichten des Tages abzurufen. Direkt neben mir standen drei junge Nachwuchsbanker im Maßanzug, die sich an ihren Biergläsern festhielten und mit ihrem Lebensalter hier deutlich den Schnitt senkten.

Sie diskutierten oberflächlich Börsenkurse, ohne ihre Aufmerksamkeit für die Frauen zu verlieren, die an uns vorbeiliefen, um zur Tanzfläche zu gelangen. Einige der reifen Damen schenkten den Jungs interessierte Blicke und lächelten, bevor sie weitergingen.

Plötzlich ging das Licht aus, der Hintergrundtitel verklang und zwei Scheinwerfer fingen einen Barhocker auf der Bühne ein. Direkt davor befand sich ein Ständer mit dem alten Mikrofon vom Plakat der „Retro Night".

Sowohl Barhocker als auch Mikro waren mir im Dunkel der Bühne entgangen. Die ersten Takte der Coverversion eines bekannten Schlagers erklangen, die Smartphones wurden reihenweise gezückt, und dann kam Nadine aus dem dunklen Hintergrund auf die Bühne. Sie war komplett in schwarz gekleidet, mit einem Hut, unter den sie ihre langen Haare gesteckt hatte, dazu einen passenden Hosenanzug und hochhackige Pumps. Nadine lief wie ein Model auf dem Catwalk, die Schritte maßvoll, selbstbewusst und gezielt gesetzt, die Schultern gerade und erhoben, den Blick stets im Publikum, so dass sich jeder mitten in dieser Show wiederfinden konnte. Das Klicken ihrer Pumps ging leider im frenetischen Jubel der Menge unter. Die Blitzlichter der Smartphones zuckten, als sie sich graziös auf den Barhocker setzte, die Beinc übereinanderschlug und die erste Strophe mit rauchiger Stimme in das Mikrofon hauchte.

Kompliment, dachte ich, klasse Show. Man merkte ihr wirklich nicht an, dass sie gerade erst ihren Freund verloren hatte. Ich verdrängte die Gedanken an meine Zeit mit Maja, nahm einen weiteren Schluck vom Drink, ließ den Auftritt auf mich wirken und meinen Blick im Publikum schweifen. Die Leute waren wirklich aus dem Häuschen, sangen lauthals mit und machten Selfies mit der Bühne im Hintergrund. Ein Fotograf mit einem überdimensionalen Objektiv auf der Kamera ließ mich innehalten. Er stand direkt neben der Bühne und fotografierte den Star frontal, ohne Rücksicht auf das Publikum in seinem Rücken. Was für ein aufdringlicher Paparazzo, dachte ich über diese Art von Schmeißfliegen, die VIPs hinterherstiegen, um sie sogar heimlich zu fotografieren. Was dann regelmäßig zu spektakulären Bildern führte, weil die Promis oft ausflippten, da sie gar keine Privatsphäre mehr hatten, ob im Urlaub, beim Einkaufen oder im Restaurant. Ich beobachtete den Fotografen weiter und dachte an Garys Ausführungen zum entscheidenden, auslösenden Moment: *Der Stalker wird verbal, aber auch insbesondere nonverbal deutlich zurückgewiesen, dann tickt er aus…*

Ein zurückgewiesener Promifotograf als Stalker, das könnte zum Täterprofil passen. Und dann fiel mir noch ein Hinweis des Detective ein: *Die Auftritte werden zum Date, er ist fasziniert vom Ruhm, der auch auf ihn abstrahlen soll…* War der Paparazzo vor der Bühne vielleicht ein heißer Kandidat?

Nadine hatte ihren Auftritt beendet und die Menge forderte frenetisch eine Zugabe. Sie bedankte sich, lobte ihr Publikum und nahm dann den Hut ab. Die dunklen Haare fielen ihr in Wellen auf die Schultern, die ersten Takte eines anderen, berühmten Schlagers erklangen, während sie ihren schwarzen Hut lässig aus dem Handgelenk ins Publikum warf. Jede ihrer Bewegungen wirkte natürlich, lässig, spontan, ohne auch nur den Anschein zu erwecken, sie wären vielleicht einstudiert. Die Fans reckten die Hände nach dem in hohem Bogen fliegenden Souvenir. Ein größerer, glatzköpfiger Typ in hellem Anzug fing ihn auf und reichte ihn seiner kleinen Nachbarin, die sich wie ein kleines Kind über seinen Fang freute, den Hut sofort aufsetzte und sich dann eng an ihn schmiegte.

Der Barkeeper erschien wie aus dem Nichts neben mir und sah mich fragend an. Ich deutete auf meinen Drink, nickte um die neue Bestellung zu bestätigen, und stand dann auf, um mich zur Toilette zu kämpfen. Auf dem Weg dorthin durchquerte ich die Menge auf der Tanzfläche, zückte mein Handy und machte einige Fotos von Nadines Auftritt und wie zufällig auch von dem Paparazzo, der sich in diesem Moment zur Seite drehte und seine Aufnahmen auf dem Display der Kamera prüfte. Mit diesem Handy-Foto konnte ich ihn bestimmt später über Internet-Recherchen identifizieren und abklären, ohne hier weiter aufzufallen.

Auf dem Rückweg nahm ich den Weg über eine andere Treppe zur Bar und scannte das Publikum mit kritischem Blick. Bis auf einige gelangweilte Typen im Schlepptau von gutaussehenden Karrierefrauen fiel mir niemand auf. Und diese Kerle fielen raus, weil sie kein Interesse an dem Star zeigten und damit nicht in das Profil passten.

Nadine Goldberg beendete gerade ihre zweite Zugabe vor dem jubelnden Publikum und ich wollte wieder auf meinem Barhocker Platz nehmen, aber jetzt saß ein junger Mann darauf. Er hatte feuerrote Haare im typischen Retro-Haarschnitt, der zu seinem englischen Tweed-Sakko passte. Irgendwie erinnerte er mich an einen Popstar der 80er. Auf dem Tresen stand mein noch nicht ganz leeres Cocktail-Glas. Er sah kurz zu mir auf, ich deutete auf mein Glas und den Hocker, aber er streckte sich nur und setzte ein arrogantes Grinsen auf. Mick, ja so hieß der Sänger der berühmten Gruppe damals, nur war der viel sympathischer. Ich grinste zurück und schob Mick mit meiner Schulter und leichtem Druck seitlich vom Hocker. Sein Grinsen erstarb, er fing sich auf einem Bein ab und warf sich in die Schultern, als ob er es unbedingt wissen wollte. In diesem Moment kam der aufmerksame Barmann und stellte mir meinen nächsten Drink auf den Tresen.

„Danke fürs Freihalten“, brummte ich, gerade so laut, dass der Tweed-Sakko-Typ es unter dem abebbenden Jubel hören konnte. Er lief rot an, passend zu seiner Haarfarbe, und presste die Lippen zusammen. Ich starrte ihn für einige Sekunden an, ein nonverbaler Zweikampf, doch dann ging sein Blick nach unten, er fingerte einen imaginären Fussel von seinem Sakko und trollte sich. Ich setzte mich bequem auf meinen wiedereroberten Barhocker und nahm einen Schluck von meinem zweiten Cocktail, als sie rechts von mir auftauchte.

„Hallo Thommy!“

Ich sah auf. „Hallo Maja!“ Wo war sie die ganze Zeit geblieben?

„Na, schmeckt dein Lieblingsdrink auch hier?“ Sie lehnte sich an den Tresen und lächelte mich fragend an.

„Ist ganz okay“, erwiderte ich etwas einsilbig und versuchte, mir meine Anspannung nicht anmerken zu lassen.

Heute trug sie eine dunkelrote Bluse, eine schwarze Hose und schwarze Pumps, wie ihre Tochter. Das Kribbeln in meinem Bauch ging in ein Ziehen über.

„Möchtest du auch etwas trinken?“, fragte ich höflich, doch der Barkeeper stellte ihr bereits ein Cocktail-Glas auf den Tresen, sie hatte wohl schon bestellt. Die ersten Gäste fingen an, sich zu verabschieden und rechts neben ihr wurde der Barhocker frei. Sie zog ihn zu mir heran, setzte sich, wir stießen an, die Gläser klickten so wie auf der Dachterrasse des Skyline Plaza und mein Magendruck verstärkte sich mit jeder Sekunde. Ich dachte an gestern Abend zurück, wie wir in ihrem Bungalow gelandet waren, an die unkontrollierte, intensive Leidenschaft, die uns schon damals sofort verband. Und ich erinnerte mich, wie ich dann ihr Schlafzimmer im Morgengrauen verkatert verlassen hatte. So wie vor dreißig Jahren, nur hatte sie damals ein

Zimmer in einer Studenten-WG im Nordend, nicht einen Bungalow auf dem Lerchesberg. Ich fragte mich wieder, was damals wirklich passiert war, dass sie so einfach aus meinem Leben verschwunden war, dachte kurz an Ute und versuchte das aufkommende schlechte Gewissen zu verscheuchen.

„Ist alles okay mit dir?" Sie lächelte mich an. Die kleinen, sympathischen Falten rund um ihre tiefblauen Augen schienen mitzulachen, und ich versuchte, mir darüber klar zu werden, warum ich wirklich hierhergekommen war. Ich hatte natürlich geahnt, dass sie zu Nadines spontanem Auftritt kommen würde, und wollte wahrscheinlich einfach nur einen Grund haben, sie wiederzusehen.

„Klasse Show, wirklich, sie hat echt Talent", lobte ich ihre Tochter und versuchte beiläufig zu fragen: „Hat sie das von ihrem Vater?" Meine eigene Stimme hörte ich blechern und wie von ganz weit entfernt.

Sie spitzte für eine Sekunde überrascht ihre Lippen, sah mich für diesen einen Augenblick fragend an und lächelte dann: „Na, das hat sie von ihrer Mutter, von wem denn sonst!"

Aus Verlegenheit nippte ich wieder an meinem Glas, ließ den Eiswürfel aber diesmal, wo er hingehörte. Die Musik im Hintergrund bildete nun eine angenehme Geräuschkulisse für diskrete Gespräche und ich gab mir einen Ruck, eine dienstliche Frage zu stellen: „Wie lange bist du schon von deinem Mann getrennt? Du weißt, wir müssen uns auch mit ihm unterhalten."

Sie ließ ihr Eis im Glas kreisen, rührte mit dem Strohhalm um und seufzte: „Wir haben uns über die Jahre auseinandergelebt." Sie stellte das Glas auf den Tresen. „Als Nadine noch klein war, hat sich Karl fantastisch um seine einzige Tochter gekümmert, aber als sie dann erwachsen war, hat er nur noch für seine Arbeit gelebt."

Seine einzige Tochter also. Ich dachte an die Unterhaltung mit ihrem Nachbarn auf dem Lerchesberg.

Maja sah mich direkt an, ihr linkes Augenlid flatterte für einen Sekundenbruchteil, wie ein Tell beim Pokern, und ich ahnte, dass sie nicht ganz ehrlich mit mir war. Sie wusste, dass ich es wusste, und senkte den Blick, vielleicht auch, weil ihr Selbstbild die Wahrheit nicht zulassen wollte. Und ich fragte zunächst nicht gezielt nach, weil ich eine ehrliche Antwort in diesem Moment lieber nicht hören wollte.

Sie sah sich um, als wollte sie sichergehen, dass uns niemand beobachtet. Die Geräuschkulisse war laut genug und die Gäste um uns herum waren mit sich selbst beschäftigt. Dann beugte sie sich zu mir vor, sah mich ernst an, strich sich eine blonde Strähne hinter ihr linkes Ohr und fing an zu erzählen: „Karl hat ihr nie die Freiheit gelassen, die sie so nötig hatte. Sie ist nun einmal ein Künstlertyp, sie lebt in den Tag hinein. Musik bedeutet ihr alles. Aber er wollte, dass sie in der Bank in seine Fußstapfen tritt. Sie sollte für ihren Master in Business Administration in England und in Italien studieren, er hatte schon alles vorbereitet, ihr Leben vorgeplant, aber sie wollte ihr Leben selbst in die Hand nehmen." Sie sah mich beschwörend an, ich nickte, dann schaute sie sich erneut um, aber wir waren weiter ungestört, und sie fuhr fort: „Als sie sich letztes Jahr für die Casting-Show beworben hat, ist er total ausgerastet." Ihre Lippen zuckten vor Aufregung. „Ich habe Nadine unterstützt, aber er hat uns knallhart vor die Wahl gestellt, das Show-Geschäft oder eine Zukunft mit ihm." Ihr Blick schweifte über die Bar und die Tanzfläche und dann in eine weit entfernte Vergangenheit zurück: „Nach ihrem ersten Casting hat er mir dann zu Hause eine Szene gemacht, seine Koffer gepackt und die Scheidung angekündigt." Sie nahm einen großen Schluck von ihrem Drink und sah mich dann wieder an. „Nadine hat das ziemlich getroffen, sie hat sich aber in ihre Arbeit gestürzt und ist daran gewachsen, ja, sie ist sogar über sich hinausgewachsen."

In meinem Hinterkopf klingelten leise Alarmglocken. Wenn Karl Goldberg wirklich so gegen ihrer Show-Karriere war und sie total kontrollieren wollte, zu was war er dann noch fähig?

„Wie stand er zu ihrem Verhältnis mit Juan?", hakte ich, meinem Gedanken folgend, nach.

Sie überlegte kurz, legte den Kopf zur Seite und sah abwesend zur leeren Bühne hinüber. „Irgendwie war ihm keiner von ihren Freunden gut genug. Er hat oft gesagt, dass sie einen Besseren finden könnte."

Jetzt passte der Moment, ich gab mir einen Ruck und stellte die Frage: „Wer ist der leibliche Vater von Nadine?"

„Warum ist das denn so wichtig?" Sie lehnte sich reserviert zurück und verschränkte die Arme vor der Brust.

„Vielleicht hatte der leibliche Vater ein Motiv und wollte seine Tochter nicht verlieren", beeilte ich mich zu sagen und registrierte erleichtert, wie sie nach dieser plausiblen Erklärung wieder in eine kooperative Haltung wechselte. Ich trank einen Schluck, um ihr Zeit zu lassen, doch dann schüttelte sie den Kopf. „Nein, Thommy, das glaube ich nicht. Ich weiß selbst nicht genau, wer ihr Vater ist. Es muss aber ein Spanier sein, ich war damals für einige Monate an der Costa Brava, kurz nach unserer schönen Zeit." Sie lächelte, aber mein Bauch meldete sich wieder mit einem deutlichen Unwohlsein. „Ich weiß nicht, wer es war. Ich bin zu ihrer Geburt nach Deutschland zurückgekommen und habe es alleine mit ihr geschafft, bis ich Karl kennengelernt habe. Sie weiß es, wir haben sie als Teenager darüber aufgeklärt und es lässt sie immer noch nicht in Ruhe. Sie ist deswegen auch in Therapie, aber das muss wirklich unter uns bleiben". Ich nickte, um zu signalisieren, dass ich das verstanden hatte. Das gab dem Fall allerdings eine neue Facette. Deshalb hakte ich nach:

„Wir werden das selbstverständlich diskret behandeln, aber ich muss wissen, beim wem sie in Therapie ist."

Sie nickte verständnisvoll: „Okay, ich weiß, dass ich mich auf dich verlassen kann. Sie heißt Michaela Dorfner, Psychotherapie und Coaching, sie steht im Telefonbuch." Dann fügte sie bedauernd hinzu: „Aber wegen des leiblichen Vaters kann ich dir leider nicht weiterhelfen, es waren damals wilde Zeiten, das weißt du doch noch." Dann sah sie mich eindringlich an und legte ihre Hand auf meine. „Manchmal wünsche ich mir, ich könnte die Zeit wieder zurückdrehen."

Mein Magen begann wieder, Achterbahn zu fahren. Sie bemerkte meine Zurückhaltung, nahm ihre Hand wieder zurück, leerte ihr Cocktai-Glas und stand auf. „Ich hole Nadine jetzt backstage ab. Mach's gut Thommy, ruf mich mal wieder an." Sie schenkte mir noch ein Lächeln und ich ergänzte: „Wir müssen noch eure Aussagen aufnehmen. Morgen um 11:00 Uhr im Polizeipräsidium?"

Sie zögerte kurz und nickte dann. Als sie sich abwenden wollte, zuckte plötzlich ein Blitzlichtgewitter hinter uns.

„Bitte einmal lächeln, für den Franky!"

Ich drehte mich nur halb zur Seite und sah den Paparazzo von der Bühne, der auf einmal hinter uns stand. Die Achterbahn tauchte in meinem Magen in eine tiefe Rechtskurve, dann hielt ich die Luft an und lächelte schmal, um nicht zu explodieren.

„Danke", krähte der Fotograf vom Frankfurter Szenemagazin, hinter ihm der rothaarige Mick, der ebenfalls ein Foto mit seinem Smartphone schoss. Ich analysierte kurz die Situation und wusste, dass ich mir jetzt keinen Fehler erlauben konnte, um nicht in den sozialen Medien oder gar in der Zeitung zu landen. Und dann setzte ich darauf, dass die beiden mich nicht kannten. Der Fotograf ging weiter, Mick im Schlepptau, und ich spülte meinen Ärger mit dem Rest des Cocktails hinunter.

Die dröhnenden Bässe spülten den Techno-Beat durch den schmalen Flur der Galerie in der Mailänder Altstadt. Nach wenigen Metern stand er in einem hell angelegten Studio. An den Wänden hingen moderne Ölgemälde, die weder eindeutige Motive noch klare Linien erkennen ließen. Die Fensterfront eröffnete einen fantastischen Blick auf die nächtliche, erleuchtete Altstadt. Rechts an der Wand stand ein Pult, an dem ein DJ altmodische LPs auflegte. Seine bunte Punkmähne stand seinem noch bunteren Hawaiihemd nur wenig nach. Die Models und Paradiesvögel der Nacht trugen alle bunte Hawaiiklamotten. Auch er hatte sich nach einem genaueren Blick auf die Visitenkarte noch schnell ein entsprechendes Hemd zugelegt. Links standen ein Buffet sowie Eiskübel mit verschiedenen Getränken. Vor der Fensterfront standen Bistrotische, an denen sich die Fashion Community tummelte.

„Salve, schön dass du da bist!“, rief der Kollege, der ihm die Visitenkarte mit der Einladung gegeben hatte in fließendem Italienisch, „ich bin Sergio!“ Sergio reichte ihm seine manikürte Hand. Er drückte sie zum Gruß, verspürte aber keinen Gegendruck, und erwiderte in ebenso fließendem Italienisch:

„Ich bin Vittorio, danke für die Einladung.“ Der Typ erinnerte ihn an den Galeristen in einem alten Hollywoodstreifen mit Eddy Murphy. Vielleicht pflegte er so sein Image.

„Vittorio, bediene dich, nimm dir einen Drink und amüsiere dich!“

„Vielen Dank. Ich hätte gerne meine Freundin mitgebracht, aber die ist leider verhindert", ergänzte er, um die Fronten zu klären. Sergios Lächeln fror für einen Moment ein, doch dann lachte er künstlich: „Bis gleich, ich muss noch andere Gäste begrüßen", und ging an den nächsten Bistrotisch.

Er ging zum Buffet, schenkte sich einen eiskalten Frascati ein, nahm sich ein Schälchen mit süß-saurem hawaiianischen Fingerfood und stellte sich zu zwei schlanken Models an einen anderen Bistrotisch an der Fensterfront. Sie prosteten ihm zu, er stieß mit ihnen an und lächelte. Der kalte Weißwein war spitze, er nahm sein gebrauchtes Smartphone aus der Seitentasche der Shorts und rief in wenigen Sekunden die Suchmaschine auf. Kurz darauf hatte er die wichtigsten Facebook-Seiten gecheckt. „Nadine at Retro Night", prangte die Nachricht über ihrem Foto, gepostet vor einer halben Stunde. Sie saß auf einem Barhocker in gleißendem Scheinwerferlicht, ganz in schwarz und mit einem Hut, der gar nicht zu ihr passte. Vor ihr stand ein Mikrofon, dass sie mit einer Hand umklammerte. Nein, das war nicht sie, das war nicht seine Nadine. Ärger stieg in ihm hoch. Kaum war er aus der Stadt, wandte sie sich von ihm ab. Er musste zurück und hätte erst gar nicht hierher fliegen dürfen.

Über die Lichter der Altstadt blickend, dachte er wehmütig an ihren Auftritt im roten Kleid zurück und beschloss, sofort nach einem Rückflug für den nächsten Tag zu suchen.

Der laue Spätsommerabend lockte auch noch zu später Stunde Nachtschwärmer in die City. Auf der Zeil, der größten Einkaufsstraße unserer Mainmetropole, standen Pärchen händchenhaltend vor Schaufenstern. Teenager kamen laut schnatternd aus einer späten Kinovorstellung. Eine Bar hatte noch geöffnet, die Gäste auf der Terrasse genossen die letzten Abende dieses Sommers. Ich erinnerte mich an die vergangenen Stunden. Nach dem Auftritt des Fotografen hatte ich den Club verlassen, ohne nochmals mit Nadine zu sprechen. Im Nachhinein ärgerte ich mich, dass ich niemanden aus meinem Team mitgenommen hatte, aber dann hätte ich wahrscheinlich auch nicht diese Details von Maja erfahren. Und wäre auch nicht in so eine bescheuerte Situation mit dem Pressefuzzi gekommen, hielt ich mir selbst vor. Aber das war jetzt vorbei, ich brauchte trotzdem noch jemand, mit dem ich wirklich reden konnte, und war froh, dass ich Sandra vor wenigen Minuten auf ihrem Handy erreicht und sie einem kurzfristigen Treffen zugestimmt hatte. Was, wenn Maja die Story mit Spanien komplett erfunden hatte? Warum hatte sie damals unseren Kontakt so plötzlich abgebrochen? Ich zermarterte mir den Kopf nach einem Grund, den ich ihr möglicherweise damals gegeben hatte, aber mir fiel nichts ein. Ich fühlte mich wieder hilflos, wie gestern Abend, aber jetzt war das alles andere als gut. Kurz vor der Konstablerwache kam mir ein junger Nordafrikaner entgegen, suchte Augenkontakt und zischte „Aschiscchh“. Wahrscheinlich hielt er mich für einen seiner Kunden aus der lukrativen Zielgruppe der Alt-Achtundsechziger. Ich schüttelte den Kopf, weil ich meine Ruhe haben wollte und keinen Bock auf Schreibkram für den Papierkorb hatte. Er ging wortlos weiter.

In all den Jahren hatte ich hier noch keine empfindliche Verurteilung eines Haschischdealers erlebt. Einer hatte sogar mal eine Tonne Hasch im Keller liegen und führte heute trotzdem seine Gemüseläden weiter. Die historische Münze des liberalen Frankfurts hatte in den letzten Jahrzehnten neue, vielfältige Prägungen durch die Achtundsechziger erhalten, die im Marsch durch die Institutionen wichtige Funktionen in Justiz und Medien besetzt hatten. Einer hatte es ja bekanntlich sogar bis zum Außenminister gebracht, während seine damaligen Kumpels einen Nachtclub und ein Varieté in zentraler Lage eröffneten und über Jahrzehnte erfolgreich betrieben. Natürlich in Nähe des Basars Konstablerwache, so dass die treuen Stammkunden und Hobbyrevoluzzer nicht so weit laufen mussten, um sich spontan mit Material für einen Joint zu versorgen. Und heute wollten sie diesen Dreck auch noch legalisieren.

Als ich die Konstablerwache erreichte, bog ich rechts Richtung Main ab.

Die kleine spanische Bodega lag in einer Seitengasse hinter der Konstablerwache. Schon wenige Meter vor dem Eingang hörte ich die laute Fernsehübertragung eines Fußballspiels aus dem Lokal. Zwei Tische standen auf dem Gehweg, davor saßen einige Spanier in den blau-roten Trikots des FC Barcelona mit Blick in die Kneipe und tranken Flaschenbier. Ich trat ein und grüßte den Mann hinterm Tresen mit einem freundlichen „Hola!". Sandra wartete schon an einem Tisch in der hinteren Sitzecke auf mich. Als sie mich sah, sprang sie auf und fiel mir um den Hals. Ich war froh, dass sie einem Treffen so spontan zugesagt hatte.

„Mensch Dad, schön, dass du dich so spontan gemeldet hast!"

Sandra freute sich wirklich, endlich mal ein Lichtblick an diesem Abend, dachte ich und setzte mich dann auf den freien Platz neben ihr.

„Willst du auch ein Bier?"

Ich hatte zwar schon zwei Drinks und dachte kurz an morgen früh, nickte aber dann und sie hielt sofort zwei Finger in Richtung Theke hoch. „Juan, dos Miguel!"

Juan, dachte ich, noch ein Juan, und war plötzlich mit meinen Gedanken wieder mitten im Fall.

Meine Tochter holte mich sofort wieder zurück, als sie mir ihr halbvolles Bierglas hinhielt und ich einen Schluck trinken konnte.

„Danke, dass du dir die Zeit genommen hast“, raunte ich und stützte mich auf dem Tisch ab.

„Na ist doch klar. Schönen Gruß von Mom, wir waren letzte Woche mal zum Shoppen unterwegs.“ Sie lachte herzerfrischend, genauso wie Angie – nach Maja die zweite Frau, die mich verlassen hatte.

Ich nickte. „Besten Dank, wie geht es ihr denn?“, versuchte ich Interesse zu zeigen, obwohl ich auch nach mehr als zwanzig Jahren Trennung von Angie noch immer enttäuscht war.

„Sie hat einen neuen Freund, den will sie mir demnächst mal vorstellen.“

„Hmmhh“, brummte ich und sah erleichtert auf, weil Juan uns zwei eiskalte Flaschen San Miguel mit Gläsern und eine Schale gesalzene Pistazienkerne hinstellte.

„Gooool!“, schallte es durch die Bodega, Juan drehte sich zum breiten Flatscreen an der Wand um und wir sahen Barcas teuersten Stürmerstar in Großaufnahme jubelnd zur Eckfahne laufen. Sandra jubelte ebenfalls. Mein Blick fiel auf die Fotos und die blau-roten Wimpel an der Wand unterm Bildschirm. Irgendwie kam mir die Szene bekannt vor. Aber ich war ja schon oft mit meiner Freundin Ute hier gewesen, das war ihr Lieblingsspanier. Wahrscheinlich waren wir auch schon zum Fußballgucken hier gewesen, dachte ich mir und schenkte uns beiden das Bier ein. Wir stießen an: „Salud! Auf Barca!“, prostete Sandra mir zu, ich nahm einen großen Schluck und wir sahen uns das Tor noch einmal in Zeitlupe an.

Als der Jubel und die Kommentare verklungen waren, sah sie mich an, beugte sich vor und kam auf den Punkt: „Okay Dad, wo drückt der Schuh? Du hast doch was auf dem Herzen, oder?“

Ich nickte und sah ihr in die grünen Augen, die sie von ihrer Mutter hatte. Irgendwie wollte ich es die ganzen Jahre nicht wahrhaben, wie sie erwachsen wurde. Für mich war sie immer noch ein Teenager, obwohl sie schon vor vielen Jahren ihr Abi gemacht hatte. Jetzt stand sie kurz vor Abschluss ihres Medizinstudiums hier in Frankfurt, und ich schüttete ihr wieder mal mein Herz aus.

„Du Sandra, ich habe eine alte Freundin nach fast dreißig Jahren wiedergesehen.“ Ich ließ einige Sekunden verstreichen und sie sah mich fragend an, wohlwissend, dass das hier nur eine Einleitung war.

„Sie ist Zeugin in einer Ermittlung, deshalb …“, zögerte ich und sie grinste schelmisch: „Oh Dad, das ist ja mal wieder typisch, du scheinst deine alten Probleme immer wieder magisch anzuziehen, oder?“

Nicht zum ersten Mal stieß ich im Rahmen von Ermittlungen auf alte Bekannte. Das war aber nach dreißig Jahren Polizeidienst in Frankfurt nicht unbedingt ungewöhnlich. Vor allem, wenn man hier wohnte. Bevor ich fortfahren konnte, meinte Sandra schon: „Mensch, erzähl doch einfach mal. Komm, auf geht's!“

Das war es, was ich an ihr so liebte: ihre direkte, unkomplizierte und positive Art, die sie dann doch von ihrer Mutter unterschied.

„Ich war junger Schutzmann beim vierten Revier, ledig, und hatte ein Zimmer in einem Polizei-Wohnheim im Ostend, in der Nähe vom Zoo. Und eine nagelneue Yamaha im Hinterhof." Sie nickte, weil ich das wahrscheinlich schon einmal erzählt hatte.

„Wir haben uns in einer Kneipe kennengelernt, im Dörfchen, es hat sofort gefunkt."

Sie trank ihr Bier, sah mich weiter direkt an und schenkte mir ihre volle Aufmerksamkeit. Ich sah abwesend in eine lange zurückliegende Vergangenheit und erzählte dann weiter: „Es waren einfach tolle Wochen, damals in diesem Spätsommer. Wir waren in Sachsenhausen im Hard Rock, am Waldsee in Langen, auf der Dippemess, im Kino, es war ..."

„Du warst total verknallt in sie, stimmt's?", unterbrach Sandra mich so verständnisvoll und leise, dass ich es fast nicht hörte.

Die alten Bilder zogen weiter an mir vorbei, ein Video mit Genesis im Hintergrund, nahmen mich gefangen, die intensiven Emotionen kamen hoch und ich sah Maja, wir tanzten engumschlungen Blues, fuhren auf der Yamaha und liebten uns am Waldsee.

Ich merkte, wie ich mein Bierglas fest umklammerte und mir wurde klar, dass ich diese Zeit immer noch sehr vermisste, mehr als ich vor mir selbst zugeben wollte.

Als ich nach den richtigen Worten suchte, legte Sandra ihre Hand auf meinen Unterarm: „Du bist immer noch in sie verknallt, oder?"

Ich wollte sofort nicken, doch irgendetwas sträubte sich in mir.

„So schlimm?", sie strich mir durchs Haar, strubbelte es durcheinander, so wie sie es früher als kleines Mädchen getan hatte, und versuchte mich aufzumuntern: „Was ist daran so schlimm? Freu dich doch, das ist doch etwas Schönes, wenn man sich in deinem Alter noch mal neu verknallt. Und dann in eine alte Freundin, die auf einmal wieder auftaucht!" Danke schön, den Hinweis auf mein Alter hatte ich jetzt gebraucht.

„Das Problem ist", ich gab mir einen Ruck, „sie hat mich damals ohne besonderen Grund verlassen, ich hatte einen Brief von ihr in meinem Briefkasten. Nur wenige Zeilen, kein Grund für die Trennung. Sie hat sich für die schöne Zeit bedankt, und dann war sie weg. Von einem auf den anderen Tag. Die Mädels in ihrer WG im Nordend wussten auch nicht, wo sie war, zumindest haben sie mir nichts gesagt. Für die war ich sowieso nur der allerletzte Bulle."

Meine Tochter nahm mein Kinn in eine Hand, zog es ein Stück zu sich heran und sah mich fragend an: „Hast du ihr gesagt, dass du sie liebst, dass du es ernst mit ihr meinst?"

Ihre Frage erwischte mich eiskalt. Hatte ich es ihr damals gesagt? Vor dreißig Jahren war alles noch viel liberaler, die schöne Seite der achtundsechziger Münze, aber was hatte ich Maja damals wirklich gesagt?

„Ich weiß es nicht mehr", brummte ich in mein Bierglas und nahm noch einen tiefen Schluck.

„Vielleicht hat sie es einfach als eine schöne Zeit gesehen und wollte sie so in Erinnerung behalten", versuchte Sandra mich weiter aufzumuntern. „Vielleicht könnt ihr es noch einmal versuchen? Das musst du aber mit dir ausmachen und es dann Ute beibringen. Ihr seid zwar nicht verheiratet, aber ich habe immer gehofft, dass ihr euch doch noch mal traut…" Das ließ sie beiläufig einfließen, fast so geschickt wie ihre Mutter.

Mein Bauch fuhr wieder Achterbahn. Ich wusste, dass die beiden ein sehr gutes Verhältnis hatten, Ute war die erste, mit der ich seit der Trennung von ihrer Mutter wieder eine langjährige Beziehung hatte. Und mit der Sandra auch mal andere Gespräche führen konnte, als mit ihrer Mutter.

„Es gibt da noch etwas", meinte ich zögernd.

Sie protestierte: „Komm schon!"

Ich sah aus der Kneipe auf die Straße. „Sie hat nach unserer Trennung eine Tochter bekommen und ich bin mir nicht sicher, ob sie vielleicht von mir ist."

Ihre Miene fror für einen Sekundenbruchteil ein, doch dann lächelte sie plötzlich und ihre grünen Augen leuchteten auf: „Ich habe mir schon immer eine Schwester gewünscht, oder einen Bruder, wo ist das Problem? Sie hat es dir nicht gesagt, aber vielleicht wollte sie wenigstens eine Erinnerung an dich haben. Vielleicht hat sie sich nicht getraut, es dir zu sagen, aus Angst, dass du sie nicht haben willst. Denk doch mal so rum." Sie rückte an mich heran und nahm mich in den Arm: „Kein Grund, Trübsal zu blasen."

„Es steht ja noch nicht mal fest, ob sie wirklich meine Tochter ist", versuchte ich, meine Gedanken zu relativieren.

„Du bist doch Bulle. Wenn du das nicht herausfinden kannst, wer denn sonst?"

Ich dachte kurz über die Möglichkeiten nach und fragte mich, ob ich diese Option bisher nur aus legalen Gründen nicht weiter in Erwägung gezogen hatte. Die Auflösung lag vor mir, ich musste nur danach greifen.

Ich nahm meine Tochter in den Arm und freute mich, dass sie mir, wie schon so oft, eine pragmatische Lösung präsentiert hatte. Aber dieses Mal musste ich den Ausweg aus meinem Dilemma ganz allein mit meinem Gewissen vereinbaren.

7

Sabine hielt neben der Ampel an der Alten Oper, direkt am neuen Hochhaus einer Schweizer Investmentbank. Ich klappte die Sonnenblende runter und zog mir meine schwarze Ray Ban auf.

An diesem Spätsommermorgen präsentierte sich die internationale City wie in einem Hochglanzprospekt für Investoren. Die Wolkenkratzer der Banken ragten wie moderne, unantastbare Elfenbeintürme in den blauen, wolkenlosen Himmel. Sie bildeten unsere typisch amerikanische Skyline und damit einen starken Kontrast zur historischen Frankfurter Altstadt mit dem Dom der mittelalterlichen Kaiserkrönungen, dem Rathaus Römer, dem historischen Saal der Kaiserbankette und der Paulskirche als Wiege der deutschen Demokratie. Hier, im Schmelztiegel deutscher Geschichte, wuchs auch das neue Europa mit all seinen Facetten zusammen.

Ich hoffte, dass wir nach diesem herrlichen Sommer noch einen goldenen Herbst genießen konnten, bevor ich im Winterurlaub vor der nassen Kälte ans Mittelmeer flüchten würde.

Meine Kollegin verzichtete auf den üblichen morgendlichen Small Talk. Offenbar spürte sie, dass mich etwas bewegte und ich momentan keinen Gesprächsbedarf hatte. Weibliche Intuition. Sie hatte uns oft mit ihrem besonderen Gespür für Situationen und Menschen und ihren Perspektivwechseln zu entscheidenden Durchbrüchen verholfen. Für heute Morgen hatte sie ein Treffen mit Ermittlern einer Sondereinheit vereinbart und ich wollte sie dabei haben, um alle Eindrücke von dieser Besprechung aufzunehmen und später abzurufen. Es wurde grün und Sabine fuhr weiter in Richtung Westhafen.

Rainer war im Büro geblieben und hatte mit Stefan die Zeugenvernehmungen von Nadine und Maja Goldberg übernommen. Mein Partner hatte sich sofort angeboten und ich war erleichtert, dass er das übernahm. Schließlich wusste er um unsere Vorbeziehung und wollte keinen Anschein von Befangenheit bei Zeugenvernehmungen und der freiwilligen Erhebung ihrer Speichelproben entstehen lassen.

Ich schlug den Regionalteil des Kuriers auf, der mich heute schon einige Nerven und Telefonate gekostet hatte.

Die Schlagzeilen und Fotos, hinterlegt mit dem Logo der Fernsehserie Tatort sprangen mich erneut schreiend an:

„Star im Fadenkreuz. Tennislehrer nach Mord an ihrem Fitnesstrainer verhaftet. Führt die Spur zur italienischen Mafia?"

Darunter waren Fotos von Nadine bei ihrem gestrigen Auftritt, mit Briscone im Tennisdress, mit Juan, offenbar in einem Restaurant, und eines von Briscones Festnahme gestern. Er stand am Kofferraum des Audis, die Arme hinter sich verschränkt. Rainer wartete daneben und ich hielt dem Tennislehrer ein Bündel Euro-Scheine aus dem offen vor uns liegenden Aktenkoffer hin.

Wahrscheinlich hatte gestern einer der Umstehenden einige Fotos dem Kurier zugemailt und die Redaktion hatte die Verbindung des Festgenommenen zu Nadine erkannt. Oder es gab jemand aus unseren Reihen, der dem Boulevardblatt Informationen zuspielte. Der Bericht dazu war, wie so oft, eine Neugier weckende Mischung aus Fakten und Spekulationen, garniert mit Fotos. Unsere Pressestelle hatte gestern auf Anfrage des Kuriers lediglich die Festnahme wegen Verdachts der Geldwäsche bestätigt. Interessant war die Passage zur Festnahme:

„Giovanni B., (38), ehemaliger Tennislehrer des Stars, verfügte bei seiner Festnahme über einen sechsstelligen Bargeldbetrag, der, laut Ermittlern, aus bisher ungeklärten Quellen stammt. Der im Frankfurter Tenniszirkus bestens bekannte Giovanni B. verkehrte im Umfeld einer süditalienischen Familie, die im Rhein-Main-Gebiet mehrere Restaurants betreibt."

Hatte Mario noch weitere Restaurants? War uns da etwas entgangen? Das wollten heute früh auch einige Anrufer am Telefon wissen, wie mir mein Telefon-Display verraten hatte. Staatsanwältin Fischer, mein Kommissariatsleiter und ein Kollege von der Pressestelle hatten bereits versucht, mich zu erreichen, bevor ich im Büro war. Rainer hatte mir die Zeitung gleich zu Dienstbeginn hingehalten und wortlos die Schultern gezuckt. Ich konnte bei meinen Rückrufen allerdings nicht viel zur Aufklärung beitragen. Der Fall hatte jetzt noch einmal richtig Drive bekommen, aber wir hofften immer noch auf den Durchbruch.

Die gleichförmigen Rauten in der Glasfassade gaben dem Büroturm am Westhafen seinen einzigartigen, individuellen Charakter. Er glich einem überdimensionalen Apfelweinglas und wurde deshalb auch im Volksmund „Ebbelwoiglas" genannt. Sabine hielt an einer Schranke vor der Tiefgarage und sprach über die Gegensprechanlage mit dem Pförtner:

„Guten Morgen, Horn ist meine Name, wir haben einen Termin mit Herrn Schröder von der City Consulting."

„Moment, bitte, ich melde Sie an", kam eine metallische Stimme mit sächsischem Akzent aus der Anlage und wir warteten, bis der Sicherheitsmitarbeiter seinen Anruf zur Bestätigung unseres Anliegens erledigt hatte. Ich sah nach rechts zu den anderen modernen Gebäuden, in denen seit einigen Jahren rund um das Westhafenbecken Büros, Gewerbeobjekte, Restaurants und Bars einzogen. Auf der Landzunge, die parallel zum Nordufer südwestlich in den Main hineinreichte und das Hafenbecken eingrenzte, entstanden exklusive Appartements und Penthouses, zu denen Tiefgaragen und Anlegestellen am Hafenbecken gehörten. Ich erinnerte mich an die viele Jahre zurückliegende Verfolgung eines Serien-Killers, die hier, am Ende des Hafenbeckens in einem blutigen Showdown geendet hatte.

„Sehr wohl, Frau Horn, parken Sie bitte im ersten Untergeschoss und nehmen Sie den Aufzug, wie mit Herrn Schröder besprochen. Willkommen im Hause“, klang es wieder durch die Sprechanlage. Die Schranke öffnete sich und wir fuhren die spiralförmige Abfahrt unterm „Ebbelwoiglas“ hinab.

Das Hotel lag in einer Seitengasse der Mailänder Altstadt, der Frühstücksraum im Erdgeschoss grenzte an einen schattigen Innenhof. Er nahm sein Tablett, bediente sich zunächst am Buffet und entschied sich dann für einen Platz an einem der Tische im Innenhof.

Dann schaltete er sein Smartphone ein, kaute an einem Croissant und surfte Sekunden später auf den für ihn wichtigsten Webseiten und Facebook-Profilen. Der Eintrag „Nadine at Retro Night“ hatte zahlreiche Likes erhalten, ergänzt durch etliche Posts mit Fotos angeblicher Fans, die mit ihren Selfies an der Bühne und vor dem Eingang des Clubs posierten. Diese oberflächlichen Pseudofans, dachte er. Zu seinem Ärger waren die Kommentare über ihr neues Outfit in schwarz mit Hut überwiegend positiv. Er nahm einen Schluck von seinem Café Crema, spülte den Rest des trockenen Croissants runter und surfte dann weiter. Ein kleiner Vogel landete auf dem Boden neben ihm und sah zu ihm hinauf. Er nahm einen Blätterteigkrümel vom Teller und hielt ihn hoch. Der Spatz sah ihn aufmerksam an, aber als er sich den Krümel selbst in den Mund schob, flog der Vogel weiter. Kurz darauf sprang ihm die aktuelle Online-Ausgabe des Frankfurter Kuriers ins Auge: „Star im Fadenkreuz. Tennislehrer nach Mord an ihrem Fitnesstrainer verhaftet. Führt die Spur zur italienischen Mafia?“

Er las den Text, sah das Foto, erinnerte sich an die Begegnung mit ihm, im Restaurant und lehnte sich in seinem Stuhl zurück. Ein Lächeln umspielte seine Lippen. Früher abzureisen, war die richtige Entscheidung. Sie brauchte ihn und seinen Schutz vor dieser Welt. Jetzt war die Zeit gekommen, konsequent den nächsten Schritt mit ihr gemeinsam zu gehen, sie würde ganz sicher die Chancen einer Zukunft mit ihm erkennen.

Der Aufzug hatte uns sanft in eine der oberen Etagen getragen, wir traten in einen hellen Flur und standen kurz darauf vor einer Tür mit dem schlichten Firmenschild City Consulting. Sabine klingelte und ein Mann im grauen Anzug, etwa Ende dreißig, öffnete uns die Tür. „Hallo Sabine, kommt doch herein“, begrüßte er uns, wir traten in einen ebenso hellen Flur, er schloss die Tür hinter uns und wir stellten uns gegenseitig vor:

„Thomas Bach, K 11, schön, dass du Zeit für uns hast“, eröffnete ich und gab ihm die Hand.

„Reinhard Schröder, K 62“, erwiderte er, „Sabine und ich haben zusammen in Wiesbaden an der Fachhochschule studiert. Das waren noch ruhige Zeiten, oder Hörnchen?“, lachte er meine Teampartnerin an, die ihn sofort leicht in die Seite boxte. Diesen Spitznamen kannte ich noch nicht. Er war etwa einsneunzig groß, breitschultrig, hatte ein braungebranntes, markantes Gesicht, braune Augen und schüttere, dunkelblonde Haare.

„Du warst immer schon so ein Streber“, hielt sie dagegen und sofort war klar, dass die beiden schon längere Zeit eine besondere Beziehung pflegten. „Kommt herein, kann ich euch etwas zum Trinken anbieten?" Er wandte sich ab und führte uns zu einer weiteren Tür, öffnete sie und kurz darauf standen wir in einem schlichten Büro mit gläserner Außenwand, die einen atemberaubenden Blick auf die City bot. Daher kam wahrscheinlich der Name dieser Scheinfirma, dachte ich. In komplexen Ermittlungsverfahren wurden Sondereinheiten zeitweise auch außerhalb des Polizeipräsidiums mit Sonderstaatsanwälten untergebracht, um eine strikte Geheimhaltung gewährleisten zu können.

Der Trianon-Tower, die Türme der Deutschen Bank, Commerzbank und Maintower prägten die Silhouette der Skyline, rechts unten spannte sich die Friedensbrücke über den Main.

„Ich nehme ein Wasser", sagte Sabine und setzte sich auf einen der Designerstühle, die an einem Besprechungstisch standen. Ich setzte mich ebenfalls und bat auch um ein Wasser. Reinhard nahm drei blaue Fläschchen Wasser aus einer Minibar hinter seinem Schreibtisch, setzte sich zu uns, öffnete sie und wir bedienten uns selbstständig an den Gläsern, die umgedreht auf einer Serviette in der Mitte des Tisches standen. Mein Blick fiel auf die Wand neben uns, auf der eine Papierbahn mit Pins befestigt war. Sie zeigte offenbar Personen, Objekte und Firmen einer kriminellen Organisation. Das war im Verfahren der Organisierten Kriminalität, kurz OK, nötig, um den Überblick zu behalten und die jeweiligen Verbindungen darzustellen. Ich schenkte mein Glas voll und eröffnete das Gespräch: „Wie geht es eigentlich Norbert, ich habe lange nichts mehr von ihm gehört. Rainer, unser Teampartner, war damals mit ihm im Kosovo." Norbert Vogt, der Kosovoveteran und OK-Ermittler, hatte solch eine Sondereinheit vor Jahren geleitet und damals Rainer und mir in einem Fall entscheidende Hinweise gegeben.

Reinhard nickte: „So weit ganz gut, er ist momentan in ein größeres Auswerteprojekt beim BKA eingebunden." „Grüß ihn bitte von mir, wenn du mal wieder etwas von ihm hörst", bat ich ihn und er nickte wieder: „Klar mache ich, kein Problem. Ihr seid wegen dem Starlet und ihrem Stalker hier, hat mir Sabine schon mal vorab gesagt und mir die wesentlichen Daten übermittelt."

„Heute hat die Sache durch die Berichterstattung im Kurier noch einmal neue Fahrt bekommen", ergänzte ich und er hob kurz die Hand: „Ich bin informiert, den Artikel habe ich heute früh schon gelesen."

„Kannst du uns vielleicht etwas zu dem Geldkoffer sagen?", fragte Sabine nach.

„Wir haben Zugriff auf europaweit erlangte Erkenntnisse, auch auf Daten aus Luxemburg", erläuterte er vorab und machte eine kleine Pause, während ich einen Schluck Wasser trank und gespannt war, ob sich unser Besuch hier lohnte.

„Es gibt da eine Datei, sagen wir mal, so etwas wie eine inoffizielle Akte aus Luxemburg, die könnt ihr in eurem Verfahren leider nicht verwenden. Das ist so ähnlich wie mit der berühmten Steuer-CD aus der Schweiz, aber ..." Seine kleine Kunstpause verstärkte die Spannung. „Vor einigen Jahren gab es Tausende von Einzahlungen bei Banken in Luxemburg, die im Fokus europäischer Finanzermittlungen standen. Einer der vielen Einzahler wies sich mit einem italienischen Reisepass aus, ausgestellt auf den Namen Giovanni Briscone. Die Reisepassdaten passen zu eurem Tennislehrer."

Der abgehalfterte Tennislehrer als Transporteur, mit einem Vermögen im Kofferraum. Fast wie im Kino, dachte ich.

„Das hört sich ja grundsätzlich gut an. Gibt es auch Spuren nach Italien?", fragte Sabine nach.

„Hhhmmhh“, er zögerte. „Nicht direkt, aber wir haben ihn abgeklärt: Er hatte hier nur wenige offizielle Beschäftigungsverhältnisse, davon ein befristetes als Trainer beim Deutschen Tennisbund und danach einige Zeitverträge als selbstständiger Fahrer.“ Er grinste und Sabine ermahnte ihn: „Jetzt mach es nicht so spannend!“

Er hob entschuldigend beide Hände: „Ja okay. Er war zur Zeit der Luxemburg-Fahrten als Fahrer bei einer Privatbank angestellt, bei Goldberg und Partner, hier im Frankfurter Westend. Beim Vater des Schlagersternchens.“

Hatte der Privatbanker den Tennislehrer seiner Tochter als Fahrer beschäftigt und mit Geldkoffern nach Luxemburg geschickt? Der Patriarch, der sie unter Kontrolle halten und zum Studium nach Italien schicken wollte? Der ihrer Karriere ablehnend gegenüberstand und dem keiner ihrer Freunde gut genug war? Was, wenn er vom Hintergrund ihres neuen Freundes erfahren hatte? In diesem Moment hatte ich zum ersten Mal echte Zweifel an meiner Hypothese zum Täter.

Wir ließen den Dienstwagen in der Tiefgarage am Westhafen stehen und liefen die wenigen Meter zum Baseler Platz zu Fuß. Die Tür zur Eckkneipe stand offen.

„Hallo Gerd“, begrüßte ich den Gastwirt, den ich seit meiner Zeit beim vierten Revier kannte.

Er stellte ein gespültes Bierglas auf den Abtropfrost der Schankanlage, trocknete sich an einem Küchenhandtuch ab und wir gaben uns die Hand.

„Sabine, meine Kollegin“, stellte ich sie vor und Gerd erwiderte: „Ihr wollt doch bestimmt Mittag machen? Als Tagesgericht habe ich heute Rouladen mit Püree und Rotkraut oder Frankfurter Schnitzel mit grüner Sauce und Salzkartoffeln.“

„Ich nehme das Frankfurter Schnitzel und ein Wasser“, meinte Sabine spontan und ich schloss mich an.

„Klar, ihr seid noch im Dienst“, stellte Gerd lachend fest und ich nickte: „Genau, wir bleiben beim Wasser.“

Wir waren die ersten Gäste, hatten daher die freie Platzwahl und setzten uns an den runden Tisch mit Blick auf die Eingangstür.

An der Wand rechts, neben der Küchenausgabe, klebten Dutzende bunte Aufkleber von internationalen Fluggesellschaften; kleine Erinnerungen der Gäste, hinterlassen als Dank an Service und Küche. Hier konnte man regelmäßig Airliner internationaler Fluggesellschaften oder Messegäste aus den umliegenden Hotels treffen, die eine klassische, gutbürgerliche Küche in einer der letzten, traditionellen deutschen Kneipen am Hauptbahnhof bevorzugten.

Gerd brachte uns Gläser und grüne Wasserfläschchen. Wir schenkten uns ein, ich trank einen Schluck, lehnte mich zurück und sah Sabine fragend an: „Und, was meinst du zu unserem Privatbanker?“

Sie hatte sich ebenfalls eingeschenkt, trank ihr Glas in einem Zug leer und spielte mit dem Fläschchen.

„Nun ja, die Anstellung als Fahrer muss noch nicht zwingend bedeuten, dass Goldberg ihn auch mit den Geldkoffern nach Luxemburg geschickt hat“, stellte sie fest.

„Korrekt“, stimmte ich ihr zu und wir versanken zunächst in unseren jeweiligen Gedanken.

Mein Blick fiel auf die bunten Aufkleber der Airlines und ein grünroter der Alitalia stach mir ins Auge. Ich dachte wieder an Nadines Stiefvater und seine Pläne. Er wollte sie zum Studium nach Italien und England schicken und sie sollte in seine Privatbank einsteigen. Aber das wusste ich ja nur inoffiziell von Maja.

Ich starrte den Aufkleber der italienischen Fluggesellschaft an, als könnte mir das bunte Stück Plastik etwas sagen. War es Zufall, oder warum sollte Nadine ausgerechnet in Italien studieren? Sollte sie dort seine Stellvertreterin werden und die Beziehungen zu solventen Investoren vor Ort pflegen? Dann verwarf ich meine Spekulationen, griff zum Handy und rief Rainer im Büro an, der sich auch gleich meldete. „Was gibt es bei euch Neues?“, fragte ich ihn gespannt.

„Nichts Besonderes“, antwortete er, „Stefan und ich haben Nadine und Maja Goldberg vernommen, sie haben diesen Anfangsverdacht des Stalkings gegen Giovanni Briscone relativiert, er habe eben ein südländisches Temperament. Sie können sich auch nicht erklären, warum er so viel Geld dabei hatte. Beide kennen ihn vom Tennisclub und von ihren gemeinsamen Abenden bei Mario, dort sind sie oft mit ihm hingegangen.“

„Also wirklich nichts Neues“, fasste ich ernüchtert zusammen.

„Nein“, meinte Rainer und ergänzte: „Sie haben beide freiwillig Speichelproben abgegeben zum Vergleich und Ausschluss möglicher DNA-Spuren an der Opferbekleidung und der Tatwaffe. Es sieht so aus, als ...“, er zögerte.

„Ja?“

„... als wollten sie die Sache möglichst schnell begraben. Maja Goldberg hat ein Beerdigungsinstitut beauftragt, das nach der Freigabe des Leichnams die Formalitäten übernehmen wird. Er soll auf dem Südfriedhof bestattet werden, weil sie keinen Kontakt zu seiner Familie haben. Sie wissen ja nichts weiter über ihn.“

Wie überraschend. The show must go on, dachte ich, zu viel Geld stand auf dem Spiel. Das Image des aufgehenden Sternchens durfte nicht befleckt werden. Das passte zum Show-Zirkus der Musikbranche, die sich moralische Sentimentalitäten nicht erlaubte.

„Okay Rainer, Sabine und ich haben einige Neuigkeiten." In einem kurzen Abriss brachte ich ihn auf den aktuellen Stand, insbesondere zur Anstellung Briscones als Fahrer bei Goldberg.

Er antwortete zunächst nicht, schien zu überlegen und meinte dann: „Wir sollten weiter zweigleisig fahren. Das MEK ist an Nadine dran; sie hat mit ihrer Mutter nach den Vernehmungen das Präsidium verlassen, aktuell sind beide noch zum Mittagessen in einem französischen Bistrot in der Innenstadt."

„Und wir werden dann mal einen Besuch im Westend machen", ergänzte ich und war gespannt, was uns der Privatbanker erzählen würde.

„Du Thommy, ich habe da noch etwas: Der Kollege Hernandez vom ersten Revier hat für dich angerufen, ich weiß nicht, ob du dich noch an ihn erinnern kannst..."

Ich überlegte kurz, kam aber nicht drauf.

„Wir waren vor drei, vier Monaten zusammen in der Allerheiligenstraße, der Suizid in der Badewanne. Er war damals mit Manni im Einsatz."

Jetzt erinnerte ich mich an den Kollegen: „Der junge Spanier?"

„Ja genau der, er hatte damals..."

„Er hat damals einen detaillierten Bericht zu Bindungen des Verstorbenen ins Latinomilieu geschrieben", unterbrach ich Rainer. Ich hatte auch wieder die Bilder vor Augen: der depressive, spanische Tennisstar, mit geöffneter Pulsader in der Badewanne. Der junge Polizeikommissar, der die Fotos im Wohnzimmer gesichtet und uns auf die Verbindungen des Verstorbenen zu Jungs aus dem kriminellen Latinomilieu hingewiesen und die Kontakte identifiziert hatte.

„Thommy, er hat vor ein paar Wochen Nadines Fitnesstrainer in einer Kneipe gesehen und heute auf dem Foto im Kurier wiedererkannt."

Eine Klingel ertönte und mein Blick fiel auf unsere Teller in der Küchenausgabe. Gerd kam hinter seinem Tresen hervor, um unsere Schnitzel zu servieren und erst jetzt bemerkte ich meinen riesigen Appetit.

„Unser angeblicher Juan Gonzales war damals in Begleitung der Jungs, die auch den spanischen Tennisspieler kannten."

Ich rief mir die Fotos aus der Wohnung in Erinnerung, mit dem Mädchen und den Jungs und einem roten Porsche vor der Alten Oper, am Mainufer und in einer Kneipe. Die Puzzleteilchen fielen zusammen. Das war die spanische Bodega, in der ich gestern mit Sandra gesessen hatte! Sie standen unter dem Flachbildschirm, dahinter die blau-roten Wimpel des FC Barcelona an der Wand.

„Danke", sagte ich halblaut, als uns Gerd unser Mittagessen servierte. Er lugte über seine Brille, wünschte uns einen guten Appetit und ging dann diskret wieder zum Tresen.

Ein kokaindealender Fitnesstrainer und ein kokainabhängiger Tennisstar aus Spanien. Beide Verstorbenen verkehrten zu Lebzeiten im Latinomilieu und kannten die gleichen zwielichtigen Typen. War das wirklich noch Zufall? Eher nicht.

„Hast du seine Nummer notiert?", fragte ich nach. „Bitte mach ein Treffen mit ihm aus, das möchte ich mir persönlich anhören, möglichst noch heute."

„Geht klar, ich komme mit", meinte mein Teampartner und wir beendeten das Gespräch. Hungrig griff ich zum Besteck und informierte Sabine beim Essen über die neuen Erkenntnisse.

Die Privatbank Goldberg und Partner lag in einer Jugendstilvilla unweit des Westendplatzes. Ich hatte uns telefonisch angekündigt und die Sekretärin uns sofort einen kurzfristigen Termin bei Karl Goldberg zugesagt. Wir fanden ausnahmsweise einen Parkplatz in der Nähe und liefen die wenigen Meter zum schmiedeeisernen Tor des Anwesens. In der rechten der beiden Granitsteinsäulen, die das Tor einrahmten, war ein goldfarbenes Schild mit dem schlichten Schriftzug ‚Goldberg und Partner' eingelassen. Direkt darunter befand sich eine moderne Klingelanlage mit integrierter Kamera. Kein Hinweis auf eine Privatbank. Diskret. Sabine klingelte und hielt ihren Dienstausweis vor die Kamera.

„Goldberg und Partner. Guten Tag, darf ich fragen, ob Sie einen Termin vereinbart haben?", säuselte es aus dem Lautsprecher.

„Guten Tag", erwiderte Sabine, „Bach und Horn, Kriminalpolizei Frankfurt. Wir haben uns angekündigt."

„Ja, gewiss, treten Sie bitte ein."

Ein dezentes Summen war zu vernehmen und die rechte Hälfte des Tors sprang auf. Wir gingen durch und gelangten auf einen mit grauen Steinen gepflasterten Weg, der von weißem, feinen Kies und einem englischen Rasen eingefasst war. Direkt hinterm Zaun stand eine sauber geschnittene Buchsbaumhecke, die so hoch gewachsen war, dass sie keine neugierigen Blicke auf den Vorgarten zuließ. Ich schloss das Tor hinter uns. Den gepflegten Vorgarten hatten wir nach etwa zehn Metern durchquert. Die Frontseite der Villa war in hellem Grau angelegt, das Dach mit schwarzen Dachpfannen eingedeckt. Die Fenster links und rechts vom Haupteingang, im ersten Stock und in den Gauben im Dachgeschoss waren in weiß gehalten. Über dem Haupteingang lag ein kleiner Balkon, der wie der Treppenaufgang darunter von einem ebenfalls weißen Geländer eingefasst war. Das ganze Anwesen wirkte wie frisch restauriert. Wir nahmen die Treppe und ich registrierte die Dome-Kamera links über der schweren Eichentür. Noch bevor wir die Flügeltür erreicht hatten, summte es dezent. Ich nahm den schweren, verzierten, schmiedeeisernen Griff der rechten Türhälfte und zog sie auf. Altbacken, aber grundsolide, dachte ich. Passendes Image für konservative Anleger in der späten zweiten Lebenshälfte, die weder die Nerven für das globale Aktienkasino hatten, noch den Dauerärger mit Hausverwaltungen beim Kauf von Betongold eingehen wollten. Wir traten in die Halle ein und ich war überrascht. Nach der altbackenen Fassade tauchten wir jetzt in ein modernes Interieur ein. Helles Parkett, beige gestrichene Wände, gerahmte Drucke bunter Landschaften früher Impressionisten. In der Mitte eine breite Treppe, die zum Obergeschoss führte. Rechts ein gläserner Schreibtisch mit Flachbildschirm, hinter dem eine Schwester von Maja Goldberg saß. Nur war sie mindestens dreißig Jahre jünger und ich fühlte mich für einen Augenblick wieder in die alte Zeit zurückversetzt. Sie hatte lange blonde, leicht gewellte Haare, war braungebrannt, dezent geschminkt und präsentierte ein falsches Werbelächeln, als könnten wir hier mit unseren Beamtengehältern eine Million anlegen. Ihre hellblaue Bluse passte perfekt zur grauen Hose. Sie stand auf, kam um den Tisch herum und ihre Absätze klickten auf dem Boden.

„Mein Name ist Winterstein, ich bin die Privatsekretärin von Herrn Goldberg.“ Sie reichte zunächst Sabine und dann mir die Hand. Ein angenehmer Händedruck, dachte ich, gerade als mich der Hauch ihres süßen Parfüms anflog. Ihr Blick war interessiert, aber nicht aufdringlich.

„Herr Goldberg erwartet Sie schon ein seinem Büro, bitte im ersten Obergeschoss, direkt über uns“, sie knipste das Werbelächeln nach einer Sekunde und einem bewegenden Wimpernschlag aus, als wäre das Gespräch jetzt beendet.

„Danke Frau Winterstein, halten Sie sich bitte noch zu unserer Verfügung, falls wir Fragen an Sie haben sollten", lächelte Sabine ebenso freundlich zurück und ich grinste in mich hinein. Für einen Sekundenbruchteil zog sich ein Schatten über ihr attraktives Gesicht, doch sie hatte sich sofort wieder unter Kontrolle und knipste ihr Werbelächeln erneut an. Mensch, Sabine, dachte ich, gut erkannt, aufgenommen und gekontert. Sie hatte ihr klar gemacht, dass wir uns an förmliche Regeln hielten, aber nach unseren eigenen spielten. Dann gingen wir fast synchron auf die Treppe zu. Auf dem ersten Absatz raunte ich ihr lobend zu: „Getroffen und versenkt. Kompliment, Sabine, die frisst dir jetzt aus der Hand."

Sie zwinkerte mir zu und sagte ebenso leise: „Vielleicht müssen wir ihr ja noch auf die Pelle rücken. Die Moneypennys wissen immer gut Bescheid." Dann nahmen wir die letzten Treppenstufen.

Die Flügeltür zum Büro stand offen, wir traten ein und er kam uns von seinem Schreibtisch aufstehend entgegen. Er trug einen taubengrauen Anzug, der mich mindestens zwei Monatsgehälter kosten würde.

„Guten Tag, bitte nehmen Sie doch Platz, ich bin Ihnen gerne bei Ihren Ermittlungen behilflich."

Hinter ihm sah man die Glastüren der gegenüberliegenden Villa und darüber die sich in der Nachmittagssonne spiegelnden Zwillingstürme der größten deutschen Bank. Das Büro war, abgesehen vom schweren Tropenholzschreibtisch, ähnlich eingerichtet wie die Eingangshalle. Helles Parkett, beige Wände, allerdings keine Drucke früher Impressionisten, sondern moderne Gemälde mir unbekannter Herkunft an den Wänden. Rechts von uns stand ein Besprechungstisch mit vier bequemen Stühlen.

Wir stellten uns vor und setzten uns.

„Möchten Sie etwas trinken, einen Kaffee oder ein Wasser?"

„Nein danke", erwiderte ich und verzichtete auf überflüssige Floskeln. Auch Sabine verneinte.

Ich hatte ihn mir eigentlich etwas älter vorgestellt. Er hatte die Sechzig bestimmt schon einige Jahre hinter sich, aber das sah man ihm wirklich nicht an. Die kurzen, grauen Haare lagen eng zurückgekämmt an seinem markanten, braungebrannten Schädel. Ich vernahm eine dezente Mischung aus Haarwasser und herbem Aftershave. Zwei braune, wache Augen, eine markante Nase und zwei breite Lippen vor strahlend weißen Zähnen prägten seine gepflegte und vitale Erscheinung. Wahrscheinlich hatte er einige Aufenthalte in exklusiven Wellness-Kliniken hinter sich.

„Herr Goldberg, wir ermitteln in einem Tötungsdelikt zum Nachteil des ehemaligen Fitnesstrainers Ihrer Tochter Nadine", eröffnete ich.

„Ich habe es gelesen, schreckliche Sache. An dem Vormittag, an dem er offenbar gefunden wurde, war ich in Hamburg bei einer wichtigen Besprechung, ich kann Ihnen die Daten gerne nachreichen."

„Wir haben einige Bindungspersonen von ihrer Tochter überprüft, unter Anderem ihren ehemaligen Tennislehrer", erklärte ich die heutigen Schlagzeilen, da ich zunächst unsere Version darstellen wollte, um unnötige Nachfragen gar nicht erst aufkommen zu lassen. Ich wollte ihn auch nicht zu seinem ehemaligen Fahrer befragen, sondern abwarten, ob er von sich aus damit anfing, wie gerade eben mit seinem Alibi, nach dem ich gar nicht gefragt hatte. Er nickte nur und ließ mich anfangen.

„Haben Sie ihren Fitnesstrainer gekannt?“

Er schüttelte den Kopf und bezog meine Frage auf das Opfer: „Nein. Ich bin schon vorher ausgezogen. Sie hat ihn erst später kennengelernt, wir haben“, er faltete seine Hände im Schoß, „momentan leider nicht mehr den Kontakt, den ich mir wünschen würde.“

Entweder hatte er einen Oscar verdient oder die Geschichte wurde jetzt doch noch mal spannend. Ich wurde neugierig und sah mit einem Seitenblick, dass sich Sabine aufmerksam zurücklehnte.

„Könnten Sie das bitte näher erläutern?“, bat ich ihn.

Er atmete tief durch, lehnte sich vor, legte die Hände auf der Tischplatte ab und begann zu erzählen: „Sie hat in den letzten Jahren einen Umgang gepflegt, den ich so nicht billigen wollte. Wir haben ihr immer alles ermöglicht, ihr standen alle Türen offen, aber das hat sie nicht interessiert.“

Ich war noch etwas unschlüssig, hatte aber doch einen ersten, durchaus ehrlichen Eindruck von ihm. Daher stellte ich keine Nachfrage und ließ ihn weiter kommen.

„Sie hat sich immer wieder Freunde gesucht, die ihr nicht gut taten. Als wollte sie sich selbst bestrafen für etwas, wofür sie nichts konnte.“

Ich sah ihn an und zog meine rechte Augenbraue leicht hoch, was er sofort registrierte: „Sie wissen ja wahrscheinlich schon einiges und haben auch schon einiges ans Tageslicht gebracht. Ich habe volles Vertrauen, dass Sie diskret und sorgfältig vorgehen.“ Was meinte er denn jetzt damit? Ich entschied mich, ihn weiter erzählen zu lassen.

„Sie ist nicht meine leibliche Tochter. Ich habe ihre Mutter kennengelernt, da ging Nadine noch in den Kindergarten.“ Sein Blick verklärte sich, er sah hinaus auf den Balkon und der erste Eindruck von Aufrichtigkeit verstärkte sich entgegen meiner Einschätzung.

„Ihr richtiger Vater war Spanier. Nadine war für Maja ein Wunschkind, aber sie ging ohne ihn nach Deutschland zurück und hat ihn auch nie wiedergesehen. Wir haben es Nadine nach ihrer Konfirmation gesagt, das hat sie schwer getroffen, aber es lag wie eine Last auf mir." Er lehnte sich wieder zurück und sprach langsam weiter: „Ich weiß im Nachhinein nicht, ob das wirklich die richtige Entscheidung war. Auf jeden Fall hat sie sich danach dramatisch verändert und war immer auf der Suche nach ihrem Vater. Aber auch ein Detektiv konnte ihn nicht finden, er war ja nur eine Urlaubsaffäre."

Nach ein paar Sekunden fuhr er fort: „Ja, warum erzähle ich Ihnen das alles? Ich habe geahnt, dass es kein gutes Ende nehmen würde. Sie hat sich immer wieder die falschen Freunde gesucht. Wissen Sie, ich habe nichts gegen Ausländer", versuchte er zu erklären, „aber die waren oft deutlich älter als sie und ich hatte den Eindruck, dass sie in Wirklichkeit ihren Vater gesucht hat."

Wieder fielen einige Puzzleteilchen dieses Falls zusammen. Die Freunde standen für ihren verlorenen Vater und sollten ihr zur Seite stehen.

„Ich habe sogar ihren Tennislehrer als Fahrer eingestellt, um ihr zu zeigen, dass ich auch ihren Freunden helfe. Doch das war der größte Fehler, den ich bisher gemacht habe."

„Warum?", fragte ich das erste Mal nach.

Er sah mich an: „Weil er mich hintergangen hat. Ich habe es gemerkt und ihn rausgeworfen." Er machte mit der Hand eine schnelle Geste in Richtung Balkon: „Sie haben ihn ja selbst erwischt, das stand doch in der Zeitung."

„Wie hat er Sie hintergangen?"

„Er sollte eigentlich auf Anfrage Kunden fahren und Kurierdienste übernehmen, ein ganz normaler Job. Es war ein Entgegenkommen, als sie keine Lust mehr zum Tennisspielen hatte. Er hatte ihretwegen seinen Job beim Deutschen Tennisbund gekündigt und ich fühlte mich verpflichtet. Aber bei einer Revision kam heraus, dass er auf eigene Rechnung Touren gefahren und das Fahrtenbuch gefälscht hat. Wahrscheinlich für seine italienischen Freunde, zum Glück ist nicht noch mehr passiert."

Ich warf Sabine einen kurzen Seitenblick zu. Da hatte sie wohl wieder einmal den richtigen Riecher gehabt. Wenn ich mich nicht komplett täuschte, dann sah die Sache jetzt etwas anders aus, eine völlig konträre Perspektive zu der meiner Ex-Freundin, die ich zum Glück noch nicht offiziell übernommen hatte. Ich machte gedanklich sieben Kreuze, dass Rainer und Stefan die Vernehmungen von Nadine und Maja Goldberg übernommen hatten.

„Tja", er seufzte, „um auf den Punkt zu kommen: Nachdem sie sich beim Casting beworben hatte, war mein letzter Einfluss endgültig dahin. Ich konnte mich mit meiner Statistenrolle in dieser Familie nicht mehr abfinden."

Jetzt sah er erst Sabine und dann mich an: „Ich habe einen Schlussstrich gezogen, die Scheidung ist eingereicht. Maja behält unseren Bungalow, es geht jetzt nur noch um den Unterhalt, aber sie ist versorgt, genauso wie Nadine. Ich möchte aber klare Verhältnisse schaffen."

Verständlich, wenn man seinen Erläuterungen folgte.

Ich rief gedanklich meine Liste auf, sah auf eine weiße Wand und nahm dann doch meinen Notizblock mit den vorbereiteten Fragen zu Hilfe: „Nadine wird von einem Unbekannten gestalkt, haben sie davon schon gehört?"

Er nickte: „Maja und ich telefonieren alle zwei Wochen, sie hat es mir erzählt und darauf hingewiesen, dass sich ihr Manager darum kümmert. Ich sollte mich raushalten, was ich auch getan habe. Wissen Sie, ich kann das nicht wirklich nachvollziehen: In diesem Show-Geschäft wirken Mechanismen, mit denen setze ich mich erst auseinander, wenn es nicht anders geht, zumal ich keine wirkliche Gefährdung für Nadine zu erkennen vermag."

Ich nahm das erst einmal so hin.

„Waren Sie schon einmal bei Mario, einem Italiener in Bockenheim?"

„Einmal, mit Giovanni, Nadine und Maja. Er ist damals noch für mich gefahren und hat uns eingeladen", er schüttelte den Kopf, „aber das war nicht mein Stil, zu viel Theater und nur mittelmäßige Küche." Wieder sah er zum Balkon. „Giovanni hat sie in eine Scheinwelt eingeführt, die nicht meine war, und als er mir einige seiner Freunde als Geschäftspartner vorgeschlagen hat, habe ich meine Innenrevision auf ihn angesetzt. Das Ergebnis kennen Sie."

Bums, aus, Nikolaus.

Ich fing an, ihn sympathisch zu finden. Der Mann hatte Durchblick und Prinzipien. Aber nur unter der Voraussetzung, dass er uns hier nicht eine erstklassige Vorstellung ablieferte, was ich aber nicht glauben wollte.

Ich sah wieder zu Sabine hinüber, um sie aufzufordern, Fragen zu stellen, doch sie schüttelte leicht den Kopf und deshalb leitete ich den Abschluss ein:

„Vielen Dank für Ihre Offenheit und Ihre ehrlichen Antworten, wir wissen das zu schätzen und werden Ihre Erläuterungen diskret behandeln."

„Das weiß auch ich zu schätzen".

„Haben Sie sonst noch etwas zu ergänzen? Vielleicht kommt es Ihnen nicht wichtig vor, für uns kann es aber durchaus von Bedeutung sein, irgendein Eindruck, der ihnen merkwürdig vorkam."

Jetzt faltete er wieder seine Hände im Schoß, eine Verlegenheitsgeste.

„Es tut mir Leid, aber beide sind blind geworden und wissen nicht, mit wem sie sich umgeben." Sein Blick verklärte sich erneut. „Aus dem Tennistrainer wird ein Freund, das Tennis wird aufgegeben und auf einmal fängt sie plötzlich wieder an. Ich weiß manchmal wirklich nicht, was mit ihr los ist."

Ich fragte intuitiv nach: „Wann hat sie wieder mit dem Tennis angefangen?"

Er überlegte kurz: „Irgendwann zu Jahresbeginn, ich war schon ausgezogen, während des Castings. So als Ausgleich, aber auch nur für ein paar Monate, dann war wieder Schluss."

Meine Intuition nagte in mir und ich hakte weiter nach: „Wissen Sie, warum sie dann wieder aufgehört hat?"

Er atmete tief durch: „Maja hat mir die Geschichte im Sommer erzählt, tragische Sache. Ihr spanischer Tennistrainer hatte wohl Depressionen, seine Heimat vermisst und sich umgebracht. Schlimm, irgendwie zieht sie das Unglück mittlerweile an. Ich würde ihr ja gerne helfen, aber sie will es einfach nicht."

Ich erinnerte mich wieder an die Bilder, der tote spanische Tennisprofi in der Badewanne, die halbseidenen Latinos zusammen mit ihm vor der Alten Oper, am Mainufer und in der spanischen Bodega. Und vorhin der Anruf von Hernandez, der den erstochenen Fitnesstrainer als Begleiter genau dieser zwielichtigen Typen erkannt hatte. Zwei Tote in Nadines Umfeld, innerhalb weniger Monate. Der Fall bekam nun wirklich Fahrt und ich konnte das Treffen mit dem Kollegen heute Nachmittag kaum erwarten.

8

Das kleine Café lag gegenüber von einem Parkhaus unweit der Katharinenkirche. Eine Frankfurter Familie betrieb es als Stammhaus ihrer traditionellen Kaffeerösterei. Hier schien die Zeit seit Jahrzehnten stehen geblieben zu sein; man konnte dem hektischen Großstadtdschungel ins letzte Jahrhundert entfliehen, in aller Ruhe einen gepflegten Kaffee trinken und in bereit liegenden Tageszeitungen lesen. Rainer und ich hatten hier schon oft unsere Mittagspause verbracht.

Der junge Kollege wartete an einem der Stehtische draußen vor dem Schaufenster und nippte an seinem Latte Macchiato. Wir begrüßten uns und Rainer ging kurz hinein, um uns zwei Cappuccinos zu bestellen.

„Danke für den Anruf, wir freuen uns immer, wenn wir auf dem Laufenden gehalten werden. Am Schreibtisch kriegen wir ja nicht mit, was hier in der Stadt so läuft."

Carlos nickte: „Keine Ursache, gehört ja zum Job." Er zupfte am Ärmel seiner ausgewaschenen Jeansjacke und sah mich an: „Die Geschichte erzähle ich gleich, wenn Ihr Partner dabei ist, nur so viel vorneweg: Ich habe mir die Jungs in letzter Zeit näher angesehen, weil die mit Sicherheit Dreck am Stecken haben."

Mein Dienst-Handy klingelte, ich nestelte es aus meinem Blouson und nahm den Anruf entgegen.

„Hier ist Stefan! Du Thommy, Nadines Mutter hat eben angerufen: Sie haben kurzfristig einen Termin bei einer gefragten Filmcrew bekommen und fliegen noch heute Abend spontan nach Frankreich, um ein Video zu Nadines neuestem Song zu drehen."

Ob dieser Drehtermin wirklich so spontan war?

„Ich hatte Ihnen bei der Vernehmung gesagt, sie sollen sich zur Verfügung halten, falls wir noch Fragen haben", ergänzte Stefan. „Das war natürlich ein Vorwand, um rechtzeitig auf Entwicklungen reagieren zu können wegen ihrer Überwachung, du weißt schon."

„Klar und sie ruft dich gleich an, das funktioniert ja prima mit euch beiden", entgegnete ich skeptisch. Nach einer kurzen Pause räusperte sich unser Frauenschwarm und meinte: „Na ja, ich denke ich habe einen ganz guten Draht zu ihr bekommen. Sie ist irgendwie lockerer als ihre Tochter."

Sieh mal einer an. Viel lockerer als ihre Tochter. Ein kurzer Anflug von Eifersucht überfiel mich. Ich versuchte, die Emotionen zu unterdrücken, doch dann rutschte es mir raus: „Stefan, denk dran: Sie könnte deine Mutti sein."

„Ach komm, an was denkst du denn", kam es viel zu schnell von Stefan. Er lachte künstlich und fuhr fort: „Ich habe das MEK über die bevorstehende Abreise verständigt. Wir bekommen wahrscheinlich eine französische Einheit in Marseille als Ablösung, das klären die Jungs gerade mit ihren Kollegen."

Ich ging ein paar Schritte auf dem Gehweg Richtung Parkhaus und dämpfte meine Stimme: „Wir müssen jetzt dranbleiben, damit uns da unten nichts anbrennt. Sabine spricht doch fließend französisch, oder?"

„Hmmh, ich glaube schon."

„Sie sollte besser mitfliegen."

„Ehhmm, ich würde ja auch ...", startete er einen Versuch, doch ich unterbrach ihn gleich:

„Sie ist die Einzige von uns, die Nadine und ihre Mutter noch nicht gesehen haben. Wir werden da unten nicht offiziell tätig."

„Okay.“ Er hörte sich etwas zerknirscht an.

„Und du lässt den präventiven Observationsbeschluss erweitern, damit wir zu ihrem Schutz auch die Handys abhören können. Wir müssen einfach wissen, wo sie sind und was sie machen. Sonst kommt der Stalker eventuell in ihre Nähe und wir erfahren es nicht. Das können wir nicht riskieren.“ Falls alle Stricke reißen sollten, konnte sich Sabine anhand der Geodaten an die beiden dranhängen.

Ich drehte mich um und sah Rainer mit zwei hellen Tassen aus dem Café kommen. Er stellte sie neben unserem Kollegen Carlos auf den Tisch und sah zu mir hinüber.

„Und gib mir bitte mal Sabine.“

„Sofort.“ Kurz darauf war sie am Ende der Leitung.

„Thommy?“

„Hallo Sabine. Du sprichst doch gut französisch, oder?“

„Nicht perfekt, es ist aber auch nicht eingerostet, wenn du das meinst“, antwortete sie und lachte, weil sie wahrscheinlich schon ahnte, was jetzt kam.

„Ich könnte mir vorstellen, dass du mitfliegst und dort unten unsere Interessen wahrnimmst. Wie sieht's aus – oder hast du etwas Wichtiges vor?“

Sie zögerte keinen Augenblick: „Ich habe nur die besten Erinnerungen an Südfrankreich im Spätsommer, ich bin dabei.“

„Okay. Dann hältst du dort den direkten Kontakt zur französischen Einheit. Nadine und Maja Goldbergs Handys werden ab sofort überwacht, das klärt Stefan. Falls das mit den Franzosen nicht funktioniert, melde dich umgehend und bleib auf jeden Fall an den beiden dran, bis wir das geklärt haben. Die Geodaten ihrer Handys bekommst du von Stefan übermittelt.“

„Geht klar.“

„Und bitte keine Stunts, die Franzosen sind da ziemlich empfindlich." Ich wusste um ihre Durchsetzungsfähigkeit, die hatte sie schon mehrfach unter Beweis gestellt.

Sie lachte wieder: „Das kriege ich schon hin, ist ja nicht das erste Mal."

„Prima", meinte ich, „und nimm eins von den neuen abhörsicheren Handys mit, damit wir sicher über Messenger kommunizieren können. Ich möchte immer auf dem neuesten Stand sein. Stefan soll jedem von uns eines besorgen. Einen ersten Bericht und Sachstand erwarte ich von dir heute Abend zum Abflug."

„Okay, sonst noch was?"

„Viel Spaß und komm gesund zurück."

„Kein Problem, Chef, ich melde mich."

„Bis dann." Ich beendete das Gespräch, ging zum Tisch zurück und nahm einen Schluck Kaffee. „Sorry Leute, das war wichtig. Aber jetzt kannst du gerne anfangen, Carlos."

Er begann zu erzählen. Sein Blick wanderte dabei zwischen Rainer und mir hin und her. „Ich habe ja schon in meinem Bericht geschrieben, dass ich die Jungs auf den Fotos in Jaimes Appartement schon mal kontrolliert hatte, das war hier um die Ecke", er wies mit seinem linken Daumen über seine Schulter, „die sitzen regelmäßig im Vegas, trinken dort Cocktails und halten nachmittags nach den Girls Ausschau."

„Vegas?", hakte ich nach und er erklärte uns, wo die momentan schwer angesagte Bar lag.

Mein Kaffee war wie immer spitze. Ich nippte noch einmal und genoss das kräftige Aroma, während ich weiter zuhörte.

„Die erste Kontrolle war im Frühjahr, gerade, als die Biergärten geöffnet hatten. Sie waren in ihrem Porsche unterwegs und hatten eine große Klappe. Das war der eigentliche Grund, warum wir sie mal richtig geschüttelt und ihnen das erste Briefchen Koks abgenommen haben. Damals war Jaime Cortez mit ihnen unterwegs. Bis er sich dann umgebracht hat. Sein Koks hatte er wahrscheinlich von denen. Mir ist natürlich klar, dass wir das nicht beweisen können und er konnte es uns ja nicht mehr erzählen. Aber ich habe die Arschlöcher, soweit es ging, seit seinem Tod im Auge behalten." Er nimmt das persönlich, schoss es mir durch den Kopf. Vielleicht identifizierte er sich mit dem Jungen aus Spanien, der hätte ja vom Alter her sein Bruder sein können.

„Was hast du noch so über die beiden herausgefunden?"

„Sie sind Cousins, vor gut zwanzig Jahren hier in Frankfurt geboren. Ihre Mütter sind Schwestern aus Bogota, Kolumbien, haben damals hier am Bahnhof im größten Bordell angeschafft und waren mit versoffenen Deutschen scheinverheiratet, bis sie dann endgültig ihre unbefristeten Aufenthaltserlaubnisse hatten. Zumindest geht das zwischen den Zeilen aus ihren alten Kriminalakten hervor. Vor einem Jahr haben die Jungs eine neue Cocktail-Bar in Alt-Sachsenhausen eröffnet, das Cartagena. Da finden regelmäßig Salsa-Abende statt. Aber das ist nur ein Vorwand, ich war mal abends mit den Kollegen vom achten Revier drin, um sie mal alle an die Wand zu stellen."

„Und?"

„Ein paar Briefchen Koks, viel mehr war nicht drin. Die Chicas arbeiten tagsüber in Bordellen im Bahnhofsgebiet und schleppen nachts im Cartagena die Besoffenen ab, die keine abgekriegt haben. Dann geht es in Absteigen um die Ecke und die Vollpfosten werden abgezogen", lächelte er verschmitzt und ich fragte sofort nach: „Kannst du das belegen?"

„Einen Fall konnte ich nachvollziehen, aber nur, weil die Cocktail-Bitch mit einer geklauten EC-Karte Geld an einem

Automaten abgehoben hat, ihr Fahndungsfoto von der Geldabhebung war im IntraPol eingestellt und ich kannte sie noch von der Kontrolle in Sachsenhausen. Ich habe sie festgenommen, als Beschuldigte vernommen und erkennungsdienstlich behandelt. Den Geschädigten habe ich dann noch einmal nachträglich vernommen. Er hatte seine PIN auf einem Zettel in der Geldbörse notiert. So hat sich der Kreis geschlossen."

Das IntraPol war das polizeiinterne Internet, in das zeitnah Fahndungsfotos unbekannter Täter eingestellt wurden, eines der Erfolgsmodelle der Hessischen Polizei.

„Hast du das schon mal zusammengeschrieben?"

„Ich sitze noch am Entwurf, aber ich möchte lieber noch etwas Belastbares zusammentragen. Feststeht, dass die beiden Jungs nichts, aber auch gar nichts auf der Kante haben, zumindest ihren Finanzen nach zu urteilen. Das sagt mein Kumpel, und der muss es wissen, der ist Steuerfahnder. Und trotzdem konnten die den Laden eröffnen. Das stinkt zum Himmel! Meines Erachtens waschen sie Drogengelder."

„Das ist doch schon mal nicht schlecht", meinte ich anerkennend, „hast du schon mal daran gedacht, dich zu verändern?"

„Schon, aber ich fahre lieber noch zwei, drei Jahre mit Manni, das bringt mich erst einmal weiter. Dann werden wir sehen." Vernünftige Einstellung, dachte ich, lag wahrscheinlich an Mannis solider Ausbildung.

„Und wie war das mit dem Fitnesstrainer?", kam ich auf den eigentlichen Grund unseres Treffens zu sprechen.

Carlos griff in die Innentasche seiner Jeansjacke, zog den Zeitungsartikel von heute heraus, faltete ihn auseinander und tippte auf das Bild von Nadine und Juan: „Ich bin mir sicher, dass er nur kurze Zeit nach Jaimes Tod mit den Jungs im Vegas saß. Bei der Kontrolle kam ein dringender Einsatz dazwischen, zu dem wir mussten. Deswegen haben wir das zurückgestellt. Als wir nach dem Einsatz wieder zum Vegas gefahren sind, waren sie nicht mehr da."

„Bist du dir wirklich sicher?", fragte ich ihn.

Er zog ein Smartphone aus seiner Jeansjacke, wischte über das Display und zeigte uns ein Foto: „Souvenir von Lucy, das ist die kolumbianische Cocktail-Bitch, die den Trottel aus dem Cartagena abgezogen hat. Ich habe nach ihrer Festnahme ihre Bilder auf dem Handy durchgesehen und ein Partyfoto von ihr und Juan gefunden. Sie war so freundlich, es mir über Bluetooth zur Verfügung zu stellen. Freiwillig und diskret, selbstverständlich", grinste er. Das Foto zeigte die beiden Barbetreiber, die auch auf den Fotos mit dem Tennisstar posiert hatten. Auf diesem Bild hier standen sie rechts und links am Bildrand vor einer bunten Wand, die eine handgemalte Bucht mit Meerblick zeigte. In ihrer Mitte stand eine attraktive Latina, wahrscheinlich Lucy, und neben ihr Juan, Nadine Goldbergs Fitnesstrainer. Die schwarze Tolle hing ihm in die Stirn, er hatte den Arm um Lucy gelegt und seine rechte Hand steckte tief im Ausschnitt ihrer knallroten, wohlgefüllten Bluse.

Der Aufruf zum Boarding klang aus den Lautsprechern am Gate, erst auf Italienisch, dann noch einmal in gebrochenem Englisch. Er stand auf, stellte sich in die Schlange, warf noch einen letzten Blick auf das Display seines Smartphones und scrollte schnell auf ihre offizielle Facebook-Seite. „Nadine on tour!" stand über einem neuen Foto der „Retro Night", das sie wieder mit ihrem schwarzen Hut auf der Bühne zeigte. Darunter war ein anderes Foto von einem kleinen Hafen zu sehen, einige Segelboote lagen an Stegen, die in das türkisfarbene Meer hineinreichten.

Rechts vom Hafenbecken lagen einige schneeweiße Villen an einem von Pinienwäldern gesäumten Hang.

„Nadine fliegt heute für einen Tag nach Südfrankreich, morgen gibt es News zu ihrem neuen Videodreh!“ stand direkt unter dem Archivfoto der Hafenidylle, die sie schon einmal aus anderer Perspektive bei ihrem letzten Urlaub gepostet hatten.

Kaum kehrte er zu ihr zurück, war sie schon wieder unterwegs.

„Guten Abend, Ihre Bordkarte bitte“, begrüßte ihn die junge Frau in blauer Uniform. Er versuchte sich zu beherrschen und überlegte für einen Augenblick, den Flug zu stornieren und mit dem Mietwagen nach Frankreich zu fahren, aber dafür war es jetzt zu spät. Er würde nur unangenehm auffallen und das würde blöde Fragen nach sich ziehen.

„Prego“, sagte er freundlich, zeigte ihr die Bordkarte und bemühte sich um ein Lächeln, als sie ihm einen guten Flug wünschte.

Wir schlenderten zu unserem BMW zurück, den Rainer an der Paulskirche geparkt hatte. Mein Teampartner schwieg und ich hing auch meinen Gedanken nach.

Seine Hypothese zu den lateinamerikanischen Rauschgiftgeschäften bekam nach dem Gespräch mit Carlos wieder neue Bedeutung. Waren wir zu sehr auf den Stalker fixiert? Hatten wir den Drogenhintergrund als Motiv zu sehr vernachlässigt?

Mein Handy meldete sich wieder, ich ging ran und Stefan brachte mich auf den letzten Stand: „Sabine hat noch ein Ticket bekommen und das neue Handy dabei. Deins liegt hier im Büro, die Messenger-Funktion ist installiert.“

„Sehr gut.“

„Ich habe nochmal bei den Goldbergs nachgehakt, wie wir sie erreichen können. Maja Goldberg war ziemlich entspannt. Ihr Ziel ist das Ferienhaus in Südfrankreich. Morgen ist der Drehtermin auf einer Yacht im Hafen geplant. Heute Abend sind sie auf ihrem Festanschluss zu erreichen." Er buchstabierte den Namen des Ortes und fuhr dann fort: „Das ist etwa 30 Kilometer westlich von Marseille, Sabine weiß Bescheid, der Leiter vom MEK hat ihr einen Kontaktmann in Marseille vermittelt. Der Einheitsführer der Brigade Anti Criminalite, kurz BAC, übernimmt sie kurzfristig bei der Ankunft am Flughafen. Alles geregelt."

„Perfekt", lobte ich ihn, „was gibt es sonst noch Neues?" Wir überquerten die Berliner Straße.

„Das Labor des LKA hat angerufen, sie haben die ersten DNA-Ergebnisse. An dem Messer aus der Hecke konnte eine gesicherte DNA-Spur analysiert werden." Er legte eine Kunstpause ein.

„Lass dir nicht alles aus der Nase ziehen", forderte ich ihn ungeduldig auf.

„Leider kein Treffer in der Datenbank registrierter Personen."

„Und sonst?"

„Es ist eindeutig eine weibliche DNA-Spur, vom Griff des Messers."

Eine weibliche Täterin, das machte die Stalker-Hypothese unwahrscheinlich.

„Ja, und jetzt kommt das Interessante", Stefan machte es weiter spannend, „zu dieser Spur vom Messer, gelegt von einer unbekannten, weiblichen Person, gibt es einen Treffer zu einer anderen Spur in unserem Verfahren."

Mein Magen zog sich schlagartig zusammen, Nadine und Maja hatten heute früh ihre DNA-Proben abgegeben. Gab es da jetzt schon Ergebnisse? Als wir am Wagen angekommen waren, blieben wir für das Telefonat noch davor stehen. Ich drehte mich zur Seite und mein Blick fiel auf eine Gruppe asiatischer Touristen, die aus einem Reisebus ausgestiegen waren und sich am Paulsplatz in einer Reihe hinter dem Reiseführer aufstellten.

„Die Spur vom Messer stimmt mit einer bisher nicht registrierten, weiblichen DNA-Spur von einem der Kondome überein, die in Juans Absteige im Bad sichergestellt wurden."

„Die Täterin hatte eine Beziehung mit ihm", stellte ich fest.

„Liegt nahe", stimmte er mir zu, „aber sie war nicht die Einzige. An den anderen Kondomen, die im Bad sichergestellt wurden, befanden sich DNA-Spuren von drei weiteren, bisher nicht registrierten Frauen."

Er hatte mehrere Affären gleichzeitig und eine hat es nicht ausgehalten, dachte ich sofort. Die klassische Beziehungstat, Eifersucht als Mordmerkmal. Jetzt gab es wenigstens belastbare Spuren. Blitzartig fiel mir das Foto mit Juan und Lucy ein und ich fragte mich, ob ihr DNA-Profil schon erfasst worden war. Carlos hatte uns ihre wesentlichen Daten mitgegeben, aber hatte sie auch eine Speichelprobe abgegeben? Das hatte ich nicht gefragt, würde es aber nachholen.

„Ich habe da noch etwas."

„Und was?", fragte ich gespannt.

„Du hast mir doch von Nadines Therapeutin erzählt", er legte offenbar den Hörer hin, ich hörte raschelndes Papier.

„Ich habe mir noch einmal die Verbindungsdaten von Juan Gonzales angesehen und die Anschlussinhaber der eingehenden Anrufe festgestellt. Er wurde über mehrere Wochen mehrfach von ihrem Mobiltelefon angerufen."

Die Therapeutin und der Fitnesstrainer. Hochinteressant.

„Ich bin dann nochmals alle Verbindungsnachweise durchgegangen, das ging wirklich einige Wochen so."

„Besten Dank, Stefan, gute Arbeit", lobte ich ihn, „wir brauchen die Adresse von der Psychologin, mit der müssen wir uns noch heute unterhalten." Ich sah zu Rainer hinüber, der immer noch auf der Fahrerseite wartete.

„Kein Thema", sagte Stefan und gab uns die Adresse in Bornheim durch. Ich verabschiedete mich und war gespannt, was sie uns über Juan erzählen würde.

Ich sah mir Michaela Dorfners Website auf meinem Smartphone an, während Rainer Richtung Bornheim fuhr. Die Seite war klar strukturiert und mit hellen, asiatischen Motiven hinterlegt, die Informationen waren übersichtlich. Psychotherapie und Coaching als Überschrift. Auf dem Foto wirkte sie sympathisch mit ihren kurzen, dunklen Haaren und dem direkten Blick, der echtes Interesse am Betrachter zeigte. Sie trug einen hellen Kimono und stand in einer Tai-Chi-Stellung in einem asiatischen Garten, ein grüner Teich im Vorder-, eine rote Pagode im Hintergrund. Über einen Link gelangte ich auf die nächste Seite. Dort warb sie für ihre professionelle Begleitung in neuen Aufgaben und Themenfeldern, abgestimmt auf die individuellen Stärken ihrer Klienten. Keine Referenz zu Nadine Goldberg. Heutzutage war Coaching nichts Besonderes, aber ich war vor allem im Hinblick auf das Zeugnisverweigerungsrecht gespannt auf die Psychotherapeutin. Wahrscheinlich, weil ich lieber nicht wissen wollte, wie Nadine wirklich unter der Last der Ungewissheit über ihren leiblichen Vater gelitten hatte.

Psychologen und Polizisten haben oft ein kompliziertes Verhältnis. Das liegt vielleicht daran, dass sie Menschen oft in extremen Situationen erleben, jedoch aus verschiedenen Perspektiven. Die jeweiligen Prognosen zum individuellen Verhalten in Konfliktsituationen fallen häufig ziemlich unterschiedlich aus. Das zeigt sich insbesondere dann, wenn ein Kind vermisst wird und sich altgediente Fahnder bei der Befragung des Entführers von modernen Psychologen beraten lassen.

Daher betrat ich den Hinterhof an der oberen Berger Straße mit ziemlich gemischten Gefühlen. Das Klingelschild an der hellgrünen Tür zeigte kleine, asiatische Schriftzeichen, den Titel Diplom-Psychotherapeutin und ihren Namen. Als Rainer klingelte, ertönte eine melodische, fernöstliche Klangfolge hinter der Tür. Kurz darauf hörten wir ihre Stimme aus der Sprechanlage: „Ja bitte?"

„Rainer Arndt ist mein Name, Kriminalpolizei Frankfurt. Mein Kollege Thomas Bach und ich müssten Sie bitte sprechen."

Die Tür summte und sie bat uns herein: „Ich nehme mir gerne Zeit für Sie."

Wir traten ein und gingen durch einen schmalen hellen Flur. An den Wänden hingen Papierbahnen mit Landschaftsmotiven aus Fernost. Die helle Holztür am Ende des Flures stand halb offen und als Rainer sie öffnete, standen wir in einen riesigen Raum mit ähnlichen Wandmotiven an ebenso hellen Wänden. In direkter Verlängerung des Flures lag eine Wohnküche, von einem U-förmigen Tresen umgeben, über dem eine Dunstabzugshaube aus der Zimmerdecke ragte. Genau wie in diesem asiatischen Restaurant, in das mich Ute einmal mitgenommen hatte. Der japanische Meisterkoch stand damals in der Mitte des umlaufenden Tresens und bereitete direkt vor uns die frischen Speisen auf einer riesigen Herdfläche zu. Dabei zerteilte er mit scharfen Messern kunstvoll das von uns gewählte Gemüse und Fleisch und wir bekamen schon während der traditionellen Zubereitung einen Riesenhunger.

Michaela Dorfner stand, wie der Koch, in der Mitte des Tresens, hinter der integrierten Kochfläche, lächelte uns freundlich an und wies auf die freien Barhocker davor: „Bitte nehmen Sie doch Platz!“ Hinter ihr konnte man durch ein riesiges Panoramafenster in einen gepflegten Garten sehen, der jedoch mit dem der Website nicht identisch war. Rechts war eine weitere Tür, die vermutlich zu den anderen Räumen führte.

Wir traten näher, reichten ihr zur Begrüßung die Hände und stellten uns noch einmal vor. Sie trug ein dunkles Sweatshirt und Bluejeans und sah genauso aus wie auf dem Foto ihrer Website. Wir setzten uns auf die hohen Stühle und sie bot uns zunächst eine Tasse Tee an, die wir dankend ablehnten.

„Schade“, meinte sie, „der beruhigt. Den sollten sie einmal probieren.“

Wahrscheinlich hatte sie recht, aber ein Kaffee wäre mir jetzt lieber gewesen und ich wollte zu Sache kommen. Hinterm Tresen lag ein mächtiges Holzbrett mit verschiedenen, für mich teilweise undefinierbaren Gemüsesorten.

„Sie haben doch nichts dagegen, wenn ich mein Abendessen weiter vorbereite? Sie können gerne mitessen!“

„Nein, kein Problem, besten Dank für das Angebot“, erwiderte ich und versuchte, es mir auf dem harten Sitz halbwegs bequem zu machen.

Sie drehte sich um und griff zu einem ebenso hölzernen Messerblock. Dann begann sie damit, das frischgewaschene Gemüse mit einem scharfen Messer geschickt zu schälen und zu zerteilen. Ich bekam meine Erinnerung an den japanischen Koch immer noch nicht aus dem Kopf.

„Wie kann ich Ihnen helfen?", fragte sie und sah uns zwischenzeitlich immer wieder offen an.

Auf der Fahrt hierher hatten wir nach den letzten Erkenntnissen Fragen entwickelt, und Rainer eröffnete das Gespräch, während ich mich umsah und die fernöstlichen Eindrücke auf mich wirken ließ.

„Wie ermitteln in dem Tötungsdelikt zum Nachteil von Nadine Goldbergs Fitnesstrainer."

„Ich habe schon davon gehört. Das tut mir Leid, er hat ihr wirklich gutgetan", bemerkte Michaela Dorfner mit leiser Stimme.

„Sie haben als Psychotherapeutin von Frau Goldberg ein Zeugnisverweigerungsrecht, ohne Entbindung der Schweigepflicht durch ihre Klientin müssen Sie daher nicht aussagen", belehrte Rainer sie förmlich, um dann einen Kniff zu spielen: „Wir haben begründeten Anlass zu der Vermutung, dass sie von einer unbekannten Person gestalkt wird." Er sprach neutral, um den nächsten Joker nicht zu gefährden, „und dass diese unbekannte Person höchstwahrscheinlich Juan Gonzales mit einem Messer tödlich verletzte. Daher besteht aus unserer Sicht eine konkrete Gefährdung von Frau Goldberg." Er stellte den präventiven Aspekt heraus: „Wir müssen diese Gefahr nach Güterabwägung schnellstmöglich abwehren. Darum bitten wir Sie um Verständnis für unsere Fragen, die dieser Gefahrenabwehr dienen."

Schön gesagt, dachte ich, während ich noch für einen Augenblick unverfänglich in den Garten sah, um mich dann auf ihr nonverbales Verhalten zu konzentrieren. Hoffentlich hatte sie nicht mal Jura studiert. Während Rainers Erläuterungen hatte sie die letzte Ginsengwurzel, oder was das auch immer war, geschält und fing nun an, das Gemüse langsam auf dem Brett in kleine Würfel zu zerteilen.

„Ich helfe Ihnen gerne, wenn es Nadine schützt."

Ihr Blick war auf ihre Küchenarbeit gerichtet. Ich fragte mich plötzlich, ob das Geschnippel reine Taktik war, um ihre Gestik für uns zu verschlüsseln. „In erster Linie fragen wir nach Juan, um mögliche Motive des Stalkers für die Tat herauszufinden", leitete Rainer die erste wichtige Frage ein: „Haben Sie ihn gekannt?"

Sie verlangsamte ihr Tempo für eine Sekunde, fuhr dann aber unverändert fort: „Ja, ich habe ihn gekannt, sogar länger als Nadine", gab sie überraschend preis und sah kurz zu Rainer, dann zu mir. Dann schnitt sie im gleichen Takt weiter. „Ich habe ihn das erste Mal im Frühjahr gesehen."

„Wann war das genau?", hakte Rainer neutral nach.

„So etwa Anfang Mai, ich hatte in der Kleinmarkthalle eingekauft", sie wies auf die asiatischen Wurzeln, „und war dann noch in der Stadt zum Bummeln. Er saß vor einer Bar und hat mich angesprochen. Wir haben etwas zusammen getrunken und uns dann ab und zu getroffen und über asiatische Philosophien ausgetauscht. Er war sehr intelligent." Jetzt wirkte ihre Körpersprache inkonsistent, etwas fahrig. Sie legte das Messer hin und strich sich eine Strähne hinters Ohr. Mein Blick fiel auf die Klinge und irgendwo im Hinterkopf ging eine rote Lampe blinkend an. Intuitiv schaute ich nach dem wuchtigen Holzblock, der neben ihr auf der Seitenanrichte ein Stück unterm Tresen hervorschaute. Zwei Messer fehlten.

Sie nahm das vor ihr liegende wieder auf und arbeitete weiter, während sie erzählte: „Im Sommer habe ich ihn dann Nadine vorgestellt. Sie hatte gerade wieder eine Krise, ein Freund von ihr hatte sich gerade umgebracht. Und dabei hatten wir es gerade geschafft. Sie war stabil, nachdem wir einige Monate gut zusammenarbeiten konnten. Aber mehr möchte ich Ihnen dazu nicht sagen."

Ein Freund von ihr hatte sich gerade umgebracht. Ich würde jede Wette eingehen, dass dieser Freund Jaime Cortez war. Aber an der Tatwaffe war weibliche DNA, rief ich mir wieder in Erinnerung und konzentrierte mich auf die nächsten, wesentlichen Schritte. Ich nahm unbemerkt mein Smartphone aus meinem Sommerblouson und suchte unterhalb des Tresens, außerhalb ihres Sichtbereiches, einhändig in meinen Bilddateien, hörte ihr aber weiter aufmerksam zu.

„Na ja, und offenbar hat es bei den beiden gefunkt, das ist ja kein Geheimnis."

Ich sah kurz auf und bemerkte, wie sie beim Schneiden langsamer wurde. Ein Seitenblick auf Rainer zeigte, dass auch ihm das nicht entgangen war. Ihre Stimme wirkte jetzt leicht monoton: „Für Nadine war es bestimmt sehr schön, ihr ging es bald wieder besser. Schade um ihn, schade für sie." Ich hatte die Bilddateien gefunden. Ein Foto zeigte das blutverschmierte Messer vom Nidda-Ufer auf einer weißen Folie der Spurensicherung, daneben ein Zentimetermaß. Auf dem nächsten Bild sah man eine Detailaufnahme vom Schaft, mit dem eingravierten Schriftzug der japanischen Firma, die diese hochwertigen Steak-Messer herstellte. Und jetzt benutzte die fernöstlich angehauchte Psychologin versiert genau so ein Messer direkt vor uns auf dem hölzernen Küchenbrett, wie auf einem Präsentierteller. Nur war es etwas kleiner als die Tatwaffe vom Mord an Juan.

Sabine Horn stellte ihre Sporttasche neben die Sitzgruppe und setzte sich in Blickrichtung auf den Zugang zum Gate. Sie nahm das dienstliche Smartphone aus ihrer Jeansjacke und prüfte nochmals die Funktionen. Der Kollege von der IT-Abteilung hatte ihr eingeschärft, sensible Daten möglichst nur mit dienstlichen Geräten zu kommunizieren. Deshalb hatte sie Jean vom BAC Marseille von ihrem neuen Dienst-Handy angerufen und der hatte ihr kurz darauf per SMS die Abholung am Flughafen bestätigt. Ihr Blick fiel durch die Glasfront auf die wartende Maschine der Lufthansa.

Sie hatte immer eine Tasche für kurzfristige Einsätze im Büro stehen. Das Date heute Abend war schnell storniert, das Treffen mit ihren Freundinnen konnte sie demnächst wieder nachholen. Jetzt freute sie sich auf den Kurztrip nach Südfrankreich, auch wenn dieser Auslandseinsatz nicht ohne Komplikationen war. Aber sie sah der Herausforderung positiv entgegen. Dann lief Nadine an ihr vorbei, einige der anderen Passgiere drehten sich schon um und begannen zu tuscheln. Ein blondes Mädchen im Teenager-Alter, mit einem weitem T-Shirt und kurzen, abgeschnittenen Jeans bat um ein Selfie mit dem Star. Sie stellten sich beide vor die Glasfront, das Flugzeug im Hintergrund.

Nadine machte einige Aufnahmen mit dem Handy und reichte es dann der hinzugeeilten Mutter des Mädchens, die weitere Fotos knipste. Jetzt trauten sich die anderen Fluggäste auch und kramten ihre Handys heraus. In der einsetzenden Betriebsamkeit fiel es nicht auf, dass Sabine ihr dienstliches Mobiltelefon hochnahm und eine Serie von Fotos von Nadine und Maja Goldberg aufnahm. Dann sandte sie die Fotos per SMS an Jean nach Marseille, damit der und seine Jungs auch wussten, auf wen sie warten sollten.

Ich hielt Rainer mein Smartphone mit dem Foto der Tatwaffe unterhalb des Tresens hin und stieß ihn mit dem Fuß an, während ich Michaela Dorfner mit einer Frage ablenkte: „Wir müssen jede Bindungsperson des Opfers nach einem Alibi fragen. Was haben Sie zur Tatzeit, am Montagvormittag gegen 12:00 Uhr gemacht?“

Sie sah mich für einige Sekunden an, nahm dann ein helles Küchenhandtuch vom Tresen, trocknete ihre Hände und entgegnete: „Ich hatte ein Treffen mit einer Klientin, in Darmstadt."

„Können wir das nachprüfen?"

Sie schüttelte den Kopf: „Nein, sie ist nicht gekommen."

Ich sah zu meinem Partner, der das Messer auf dem Brett nicht mehr aus den Augen ließ und zustimmend nickte. Dann hielt ich mein Handy hoch:

„Frau Dorfner, das ist die Tatwaffe. Ich sehe, dass Ihnen hier in der Küche ein identisches Steak-Messer der gleichen japanischen Marke fehlt. Was sagen Sie dazu?"

Sie riss den Kopf hoch, trat einen Schritt näher und sah ungläubig auf das Display. Dann schüttelte sie den Kopf, drehte sich um und deutete auf den Messerblock: „Ich vermisse schon länger ein Messer."

Ihre Körperhaltung war nun gespannt und sie sah mich wieder direkt an: „Was ist das hier für eine Show, wollen Sie mir das etwa anhängen?"

Rainer stand auf und ging um dem Tresen herum.

„Haben Sie Juan Gonzales aus Eifersucht erstochen?", brachte ich meinen Verdacht auf den Punkt, um sie unter dem Eindruck einer bevorstehenden Festnahme zu einem Geständnis zu bewegen.

„Nein, habe ich nicht. Und jetzt rufe ich meinen Anwalt an, dann können Sie sich warm anziehen!" Rainer trat neben sie und eröffnete ihr die Festnahme, während ich im Büro anrief, um den Erkennungsdienst für die Spurensicherung in ihrer Wohnung anzufordern.

Die Villa lag im Dunkel der Nacht in einem Pinienhain oberhalb des Hafens und war von einer hellen Mauer umgeben, die sich im Mondschein deutlich von den dunklen Nadelbäumen abhob.

Den Hafen konnte man in der Dunkelheit fast nur an den Segeln der Boote erahnen, die wie bleiche, schräg aufgestellte Servietten auf einer dunkel marmorierten Tischdecke schimmerten. Sie standen in merkwürdigem Kontrast zu den Lichtern der Restaurants, die am Ende des Hafenbeckens bunt leuchteten.

Sabine nahm den letzten Zug von der Gauloise, inhalierte tief, sah zum Hafen, dann in den wolkenlosen Sternenhimmel und holte dabei für einen Moment mit allen Sinnen ihre Erinnerungen an Pierre und die vielen Urlaube in der Provence zurück.

Dann stieß sie den Rauch aus, warf die Kippe in den Rinnstein, trat sie aus und sah sich aufmerksam um. Keine Menschenseele weit und breit. Dieser Teil der Straße hinter der Kurve war auch von anderen Anwesen nicht direkt einsehbar. Sie klopfte in einem bestimmten Takt an den Transporter mit der Aufschrift einer Hausmeisterfirma aus Marseille. Kurz darauf öffnete sich die Hecktür, sie sah sich noch einmal um, stieg dann ein und schloss die Tür hinter sich.

„Vielen Dank für die Zigarette", sagte sie lächelnd.

„War mir eine Freude, Sabine", erwiderte Jean höflich mit südfranzösischem Akzent und einer melodischen Betonung ihres Vornamens, die sie wieder an Pierre erinnerte. Jean hatte den mit modernster Elektronik gespickten Kastenwagen vor einer halben Stunde am Straßenrand oberhalb des Anwesens geparkt. Die Sicht war perfekt.

Sie sahen gespannt auf den grünlich schimmernden Monitor. Die im Dachaufbau versteckte Kamera war auf Terrasse und Pool gerichtet. Der französische Fahnder lehnte sich in seinem

Sitz zurück, schwenkte Kamera und Richtmikro und zoomte dann den Tisch am Pool, an dem Nadine und Maja saßen, näher heran.

Die beiden Frauen erschienen im Wärmebildmodus in seltsam wabernden, konturlosen Grüntönen. Aber die Sprachübertragung war klar und hatte schon zuvor eine deutliche Zuordnung der beiden Frauen zugelassen.

Nadine hatte sich mit beiden Armen auf den Tisch gestützt, auf dem vier offenbar geleerte Weinflaschen und zwei halbvolle Gläser standen. Ihr Kopf war zwischen den verschränkten Armen vergraben. Maja hatte ihren Stuhl neben sie gerückt, strich ihr behutsam durch die langen Haare und versuchte, sie zu trösten.

„Warum nur, warum nur? Warum passiert mir das immer wieder?", schniefte Nadine, hob den Kopf, griff nach ihrem halbvollen Weinglas und leerte es in einem Zug.

Die hatte ja einen ganz schönen Durst, dachte Sabine. Maja nahm offenbar ein Päckchen Zigaretten und ein Feuerzeug. „Schatz, das wird schon bald wieder. Komm, wir rauchen erst mal eine", versuchte sie ihre Tochter zu trösten. „Morgen nach dem Dreh gehen wir shoppen und dann schön essen."

Sabine holte ihr dienstliches Handy heraus und sah Jean an: „Darf ich?", fragte sie. Er grinste und brummte dann in seinem Akzent: „Selbstverständlich."

Sie aktivierte die Videofunktion und filmte den grünlichen Monitor, während der durch das Richtmikrofon aufgefangene Dialog weiter um eine halbe Sekunde versetzt im Van ankam.

„Ich habe ihn wirklich geliebt, Mama. Ohne ihn kann ich nicht leben!"

Maja strich ihr wieder durch die Haare: „Komm Schatz, es ist vorbei und wir sehen jetzt nach vorne. Er wird beerdigt. Wir sorgen dafür, dass wir anständig Abschied nehmen können", sagte sie sanft und hielt ihrer Tochter eine Zigarette hin, die sie dankbar annahm und in den Mund steckte. Das Aufflammen des Feuerzeuges ließ die Zigarette für eine Sekunde scheinbar in hellem Grün explodieren. Nadine nahm einen tiefen Zug, und die Spitze erblühte wieder für Sekunden in diesem gespenstischen Licht.

„Mama, ich will nicht mehr, ich kann nicht mehr. Das ist alles zu viel für mich. Ich brauche wieder eine Auszeit bei Michaela", sagte sie leise, doch für die sensiblen Mikros deutlich wahrnehmbar.

„Ach, das überstehen wir auch so."

Doch das Schlagersternchen fing wieder zu weinen an und schluchzte: „Nein, nein ich kann nicht mehr, ich will nicht mehr, Mama, ich liebe ihn doch immer noch!"

Majas fürsorgliche Haltung änderte sich schlagartig. Sie setzte sich auf, die Schultern strafften sich und sie nahm die Haltung einer strengen Oberlehrerin ein: „Mensch, reiß dich zusammen! Sei froh, dass es rum ist, der Indianer hat nur für Ärger gesorgt. Und verdammt nochmal, lass endlich die Finger vom Koks, dann brauchst du dich auch nicht wieder bei der Psychotante ausheulen! Geh jetzt ins Bett, morgen früh geht's weiter", zischte sie ihre Tochter an.

Nadine hatte ihre Zigarette fallen lassen, beide Arme hochgerissen und duckte sich unter jedem Wort wie eine geprügelte Hündin.

Sabine hielt ihr Handy weiter auf den Monitor gerichtet, während Maja Goldberg das Feuerzeug auf den Tisch knallte, aufstand, und die weinende Nadine alleine am Pool zurückließ.

9

Ich blickte auf meine Armbanduhr, nippte am Morgenkaffee und sah dann zu Rainer, der mir gegenüber am Schreibtisch saß. Er hatte mein neues Dienst-Handy vor sich liegen und sah sich noch einmal das Video aus Marseille an, dass mir Sabine noch gestern Abend gesendet hatte.

„Oh Mann, deine Ex hat aber einen ganz schönen Ton am Leib“, meinte mein Partner.

Über seine Frotzeleien ärgerte ich mich: „Rainer lass das jetzt endlich mal sein, es ist ja gut!“

Das war es aber nicht, wie ich selbst genau wusste, ihm aber nicht sagen konnte, weil ich mich damit endgültig aus dem Fall gebeamt hätte. Dann stimmte ich ihm widerstrebend zu: „Aber das war schon ganz schön übel von ihr.“

„Im Show-Geschäft ist so viel Geld drin. Kaum zu glauben, was da für ein Druck gemacht wird.“

Wir hatten gestern Abend direkt nach der Festnahme von Michaela Dorfner Staatsanwältin Fischer verständigt. Die Psychotherapeutin hatte eine weitere Vernehmung abgelehnt und sofort ihren hochkarätigen Anwalt verständigt, der schon seit jeher eine klare Kante zeigte. Eine freiwillige Speichelprobe hatte sie beim ersten Telefonat mit ihrem Anwalt zunächst abgelehnt.

Bei ihrem Transport zum Präsidium hatten Passanten wieder einige Fotos geschossen, die sofort in den Medien verbreitet wurden. Der Kurier hatte schon gestern Abend eine brandneue Online-Schlagzeile ins Netz gestellt: „Star im Fadenkreuz! Festnahme in Bornheim!“

Die heutige Printausgabe lag auf meinem Schreibtisch und berichtete in Kurzform von der Festnahme der Psychotherapeutin. Die Hintergründe wurden jedoch nicht erwähnt, der Artikel war ziemlich kurz. Auf den Fotos standen Rainer und ich mit Michaela Dorfner an unserem geparkten BMW, im Hintergrund sah man die historische Fassade einer bekannten Apfelweinkneipe auf der oberen Berger Straße. Rainer hielt eine Tür auf, sie stieg gerade ein und ich war deutlich im Profil zu erkennen. Kein Wunder, für jedes veröffentlichte Foto gab es sofort Bares. Da wurden viele Handy-Besitzer schnell zum rasenden Reporter. Und ich hatte einen Anruf von der Pressestelle, noch bevor wir im Polizeipräsidium angekommen waren. Daher blieb mir nichts übrig, als die Festnahme im Zusammenhang mit dem Tod des Fitnesstrainers zu bestätigen und die Redaktion hatte gleich wieder einen Aufmacher.

Die Durchsuchung ihrer Wohnung hatte keine weiteren Erkenntnisse gebracht. Die Kollegen fanden keine Kleidung oder Schuhe mit Blutanhaftungen. Auch die ersten Untersuchungen der Waschmaschine und ihrer Waschbecken ergaben keine Hinweise auf Blutrückstände. Null Blutspuren vom Opfer. Vielleicht hatte sie ihre Klamotten direkt im Anschluss entsorgt. In ihrer Wohnung befanden sich keinc Fotos von Juan Gonzales.

Wir hatten lediglich ein fehlendes Messer gleichen Modells und ihre Aussage, sie habe ihn in einer Bar in der Stadt kennengelernt, was nicht gegen sie sprach, sie hatte es schließlich von selbst eingeräumt. Den Beweis konnten wir nur über ihren DNA-Abgleich mit den Spuren von der Tatwaffe herstellen.

Rainer sah auf seine Uhr: „In zwei Stunden kommen Frau Fischer und der Rechtsanwalt von Michaela Dorfner zu ihrer Vernehmung. Die wird wahrscheinlich schnell vorbei sein, wenn sie nichts sagt“, meinte er lakonisch.

„Vielleicht legt der Anwalt ihr nahe, die Probe freiwillig abzugeben. Wenn sie unschuldig ist, kann sie das nur entlasten.

Bei Weigerung wird ein richterlicher Beschluss zur DNA-Abgabe ergehen, und wenn dann der Abgleich mit den Spuren vom Messer übereinstimmt, bleibt sie erst einmal in Haft", überlegte ich laut.

Mein Teampartner schüttelte den Kopf: „Irgendwie passt für mich da einiges nicht. Die ist ziemlich klar strukturiert. Warum schmeißt sie dann das Messer in die Hecke? Warum erst so konfus und dann entsorgt sie hinterher sorgfältig alle Klamotten, so dass wir nichts finden?"

Er beugte sich vor und sah mich eindringlich an: „Mensch Thommy, siehst du nicht den Widerspruch?"

„Vielleicht hat sie zuerst emotional gehandelt und sich dann wieder gefasst, Rainer. Wir können doch keinem hinter die Stirn sehen", hielt ich entgegen, doch seine Einwände ließen mich zögern. Dann fiel mir wieder das Video von gestern Nacht mit Majas Standpauke ein: *Sei froh, dass es rum ist, der Indianer hat nur für Ärger gesorgt…*

Juan wurde bisher als Spanier unter den Personalien aus seinem spanischen Reisepass geführt, bis wir ein Ergebnis seines Fingerabdruckvergleiches aus Kolumbien hatten. Das konnte aber Jahre dauern, wenn er denn dort überhaupt bekannt war. Das Synonym Indianer stand für amerikanische Ureinwohner, nicht für Spanier. Ich versuchte, mich an meine Gespräche mit Maja zu erinnern. Was hatte ich ihr erzählt? Wir hatten uns doch nicht über den Fall unterhalten. Woher wusste sie dann, dass Juan wahrscheinlich gar kein Spanier war?

Er hatte seinen VW dieses Mal etwas abseits abgestellt und zunächst zu Fuß eine kleine Runde zwischen den Villen gedreht. Hoffentlich war sie bald wieder zurück, er konnte es nicht erwarten. Es war jetzt Zeit, den nächsten Schritt zu gehen, sie würde es endlich verstehen. Aber zuerst wollte er die Mini-Kameras abbauen und die Videos sichern. Seine Hardware aus Italien kam ihm sehr gelegen, so konnte er die neuen Bilder direkt einstellen, ohne Spuren zu hinterlassen. Und mit einem brandneuen Facebook-Account konnte er ihr endlich zeigen, wie nahe er ihr wirklich war. Ihr Bungalow lag schräg gegenüber auf der anderen Straßenseite. Weit und breit war niemand zu sehen. Er stellte sich an die dichte Hecke, baute die darin versteckte Mini-Kamera und die Zubehörtechnik ab, steckte sie in seine Jackentasche und ging wieder zurück zum Auto. Außer einem Jogger kam ihm niemand entgegen und er war gespannt, welche Bilder ihn erwarteten.

Mein Dienst-Handy summte, ich stellte meine Tasse hin, fischte es aus der Jacke und meldete mich: „Bach."

„Ja, guten Morgen. Mein Name ist Achim Schmidt, Sie haben uns vor ein paar Tagen ihre Karte gegeben."

Schmidt? Achim Schmidt? Ich stand auf dem Schlauch.

„Entschuldigung, aber in welchem Zusammenhang war das?", fragte ich nach.

Rainer sah mich interessiert an.

„Ich habe Ihnen die Videoaufnahmen von dem VW Passat gegeben, der am Bungalow von Frau Goldberg stand."

Der Junge von gegenüber, der Nachbar von Maja Goldberg.

„Ach ja. Wie kann ich ihnen helfen?"

„Ich glaube, ich kann Ihnen helfen. Er war eben gerade hier. Ich war joggen und habe gesehen, wie er in sein Auto gestiegen ist."

Wie elektrisiert stand ich auf, deutete Rainer mit kreisender Hand eine dringende Abfahrt an und nahm meinen Blouson vom Stuhl.

Auch er schnappte sich seine Jacke und das Fahrtenbuch mit dem Autoschlüssel und wir gingen zum Aufzug.

„Na ja, mein Vater hat Ihre Visitenkarte hier am Telefon liegen lassen und ich ..."

„Sorry Achim, aber wo ist er jetzt?", unterbrach ich ihn.

„Er ist gerade weggefahren ..."

„Achim, wie lange ist das her?"

„Vielleicht eine halbe Minute, ich habe ihn nicht angesprochen."

„Das war auch richtig so", lobte ich ihn, während Rainer die Taste am Aufzug drückte.

„Hast du das Autokennzeichen?"

„Na klar, das ist doch das Wichtigste." Er lachte kurz über meine Frage und gab mir dann das Frankfurter Autokennzeichen durch.

„Bist du dir wirklich sicher?"

„Absolut, ich habe mit meinem Handy unauffällig ein Foto gemacht und ihn von hinten erwischt, als er noch einmal an mir vorbeigefahren ist."

„Super", lobte ich ihn wieder, „wir melden uns gleich nochmal bei dir. Ich rufe dich dann an. Danke nochmal, das war wirklich klasse."

„Keine Ursache", sagte er bescheiden und wir beendeten das Gespräch gerade, als sich die Aufzugtür öffnete.

Rainer bog auf die Eschersheimer Landstraße Richtung Innenstadt ab, ich setzte das Magnetblaulicht auf das Dach und ließ die Scheibe wieder hoch. Dann griff ich zum Funk und sprach die Einsatzzentrale an. Der Funker koordinierte die Fahndung und sofort meldeten sich einige freie Funkstreifen. Die Ampel vor uns war rot, Rainer stellte das Martinshorn an und tastete sich langsam in den Querverkehr auf der Kreuzung hinein. Dann gab er auf der freien Strecke wieder Gas und wir fuhren weiter Richtung City. Die nächsten Minuten zogen sich trotz des hohen Tempos wie eine kleine Ewigkeit. Die Ampel zur Kreuzung am Eschenheimer Tor nahmen wir bei dunkelorange. Hinterm historischen Wehrturm streckte sich das neue, hochmoderne Luxushotel einer arabischen Kette glitzernd in den blauen Sommerhimmel und wieder fiel mir der stets präsente Kontrast zwischen Geschichte und Moderne meiner Heimatstadt auf. Rainer zog nach links und wir bogen vor dem Turm Richtung Gericht ab. Kurz darauf meldete sich ein Funkwagen vom achten Revier, der den VW Passat des Stalkers in Sachsenhausen gesichtet hatte. Der Funker aus der Einsatzzentrale schaltete sich wieder ein und ließ nur noch Standortmeldungen zu. Das Netz der Frankfurter Polizei zog sich in den nächsten Minuten immer enger um den Stalker, so nahe waren wir ihm noch nie gekommen. Ich dachte an die weibliche DNA-Spur auf dem Messer, die den Stalker für den Mord eigentlich aus den Rennen nahm. Aber das konnten wir später klären, jetzt wollte ich ihn erst einmal aus dem Verkehr ziehen.

Die Luft im Transporter war trotz der Hitze an diesem Morgen erstaunlich angenehm, dank der Klimaanlage, die wahrscheinlich wegen der elektronischen Geräte leistungsstark sein musste.

Sie standen auf einem der Parkplätze am Hafen, etwas oberhalb des letzten Anlegers, mit dem Heck zum Hafenbecken. Die etwa 20 Meter lange Segelyacht, auf der sich die Film-Crew tummelte, lag in Wurfweite des Steges.

Nadine war mit Maja noch unter Deck. Jean zoomte einige der Crew-Mitglieder heran, so dass Sabine mit ihrem Dienst-Handy die Gesichter abfotografieren konnte. Zusammen hatten sie Jeans Einheit heute Morgen eingewiesen, waren auf den Stalker als Gefährder eingegangen, hatten das Tötungsdelikt geschildert und die Truppe dahingehend sensibilisiert, dass insbesondere die Personen, die den Videodreh im Umfeld beobachteten, für sie interessant waren.

Ein Dutzend Zivilfahnder waren jetzt rund um den Hafen positioniert, als Rucksacktouristen, Segler, Motorradfahrer und auch als Liebespaar. Jetzt musste er nur noch kommen, dachte Sabine, dann war der Trip nach Frankreich perfekt. Wenn der Stalker die Facebook-Seiten verfolgte, konnte ihm das gar nicht entgangen sein. Vielleicht lockte ihn das mediterrane Setting, hoffte sie. Die Leute der Crew nahmen ihre Positionen ein, als Maja und Nadine aus der Kajüte kamen. Der Schlagerstar stellte sich am Bug der Yacht in Position, das blaue Meer und der wolkenlose Sommerhimmel im Hintergrund. Als wäre gestern Abend nichts gewesen. Sabine konnte es kaum glauben.

Die Filmtypen wurden immer geschäftiger, während Maja die Gangway betrat und auf den Anlegesteg hinunterging.

„Jean, lass uns doch mal sehen, was sie so macht“, bat Sabine intuitiv ihren Kollegen, der daraufhin Kamera und Richtmikro auf Maja ausrichtete. Sie lief jetzt auf dem Anleger direkt auf den Kastenwagen zu.

Dann blieb sie stehen, schob die Sonnenbrille von der Stirn auf ihre Augen, nahm ein Handy aus ihrer leichten Segeljacke, bediente einhändig das Menü und nahm es dann zum Ohr. Jeans Monitor zeigte eine gestochen scharfe und bunte Porträtaufnahme von Maja Goldberg. Sabine nahm das Dienst-Handy hoch und filmte sie, obwohl die Gespräche vom Handy parallel im Technikstudio aufgezeichnet wurden. Nach wenigen Sekunden meldete sich offenbar der angerufene Teilnehmer. Man konnte ihn zwar nicht hören, aber sie begrüßte ihn herzlich auf

Deutsch und begann sofort, charmant zu flirten: „Hallo Chérie, ich habe dich schon vermisst … du, wir sind beim Dreh im Hafen, es hat alles geklappt … der Skipper ist sehr charmant, wir haben eben erst mal einen Champagner getrunken … danke, das hast du wieder perfekt geregelt … mach dir keine Gedanken, sie ist wieder stabil … ich krieg das schon hin …“, sie drehte sich beim Telefonieren kurz um und vergewisserte sich, dass an Bord alles in Ordnung war. „Das war ja mal an der Zeit … dann haben die blöden Bullen das jetzt auch endlich kapiert … Wo nochmal? … auf der Webseite vom Kurier … mit Foto … da muss ich auch mal reinsehen … Na prima, dann klappt das ja genauso, wie du das geplant hast … ja, er war damals schon nicht der Hellste, aber du weißt, ich habe ihn unter Kontrolle. Ich mach das natürlich nur aus Liebe zu dir …“, sie grinste eine Sekunde frech, bevor sie wieder ernst wurde.

„Na dann ist ja langsam alles geklärt … du bist der Beste … Ja, ich weiß, das war auch nicht einfach mit der, die hält sich ja für die Superpsychologin. Dann kann sie jetzt im Knast die anderen Schlampen therapieren … wir kriegen das alles hin … Ja, wir haben auch den Indianer hingekriegt, auch wenn, klar … Ich weiß, wir telefonieren auch nur mit deinen sicheren Handys, diese Nummer hat sonst keiner … ich liebe dich auch Chérie … Salut …“ Sie legte auf und steckte das Handy wieder in die Seitentasche. Sabine beendete angespannt die Videoaufnahme und Jean sah sie fragend an: „Was ist passiert?“

Sie fasste es kurz und knackig zusammen: „Sie ist eine Schlampe, die mit drinhängt. Danke Jean, ohne euch wären wir da wahrscheinlich nicht draufgekommen“, sagte sie und legte ihm kameradschaftlich die Hand auf die Schulter. „Kannst du uns einen IMSI-Catcher besorgen? Wir müssen ihre neue Handy-Nummer fangen und schalten.“

„Sicherlich“, raunte Jean in seinem unverwechselbaren Akzent. Dann lächelte er, wie gestern Nacht, als er ihr in dem Bistro in der Altstadt von Marseille eine Gauloise ansteckte, und griff zu seinem Mobiltelefon.

Wir waren kurz vor der Alten Brücke, als die erlösende Meldung kam: „Fahrzeug am Affentorplatz gestellt, Fahrer festgenommen.“ Rainer ging vom Gas, ich ließ die Beifahrerscheibe runter und nahm das Blaulicht vom Dach. Die Ampel war grün und wir erreichten die älteste Mainbrücke Frankfurts.

Die Anspannung ließ nach und ich blickte nach links zum „Brickegickel“, dem schmiedeeisernen Denkmal für einen Hahn, der einer Legende nach im Mittelalter als eine dem Teufel geopferte Seele die damals neu gebaute Brücke als erstes überquerte. Kurz darauf hatten wir den Einsatzort erreicht.

Der VW Passat stand in Höhe des Taxistandes am Affentorplatz, Fahrtrichtung Innenstadt, jeweils ein blausilberner Funkwagen mit blitzendem Blaulicht vor ihm, hinter ihm, und auf der Spur daneben. Die Kollegen hatten ihn vorbildlich angehalten und aus dem Fahrzeug geholt. Er stand am Heck, seine Hände waren auf dem Rücken gefesselt.

Rainer hielt in der Bushaltestelle gegenüber, wir stiegen aus und gingen zu ihm. Der Typ war völlig unscheinbar, dunkle Haare, einen Dreitagebart, etwa dreißig Jahre alt, trug Jeans und ein graues Sweatshirt. Er drehte sich sofort zu mir um, als ich neben ihn trat und gleich zur Sache kam: „Thomas Bach, K 11, wir ermitteln in einem Tötungsdelikt im Umfeld von Nadine Goldberg. Sie stehen in dringendem Tatverdacht der Nachstellung. Sie müssen nichts sagen, aber ich denke, es ist besser, Sie klären das sofort. Wenn Sie was loswerden wollen, dann besser gleich jetzt.“

Er sah mich nur kühl an, ohne Regung. Ich zog die Schraube noch enger an: „Es ist mir scheißegal, ob du bald im Knast verschimmelst, aber wenn du mir was zu sagen hast, dann in der nächsten Minute. Vielleicht kann ich dann noch was richten!"

Passanten hielten wieder Handys hoch und ich ahnte, wie der Auftritt in der Boulevardpresse ausfallen würde. Ich hatte mittlerweile die Schnauze gestrichen voll von diesem ständigen Medienhype.

Hasserfüllt und mit irrem Blick sah er mich an und sagte langsam: „Ich weiß nicht, was Sie von mir wollen, aber machen Sie, was Sie für nötig halten." Und in diesem Moment war mir klar, dass die Ansprache bei diesem Psychopathen komplett umsonst war.

Mein neues, abhörsicheres Dienst-Handy zirpte und ich war über die Ablenkung gar nicht so unglücklich, weil ich wusste, dass wir mit diesem Typ nur über Sachbeweise weiterkamen. Daher stand zunächst die Durchsuchung seines Autos und seiner Wohnung im Vordergrund. Ich ging einige Meter zur Seite und stellte mich zwischen zwei Vito-Funkwagen, so dass ich meine Ruhe hatte und unbeobachtet von den Passanten war.

„Bach", meldete ich mich kurz angebunden.

„Sabine hier, ich muss dich dringend sprechen, wir haben eine neue Lage."

Sie sprach ruhig und eindringlich und ich merkte, dass irgendetwas passiert sein musste. Dennoch war ich entspannt, weil ich sicher war, dass wir den Stalker hier vor uns hatten.

„Ja, wir auch", entgegnete ich, „wir haben den Stalker soeben festgenommen. Er ist am Bungalow auf dem Lerchesberg beobachtet worden mit seinem silbernen Passat, jetzt haben ihn die Kollegen gestellt."

„Super, das freut mich! Aber du musst dringend mit der Staatsanwältin reden", erwiderte sie unbeeindruckt. „Wir haben gerade Maja Goldberg verdeckt gefilmt, bestes Bild, perfekter Ton. Sie hat während der Dreharbeiten am Hafen etwas abseits mit einem Unbekannten telefoniert, mit einem Handy, das wir höchstwahrscheinlich bisher nicht überwachen." Sie machte eine kurze Pause „Die hängt mit drin, darauf verwette ich ein Monatsgehalt."

Das Blut schoss mir in den Bauch und mir wurde schlagartig speiübel. Das durfte doch nicht wahr sein!

„Wie kommst du darauf?", fragte ich vorsichtig und versuchte, einigermaßen normal zu klingen.

„Sie hat mit ihrem *Chérie*, so nannte sie ihn, über die Festnahme der Psychologin gesprochen, er wusste offenbar aus dem Kurier davon, und wie blöd die Bullen seien und das jetzt alles geklärt sei und dass er das gut geplant hat, genauso wie sie beide den Indianer gut hingekriegt hätten."

Ich sah gedanklich das Video von gestern Nacht vor mir, die grünlichen Silhouetten, und wie Maja Nadine fertiggemacht hatte ...

Die Übelkeit stieg hoch, die Lösung hatte vor unseren Augen gelegen. Wie so oft ging es nur um den schnöden Mammon und Nadine Goldberg war das neue goldene Kalb.

Der Indianer und die Psychotante waren zwei Störfaktoren in der Geldfabrik des Schlagersternchens. Jetzt war er tot und sie stand unter Mordverdacht. Die berühmten zwei Fliegen mit einer Klappe.

Nach einer kurzen Pause meldete Sabine sich wieder: „Ich sende dir das Video gleich aufs sichere Handy, dann kannst du dir selbst ein Bild machen. Ab heute Mittag kann ich hier einen IMSI-Catcher einsetzen, deshalb brauche ich einen neuen Beschluss, um Majas geheime Handy-Nummer zu fangen und zu überwachen."

Der IMSI-Catcher war eine in einem Fahrzeug, oft einem Kastenwagen, installierte elektronische Einrichtung, die virtuelle Funkzellen für Mobiltelefone simulierte. Da sich ein Handy immer in die nächste Funkzelle einbuchte, konnte der Techniker im IMSI-Catcher alle Rufnummern eingeschalteter Mobiltelefone in der näheren Umgebung auslesen, speichern und bei längerer Bewegung einer Zielperson deren Nummer von anderen Rufnummern Unbeteiligter unterscheiden und damit herausfiltern. Diese zuvor unbekannte Telefonnummer der Zielperson konnte dann mit einem weiteren richterlichen Beschluss überwacht werden.

Nach kurzer Überlegung entgegnete ich: „Wir haben noch die präventiven Beschlüsse für ihre Handys, aber ich sehe Frau Fischer gleich. Wir haben heute Mittag noch die Vernehmung von Michaela Dorfner vor uns. Ich rede natürlich vorher mit unserer Staatsanwältin. Gute Arbeit, Sabine,", lobte ich sie, „bleib weiter dran und lade die Jungs heute Abend mal auf ein Bier ein, die Rechnung geht auf mich."

„Danke, mache ich, ich weiß auch schon, wo wir wieder hingehen", entgegnete sie lachend und mir wurde klar, dass ich die Richtige nach Marseille geschickt hatte.

Frau Staatsanwältin Fischer und ich saßen in meinem Büro Frau Dorfner und ihrem Rechtsanwalt Herrn Heinze gegenüber. Es war wieder eine dieser Situationen nach einer Aussageverweigerung, in denen die Anwesenheit sowohl der Verteidigung als auch der Staatsanwaltschaft entscheidend war. Hier konnte Wesentliches bereits vor Prozessbeginn ausgelotet werden.

Schon eine Stunde vor der Vernehmung hatten Rainer und ich Frau Fischer über den letzten Sachstand informiert und ihr die beiden Videos aus Marseille gezeigt. Sie hatte uns an die harten Fakten erinnert: die nicht zuzuordnenden, identischen DNA-Spuren auf Kondom und Tatwaffe sowie das fehlende Messer aus der Küche der Therapeutin, das von Art und Marke mit der Tatwaffe übereinstimmte. Rainer stellte die neue Hypothese auf, dass Maja oder der Unbekannte das Messer unbemerkt aus Michaela Dorfners Küche entwendet und als Tatwaffe eingesetzt hatten, um den Verdacht auf sie zu lenken. Maja Goldberg war zur Tatzeit angeblich in Südfrankreich, das musste geprüft werden. Und wir hatten noch die Festnahme des Stalkers abzuarbeiten. Dann legten wir die nächsten Schritte fest: Rainer übernahm die Ermittlungen zum Stalker, Stefan kümmerte sich um die Beschlüsse und Ermittlungen zum Alibi von Maja Goldberg, und Frau Fischer und ich gingen zur Vernehmung. Wir hatten schon einige Fälle zusammen gelöst und ich schätzte ihren messerscharfen Verstand, ihre abgebrühte Taktik und ihre brillante Rhetorik.

Ihr Rechtsanwalt legte die Vollmacht vor und machte deutlich, dass Frau Dorfner sich das Zeugnis- sowie Aussageverweigerungsrecht vorbehalten und die Vernehmung gegebenenfalls jederzeit abbrechen würde. Ich legte ihr die vorbereitete schriftliche Belehrung vor und sie unterschrieb. Dann aktivierte ich mein altes Memocord, um die Vernehmung aufzuzeichnen und klappte die Laufmappe mit den Fotos der Tatwaffe auf.

„Frau Dorfner, zunächst zu Ihrem Alibi: Sie haben in Ihrer ersten Zeugenanhörung erwähnt, zur Tatzeit einen Termin mit einer Klientin in Darmstadt gehabt zu haben, der nicht zustande kam. Wollen Sie diesbezüglich etwas ergänzen?“

„Ich kenne sie nicht, der Kontakt kam über Facebook zustande. Dabei ging es um eine Coaching-Beratung. Wir wollten ein Vorgespräch führen und sie hat mich dafür nach Darmstadt zum Mittagessen in ein Restaurant eingeladen, aber sie kam nicht. Ich kann mir keinen Reim darauf machen. Im Nachhinein kommt es mir wie eine Verarschung vor. Ist mir auch noch nicht passiert. Wenn sie die Facebook-Ausdrucke brauchen, kann ich die nachreichen."

Das würden wir auf jeden Fall überprüfen.

„Wie wir Ihnen bereits vorgehalten haben, fehlt in Ihrer Küche ein Messer, das mit der Tatwaffe übereinstimmt, was können Sie dazu sagen?"

Der Anwalt hob gleich die Hand. „Davon gibt es Tausende. Gibt es konkrete Hinweise, dass es sich um das Messer meiner Mandantin handelt?"

„Noch nicht", antwortete ich, ohne die DNA-Spur zu erwähnen.

„Das heißt, das Messer wird noch untersucht?", hakte er nach.

Jetzt schaltete sich Frau Fischer ein: „Die Untersuchung dauert noch an. Es wurde eine DNA-Spur gesichert, die jedoch nicht in der Datei registriert ist." Damit legte sie die Karten soweit auf den Tisch, wie sie es vertreten konnte. Das war einer der Gründe, warum sie als Vertreterin der Anklage hier dabei saß.

„Gut." Der Anwalt sah sie kurz an und nickte. Ich fragte weiter, um auch entlastende Momente herauszufinden: „Hat Nadine Goldberg Sie auch in Ihrer Küche besucht? Hätte sie die Gelegenheit gehabt, das Messer unbemerkt aus Ihrem Messerblock zu entwenden?"

Michaela Dorfner sah mich an. Die Nacht im Polizeigewahrsam hatte Spuren hinterlassen, sie hatte Ansätze von dunklen

Ringen unter den Augen, aber ihre Haltung war nach wie vor selbstbewusst und kämpferisch.

„Ich weiß nicht, auf welchem Trip Sie sind, aber weder Nadine noch ich haben Juan auf dem Gewissen. Sie hat ihn geliebt, er hat ihr gut getan, ich ...“

„Das war's hierzu“, unterbrach sie der Anwalt und legte seinen Arm auf ihren, weil er ein mögliches Motiv seiner Mandantin schon im Ansatz roch. Eifersucht. Er war einfach gut, das musste man ihm lassen. Wahrscheinlich hatte sie ihn im vertraulichen Vorgespräch davon überzeugt, mit dem Fall nichts zu tun zu haben, aber auch ihre Vorgeschichte dargelegt.

Ich legte den Schwerpunkt weiter auf eine Entlastung, so wie ich es mit Frau Fischer besprochen hatte, und wiederholte meine Frage neutral mit neuer Formulierung:

„Mal angenommen, jemand wollte Ihnen diese Tat anlasten: Wer hätte die Gelegenheit dazu gehabt, das Messer bei Ihnen zu entwenden, um damit die Tat zu begehen?“

Herr Heinze und seine Mandantin sahen sich für einen Moment an, bis er nickte. Er registrierte wahrscheinlich genaue Zwischentöne, die auch entlastend interpretiert werden konnten. Oder auch nicht, falls es nichts Entlastendes gab.

„Nadine hat mich natürlich oft zu Hause besucht, wir haben viele Gespräche geführt. Dazu sage ich natürlich nichts. Ich halte das ziemlich locker mit meinen Klienten, damit sie sich während der Gespräche möglichst entspannt fühlen“, erklärte sie absolut authentisch. „Aber sie war auch alleine in meiner Küche, wenn ich mal auf die Toilette musste, warum auch nicht. Ich habe lange genug gebraucht, um ein echtes Vertrauensverhältnis mir ihr aufzubauen. Sie hatte es wirklich nötig.“

„Wer aus Nadines Umfeld war noch bei Ihnen zu Hause?“

Wieder schaute sie zu ihrem Anwalt, der nach einem kurzen Blick zu Frau Fischer erneut nickte.

„Wir hatten letzte Woche einen Coaching-Termin, am Freitag, und haben das nächste Projekt besprochen. Da waren ihre Mutter und auch Chris, ihr Manager, dabei."

„Herr Heinze", schaltete sich Frau Fischer ein, „können wir uns darauf einigen, dass Coaching-Beratung und Karriereplanung rechtlich als Fortbildung gewürdigt werden?"

Sie führte ihren Gedanken weiter aus: „Die Angaben hierzu fallen dann nicht unter das Zeugnisverweigerungsrecht und könnten damit die weiteren Ermittlungen insbesondere hinsichtlich der Entlastung Ihrer Mandantin wesentlich befördern."

Schön gesagt, dachte ich.

„Frau Fischer das können wir unter dem ausdrücklichen Vorbehalt einer späteren Zeugnisverweigerung aus beruflichen Gründen oder einer Aussageverweigerung durchaus annehmen. Frau Dorfner, sind Sie auch damit einverstanden?"

Sie sah ihn überrascht an und stimmte zu, weil sie ihm wahrscheinlich wirklich vertraute. Vielleicht hatte er auch einige Coaching-Sitzungen bei ihr hinter sich.

„Na ja, wir haben uns bei mir getroffen und in der Küche gesessen. Ich habe einige Frucht-Cocktails gemixt, natürlich alkoholfreie, weil das auch immer wieder Thema war. Maja hat den nächsten Gig angesprochen und Nadine bei der Planung mit ins Boot genommen, so wie wir das besprochen hatten. Nadine hat dann von einem erweiterten Image gesprochen, ein neuer Auftritt, den sie zur ‚Retro Night' planten und ein neues Video, das sie produzieren wollten." Die Therapeutin lehnte sich in ihrem Stuhl zurück und entspannte sich. „Ich hatte den Eindruck, dass sie sich stabilisiert hatte. Juan tat ihr echt gut, auch wenn ich ihn durchaus kritisch sah; er war eben der typische lateinamerikanische Macho", erzählte sie spontan, „ganz nett für einen Abend, aber nichts auf Dauer." Damit hatte sie ihre Beziehung mit ihm auf den Punkt gebracht, während Herr Heinze kurz die Augen verdrehte, sie aber nicht bremste.

„Da hat sich dann Chris eingeschaltet. Er hat von dieser Chance gesprochen und dass sie jetzt den nächsten Schritt machen könnte. Die Film-Crew sei gebucht und mit ein bisschen Glück könnte er die nächsten Verträge unter Dach und Fach bringen."

Chris, der Manager, dachte ich, der wahrscheinlich nicht nur die Film-Crew, sondern auch die Yacht gebucht hatte. Majas Telefonat mit dem Unbekannten lief in meinem Hinterkopf ab: *Danke, das hast du wieder perfekt geregelt…*

Ich hakte bei Frau Dorfner nach: „Und wie endete dieser Coaching-Termin?"

„Na ja, sie haben mich spontan zum Essen eingeladen, ich habe mich noch mal frisch gemacht, und dann sind wir gegangen", antwortete sie.

„Haben Sie Ihre Wohnküche dazu verlassen?"

„Klar, als ich mich frisch gemacht habe, bin ich nach nebenan gegangen, und als ich zurückkam, haben alle auf der Terrasse gesessen und eine geraucht."

„Vorher saßen sie am Tresen in der Küche?"

„Ja, und als ich wiederkam, saßen sie alle drei im Garten und haben gequalmt. Ich mag das nicht bei mir in der Küche, das wussten die ganz genau."

„Also hatten sie die Gelegenheit, ein Messer zu entwenden?"

Jetzt lehnte sie sich vor und zog ihre Augenbrauen zusammen: „Ich habe Orangen und Zitronen für die Cocktails mit einem Messer aus dem Block geschnitten. Das habe ich alles erst einmal liegen lassen ... Wenn Sie meinen, ja, so hätte das passieren können. Ich habe die Küche erst spät in der Nacht aufgeräumt."

Diesmal nickte ich, dachte an das letzte Video aus Marseille und stellte mir die mögliche Lösung des Falles auf Rainers Hypothese basierend vor: Michaela Dorfner verließ die Küche, Maja und Nadine gingen zum Rauchen auf die Terrasse, während der Manager so eben nebenbei das Steak-Messer eintütete. Ja, so könnte es gewesen sein, der erste Schritt zu den zwei Fliegen mit einer Klappe.

„Frau Dorfner, ich sehe momentan zwar noch einen Tatverdacht, und Ihre Aussage von eben lässt in der Gesamtschau immer noch eine richterliche Vorführung zu. Ich könnte mir aber vorstellen, dass ich nach Abgabe einer freiwilligen Speichelprobe auf Ihre Vorführung verzichte. Diese Abgabe ist aber unabdingbar, weil wir sonst alternativ einen DNA-Beschluss beantragen."

Jetzt sah sie den Rechtsanwalt an. Der überlegte für einen Moment, hatte aber seine Mandantin offenbar im Vorgespräch schon auf die Möglichkeit eines solchen richterlichen Beschlusses hingewiesen. Dann riet er ihr:

„Frau Dorfner, ein Verzicht auf die Abgabe einer Speichelprobe würde das Verfahren unabhängig vom Ergebnis nur unnötig verlängern. Ich rate daher zur Abgabe und Sie halten sich zur Verfügung der Staatsanwaltschaft hier in Frankfurt bereit. Dann gehen wir zwei im Anschluss an diese Vernehmung nach Hause. Sehe ich das richtig, Frau Fischer?"

Damit hätte er noch das Beste zu diesem Zeitpunkt für sie herausgeholt, dachte ich. Wirklich guter Mann.

Frau Fischer nickte: „Das kann ich nach dem aktuellen Ermittlungsstand auch so vertreten."

Ich öffnete eine Schreibtischschublade, nahm ein DNA-Set mit den berühmten Stäbchen heraus und kam zum praktischen Teil, bevor wir die Vernehmung beendeten und sie entließen.

Rainer stand in der Mansarde direkt unter der Dachschräge des Mehrfamilienhauses am Westbahnhof. Er warf einen kurzen Blick durch das Dachfenster auf den Messeturm, straffte mit zwei Handgriffen seine Plastikhandschuhe und öffnete dann das Fenster, um die stickige Luft rauszulassen. Die Zwei-Zimmer-Wohnung war übersichtlich und einfach eingerichtet. Interessant war das Schlafzimmer, in dem sich rechts vom Dachfenster ein Videoarbeitsplatz mit kleinem Bildschirm, zahlreichen Kartenlesegeräten und externen Festplatten befand. Auf der anderen Seite hing ein riesiger Flachbildschirm an der Dachschräge über dem Fußende des Bettes. Über dem ordentlich gemachten Bett mit roten Laken war eine Sammlung von Fotos an eine riesige Kork-Wand gepinnt. Nadine Goldberg aus unterschiedlichsten Perspektiven, die meisten in senkrechtem Postkartenformat, bis auf das DIN-A3-Poster in der Mitte, das sie während des Finales der Casting-Show in ihrem roten Kleid zeigte. Die anderen Fotos zeigten sie an unterschiedlichen Orten; vor dem Bungalow am Lerchesberg, auf der Penthouse-Terrasse am Riedberg, beim Joggen an der Nidda, beim Stretchen im Joggingdress auf einem Radweg, im Hintergrund ein Spielplatz, und dann noch einmal vor dem Appartementhaus am Riedberg. Rainer hielt inne und sah sich die letzten Bilder genauer an. Der Radweg am Spielplatz, das war der Tatort, aus der Perspektive vom gegenüberliegenden Nidda-Ufer. Ein Foto vom Tatort. Heute Morgen hatte der Stalker eine Kamera am Lerchesberg abgebaut, fiel ihm sofort ein. Er nahm sein Mobiltelefon und rief beim K 35, der IT-Gruppe, an. Kurz darauf meldete sich der Spaßvogel der Truppe: „CSI Mainhattan, wo ist der Tatort?“ Rainer kam gerade nicht auf seinen Namen, aber schätzte den Humor des jungen Kollegen.

„Hallo, hier Rainer vom K 11. Wir haben vorhin einige Mini-Kameras vorbeigebracht, die lagen im Kofferraum des Stalkers, den wir heute festgenommen haben. Die hatten jeweils eine Aufzeichnungseinrichtung dabei. Ich kenne mich damit nicht so richtig aus, aber könntet ihr diese drei Kameras mal bei der Auswertung vorziehen? Da könnte etwas wirklich Interessantes für uns dabei sein.“

„Kein Problem, wir sind da flexibel, auch wenn die Ausrüstung nicht so topp ist wie in Hollywood“, lachte er und sie beendeten das Gespräch.

Rainer studierte das Foto noch einmal intensiv: die Nidda im Vordergrund, dann die Uferböschung, der Radweg und Nadine bei ihren Stretch-Übungen. Dahinter sah man die Klettergeräte vom Spielplatz. Wenn dieses Foto auch von einer Kamera aufgenommen worden war und diese schon länger aufzeichnete, dann hatte der Stalker in seinem Verfolgungswahn vielleicht die Tat aufgezeichnet. Rainer machte eine Blitzlichtaufnahme des Fotos und rief dann seinen Teampartner an.

10

Der Verkehr war an diesem Samstagmorgen auf der A 66 stadtauswärts nur sehr spärlich und Rainer gab unserem BMW auf der linken Bahn die Sporen.

Wir hatten uns zuvor im Büro zu unterschiedlichen Ermittlungen eingelesen und informierten uns während der Fahrt zum Flughafen gegenseitig über den neuesten Stand.

Mein Kollege hatte sich mit Stefan zu den Telefonüberwachungen sowie den Internet- und IT-Recherchen kurzgeschlossen: „Frau Fischer hat noch gestern Mittag einen neuen richterlichen Beschluss für das bislang unbekannte Mobiltelefon von Maja Goldberg beantragt und erhalten. Am Nachmittag war die Nummer geschaltet, aber es gab nur ein kurzes Gespräch mit ihrem Freund, nichts Wesentliches. Der andere Teilnehmer ist männlich, mehr kann man noch nicht sagen. Ich habe heute früh mal reingehört ... Es könnte der Manager sein, aber das ist noch nicht sicher. Die Anschlussüberwachung zu diesem Handy wird heute Morgen eingeleitet, damit wir ihn orten können. Beide Rufnummern sind auf einen nicht existenten Italiener aus Sachsenhausen angemeldet, die beiden Billig-Handys wurden in einem Supermarkt erworben, die italienischen Personalien des Anschlussinhabers sind natürlich falsch“, fasste er zu den ehemals geheimen Anschlüssen von Nadines Mutter und ihrem Gesprächspartner zusammen.

Ich sah zu ihm hinüber und versuchte mich auf die Fakten zu konzentrieren. Trotzdem fiel mein Blick durch die Fahrerseite neben ihm auf die Skyline. Dieser späte Sommer war einfach perfekt, dachte ich, sah in den seit Tagen strahlend blauen Himmel und hoffte, dass wir diesen Fall vielleicht heute schon abschließen konnten. Wenn nicht doch noch Überraschungen dazwischen kamen.

„Die Anschlussermittlungen zu ihrem bisher unbekannten Handy sind also eine tote Spur. Die Verbindungsdaten lassen sich erst seit letztem Dienstag nachvollziehen, da sind die ersten Gespräche geführt worden, also einen Tag nach der Tat."

„Dann hat sie mit ihrem heimlichen Freund erst nach der Tat diese neuen Handys besorgt", stellte ich nüchtern fest und fragte mich noch immer, warum ich mich an diesem Abend mit ihr so hatte gehen lassen. Rainer wusste zwar, dass Maja und ich vor über dreißig Jahren mal zusammen gewesen waren, aber von unserer letzten gemeinsamen Nacht wussten nur Maja und ich. Und jetzt wahrscheinlich auch ihr Freund. In was für eine Scheiße hatte ich mich da hineinmanövriert?

Wir erreichten das Nordwestkreuz, dahinter erhoben sich die ersten Büropaläste von Eschborn, der Vorzeigevorstadt im Westen Frankfurts. Rainer nahm die Abfahrt Richtung Frankfurter Kreuz und Flughafen.

„Die Ermittlungen zum Darmstädter Facebook-Kontakt von Michaela Dorfner waren auch eine Einbahnstraße. Allerdings gibt es da Parallelen zu den Scheinanmeldungen der beiden Handys. Wieder eine Anmeldung auf eine Adresse im südlichen Frankfurt, wieder falsche, italienische Personalien und als Profilbild das Foto einer Südländerin, die noch nicht identifiziert ist. Höchstwahrscheinlich ein Foto aus dem Netz, von irgendeinem Flirtportal oder so."

„Also wieder nichts", brachte ich es auf den Punkt.

„Michaela Dorfners Handy ist seit letztem Wochenende in Reparatur, das hatte eine Störung. Sie hat daher während der Fahrt nach Darmstadt auch keine digitalen Spuren mit ihrem Handy hinterlassen", ergänzte Rainer.

„Dann diente diese falsche Verabredung in Darmstadt nur dazu, sie aus Frankfurt wegzulocken und ihr damit ein potenzielles Alibi zu zerstören?“ Wer betrieb solch einen Aufwand, um ihr die Tat in die Schuhe zu schieben?

„Gut möglich“, meine Rainer und nahm die linke Spur Richtung Süden.

„Die Auswertungen der Videos von gestern dauern noch an, die Jungs vom K 35 sind heute früh wieder dran. Die Kameras und Aufzeichnungseinrichtungen aus dem VW des Stalkers haben oberste Priorität. Ich bin mir aber sicher, dass die Fotoperspektive vom Spielplatz an der Pinnwand in der Mansarde den Tatort am Nidda-Ufer zeigt.“

„Okay“ meinte ich und informierte ihn über die Laborergebnisse der DNA-Analysen: „Die Probe von Frau Dorfner ging per Kurier zum LKA, heute früh hatten wir das Ergebnis. Ihre DNA ist definitiv mit derjenigen auf der Tatwaffe und einem der Kondome aus Juan Gonzales' Bad identisch. Sie war also auch bei ihm in der Bude. Aber das Ergebnis der anderen drei Kondome ist noch viel interessanter: Zwei der drei weiblichen DNA-Treffer gehören zu Nadine und Maja Goldberg.“ Sie hatte auch was mit Juan gehabt. Mit dem Lover ihrer Tochter. Was für eine Bitch.

Die Mordverdächtige hatte was mit dem Opfer, höchstwahrscheinlich mit dem zweiten Täter und definitiv mit dem ermittelnden Kommissar. Herzlichen Glückwunsch, dachte ich mir. Wenn das durchsickerte, würde ich tagelang nicht mehr aus den Schlagzeilen kommen.

Wir erreichten das Frankfurter Kreuz, Rainer bog Richtung Flughafen ab und fasste zusammen: „Wenn wir meine Hypothese von gestern weiter verfolgen, kann es so gewesen sein: Nach dem Coaching am Freitag haben Maja und Chris die Therapeutin zum Essen eingeladen. Sie konnten sicher sein, dass sie zusagt, weil sie immer so positiv und spontan ist. Das passt gut zum Image. Dann war damit zu rechnen, dass sie sich umzieht oder frisch macht. Maja lenkt Nadine im Garten ab, während Chris das Messer klaut und es so eintütet, dass die DNA-Spuren von der Dorfner am Griff bleiben und er keine hinterlässt." Er hielt kurz inne, um nach den rechten Worten zu suchen und fuhr dann fort: „Sie wissen beide, dass Michaelas Handy in Reparatur ist und deshalb nimmt er sich Juan für den Montagmorgen vor, da würde sie es bestimmt noch nicht zurückbekommen haben. Vorher erstellt er ein Facebook-Profil mit ähnlichen falschen Personalien wie die der Handys und bestellt die Therapeutin nach Darmstadt, damit sie kein Alibi vorweisen kann. Maja fährt nach Frankreich, so fällt kein Verdacht auf sie. Und dann nimmt sich der Manager den Indianer vor, der ihn über Nadine kennt und daher arglos ist."

Vor uns tauchte das Squaire auf, das mich wieder an ein silbriges, in der Sonne glitzerndes Kreuzfahrtschiff erinnerte. Ich konnte es kaum glauben. Nur ein paar Tage war es her, dass wir hier ermittelt hatten. Und jetzt standen wir wahrscheinlich vor dem Finale des Falles.

„Das hört sich durchaus plausibel an", gab ich zu und fragte mich immer noch, was für ein Teufel mich an diesem Abend geritten hatte. Ich Idiot, wie konnte mir das nur passieren!? Hoffentlich trafen die Ergebnisse in meiner eigenen kleinen Privatermittlung bald ein. Mit etwas Glück bekam ich heute noch eine Mail. Ich schickte ein Stoßgebet zum Himmel, dass nicht das eintrat, was ich seit Tagen befürchtete. Wenn das herauskam, konnte ich irgendwo am Ende der Welt eine verlängerte Auszeit nehmen.

„Die Observation in Frankreich war der Durchbruch", brachte mein Teampartner unseren Rückblick auf den Punkt.

„Sei ehrlich, Thommy: Die Therapeutin wäre sonst dein Favorit gewesen, trotz der erheblichen Widersprüche."

Widerstrebend gab ich ihm recht: „Die lagegerechte Spur an der Tatwaffe überzeugt jedes Gericht. Dann hatte sie auch noch eine sexuelle Beziehung mit dem Opfer, kein Alibi und möglicherweise eines der ältesten Motive. Den falschen Facebook-Account hätte sie auch selbst anlegen können. Aber was soll der Aufwand, nur um einen Fitnesstrainer umzulegen, der möglicherweise Nadines Karriere im Weg ist?"

„Du hast doch selbst von den zwei Fliegen mit einer Klappe angefangen", hielt er mir vor, „die Therapeutin hat sie aufgerichtet, ihr neues Selbstbewusstsein gegeben. Nadine war für die beiden ein Unsicherheitsfaktor. Die wollten auch die Psychologin neutralisieren, damit sie wieder die alleinige Kontrolle über ihr goldenes Schlagerkalb bekommen konnten. Das war für mich in dem ersten Video aus Marseille ganz deutlich zu sehen. Nadine hat bei der knackigen Ansprache ihrer Mutter voll gespurt, oder etwa nicht? Und das in dem Moment, als die Kleine wieder eine Auszeit bei ihrer Psychotante einlegen wollte."

Ich ließ mir Zeit mit meiner Antwort, während er an der Nordseite vom Squaire die Auffahrt zum Terminal 1 nahm. Durch die Windschutzscheibe las ich vor uns auf der Werbebrücke über dem Zubringer: „Welcome to Frankfurt Airport". Darunter lächelten uns uniformierte Lufthanseaten verschiedener ethnischer Herkunft medienwirksam an. Rechts dahinter lag die First Class Lounge der größten deutschen Fluglinie. Rainer bog links in den ebenerdigen Ankunftsbereich ein.

„Du hast wahrscheinlich recht, nach den beiden Videos liegt das auch für mich ziemlich klar auf der Hand. Die beiden haben diese Nummer durchgezogen, wobei wir ihn ja noch nicht eindeutig identifiziert haben. Vielleicht steht doch noch ein anderer dahinter“, wandte ich ein, glaubte es aber eigentlich selbst nicht. Wahrscheinlich wollte ich nicht wahrhaben, dass Maja sich mit so einem Schnösel einließ. Aber was wusste ich wirklich von ihr? Mensch, reiß dich endlich zusammen, sagte ich zu mir selbst.

Wir fuhren im Schritttempo im Bereich der Ankunftsebene an Taxen und wartenden PKW vorbei, bis Rainer eine freie Parklücke fand. Ich hing noch meinen Gedanken nach, als sich plötzlich mein neues Handy zirpend meldete. Ich sah auf das Display und erkannte die Nummer.

„Ich glaube, Stefan hat etwas Neues zu melden“, meinte ich und hoffte auf gute Nachrichten. Wir blieben noch im Auto sitzen, ich stellte auf Lautsprecher und Stefan brachte uns auf den neuesten Stand der Ermittlungen:

„Ich bin gerade bei Jochen in der IT-Auswertung. Wir haben die Bilder von der Ausrüstung aus dem Kofferraum des Stalkers gesichert ...“

„Stefan, bitte die Kurzform. Mach es nicht so spannend“, unterbrach ich ihn.

„Ich hätte euch gerne mehr erzählt, aber die eigentliche Tat ist nicht im Bereich der Kamera, das muss nur wenige Meter weiter links gewesen sein.“

So ein Mist, dachte ich und fragte trotzdem nach: „Stimmt die Zeit vielleicht nicht?“

„Glaub' ich nicht. Da waren kaum Leute unterwegs, aber laut Zeitleiste am unteren Bildrand kommt gegen 11:30 Uhr der Manager ins Bild und geht nach links Richtung Tatort. Er hat zwar eine Sonnenbrille auf und trägt eine Zeitung unterm Arm, aber wir haben seine Facebook-Fotos mit diesen Bildern abgeglichen und wir sind uns sicher, dass er das ist.“

Ich sah zu Rainer und gratulierte ihm innerlich.

„Und jetzt kommt's", meinte Stefan. „Knapp eine Minute später geht er den gleichen Weg zurück, etwas schneller, und hat eine Joggerin dabei, zumindest hat die so einen Dress an. Aber sie muss vorher aus einer anderen Richtung gekommen sein. Wir sind uns nicht wirklich sicher, wer es ist. Aber es sieht so aus, als ob die Joggerin mit ihm nach der Tat flüchtet. Ich tippe mal auf Maja Goldberg."

Mir wurde schon wieder speiübel und ich sah sie vor mir, auf der Dachterrasse des Skyline Plaza, wie sie mich frech anlächelt und wir miteinander anstoßen. In einem amerikanischen Krimi stand einmal, dass man bei ungelösten Fällen nicht nur die Backsteine in der symbolischen Mauer, sondern auch den Zement betrachten sollte, der diese Steine zusammenhält.

Wir hatten uns einfach zu früh auf Stalker und Drogendealer konzentriert, auf einen Perspektivwechsel verzichtet und deshalb keine weiteren Motive mehr in Erwägung gezogen. Und ich hatte mich dann auch noch von lange zurückliegenden Erinnerungen blenden lassen. Mit dieser Videoauswertung war nun alles wieder offen und ich rief unsere Staatsanwältin an.

Konny, Rudi und Steve warteten im klimatisierten Ankunftsbereich auf uns. Wir begrüßten die Fahnder der OPE Flughafen, ich kannte auch die beiden anderen noch aus ihrer Zeit vom Sonderkommando in Sachsenhausen. Konnys Teampartner hätten bei ihrer athletischen Statur ohne Weiteres als Quarterback bei der Frankfurt Galaxy anheuern können. Rudi band seine langen Haare immer noch zum Pferdeschwanz, während Steve seit Jahren eine Glatze hatte. Wenn es irgendwo rundging, wäre ich gerne mit den Dreien als Back-up hingefahren. Wir hatten schon einige turbulente Einsätze in den letzten zwanzig Jahren hinter uns.

Wir stellten uns etwas abseits, so dass wir uns in Ruhe unterhalten konnten und ich brachte sie kurz und knapp auf den Stand der Dinge: „In einer halben Stunde landet das Schlagersternchen Nadine Goldberg zusammen mit ihrer Mutter Maja Goldberg aus Marseille. Wir werden in Absprache mit der Staatsanwältin den Star diskret und abseits festnehmen. Nur sie, nicht die Mutter, ohne Wirbel. Der neue, dringende Tatverdacht liegt darin begründet, dass sie Zugriff auf die Tatwaffe hatte und kein Alibi vorweisen kann. Das ist die offizielle Version. Von uns ist Sabine mit im Flieger, wir bekommen jederzeit aktuelle Meldungen über den genauen Standort nach Verlassen der Maschine. Aus einem Telefongespräch von gestern wissen wir, dass Maja Goldbergs Mercedes im Parkhaus steht. Sie wollten sich nicht abholen lassen und werden beide den Benz nehmen."

Die Jungs hörten aufmerksam zu und Konny schaltete sich ein: „Du hast mir ja vorab schon mal die Flugdaten zum Checken durchgegeben. Ich bleibe mit Sabine bis ins Parkhaus an den beiden dran, dann können wir sie dort festnehmen, auf unserer Dienststelle vernehmen und erkennungsdienstlich behandeln."

„Wir haben einige Handys geschaltet", ergänzte ich. „Uns interessiert die Reaktion der Mutter, ob sie den Manager anruft, wie wir vermuten, und was die beiden dann reden."

Dann kam ich auf den nächsten Punkt: „Wir müssen gleichzeitig diesen Manager, Christoph Heusemann, aufnehmen und observieren."

„Kein Problem, das übernehmen Steve und ich", meldete sich Rudi.

Das schätzte ich an dieser Veteranentruppe. Bei den Jungs musste ich keine großen Worte verlieren. Und das war auch der

Grund, warum am deutschen Tor zur Welt nur erfahrene Fahnder eingesetzt wurden. Ich merkte, wie meine Anspannung stieg, wir standen kurz vor dem Durchbruch.

Wir saßen wieder in unserem BMW und Sabine hielt alle über eine Telefonkonferenz auf dem Laufenden. Schon nach der Landung hatte Maja telefoniert und wir bekamen den Inhalt des überwachten Gespräches parallel von Stefan übermittelt.

„Sie hat sich beim Manager gemeldet, aber von ihrem offiziellen Handy, nicht von dem neu geschalteten Anschluss. Sie wollen erst ihr Gepäck ins Auto legen und dann zum Lunch ins Squaire gehen", fasste er zusammen.

Währenddessen hatte Konny die beiden in der Verfolgung übernommen und wir konnten durch seine Schilderungen über die Telefonkonferenz ihren Weg durch das Terminal 1 nachvollziehen. Maja Goldberg schien gut gelaunt zu sein, während Nadine kaum eine Miene verzog.

Sieh an, im Beisein ihrer Tochter telefonierte sie von ihrem offiziellen und nicht vom geheimgehaltenen Handy. Sie war übervorsichtig, wollte nicht riskieren, dass ihrer Tochter das andere Handy auffiel.

Jetzt meldete sich Rudi auf der Konferenz: „Euer Manager sitzt gerade in seinem Büro auf dem Präsentierteller, wie im Aquarium."

Die Gelegenheit war günstig und ich bestätigte die Aufträge: „Konny, wenn sie am Auto ihr Gepäck einladen, sagt uns Bescheid, wo ihr steht und nehmt Nadine fest. Wir holen euch dann sofort ab."

Rainer sah mich an: „Ich kann da auch alleine hinfahren, du kannst dich ja mit Rudi und Steve um den Manager kümmern", schlug mein langjähriger Kollege vor und zwinkerte kaum wahrnehmbar mit dem Auge. Ich atmete erleichtert durch und war ihm dankbar, dass er diesen Part ohne meine Aufforderung übernahm.

„Okay, das macht Sinn. Danke, Partner."

Er nickte und sagte langsam: „Es wird Zeit, das wir dieses Kapitel endgültig zu Ende bringen."

„Du hast recht", räumte ich ein, stieg aus und machte mich auf den Weg zum Squaire, wobei ich der Telefonkonferenz lauschte und darauf achtete, der Goldberg-Family nicht schon vor dem Showdown über den Weg zu laufen.

Sabine hatte ihre Tasche über die Schulter genommen und folgte den beiden von der Gepäckausgabe durch den Ankunftsbereich in die ewig lange Zwischenpassage am Parkhaus. Die Goldbergs nahmen einen Aufzug und sie blieb dran. Jetzt zahlte sich aus, dass die beiden sie noch nicht gesehen hatten.

Kurz bevor sich die Aufzugtür schloss, betrat ein breitschultriger Typ im Freizeitlook mit Brille und Umhängetasche die Fahrstuhlkabine. Maja hatte schon die Taste für das neunte Stockwerk gedrückt und als Konny verzichtete, eine andere Taste zu drücken, aktivierte Sabine unauffällig die Sprechtaste ihres Dienst-Handys und teilte lakonisch das Ziel via Konferenz mit: „Heute fährt aber auch alles in die neunte Etage." Dann lächelte sie den Fahnder an, den sie von irgendeinem anderen Einsatz her kannte und ignorierte die beiden Frauen. Sie waren jetzt schon weit ab vom üblichen Trubel, so dass die Festnahme nicht in aller Öffentlichkeit durchgeführt werden musste. Neue Online-Fotos vom Star im Fadenkreuz wollte keiner haben, dachte Sabine.

Sie verließen den Aufzug im neunten Obergeschoss und schlossen sich den beiden Frauen an, die in eine der Parkschotten abbogen und Sekunden später einen schwarzen Mercedes erreicht hatten. Weit und breit war niemand zu sehen. Konny gab die genaue Position durch, zeigte dann seinen Dienstausweis vor und sprach Nadine Goldberg an, während Sabine sich neben ihr positionierte.

„Polizei. Frau Goldberg, wir nehmen Sie auf Anordnung der Staatsanwaltschaft Frankfurt wegen des Verdachts eines Tötungsdeliktes vorläufig fest. Sie müssen zur Sache nichts aussagen und begleiten uns jetzt zum Flughafenrevier. Von dort können Sie Anrufe tätigen."

Nadine Goldberg sah beide ungläubig an: „Ich war schon bei der Polizei, ich habe schon eine DNA-Probe abgegeben. Das kann nicht sein!"

Maja Goldberg mischte sich ein: „Das ist bestimmt ein Irrtum, ich protestiere!"

Konny ließ sich nicht beirren: „Keine Diskussionen. Komm Sternchen, auf geht's!"

Der Schlagerstar schien auf der Stelle in sich zusammenzusinken, sie kämpfte mit den Tränen. Und dann spielte Sabine, wie besprochen, den Joker und sagte deutlich und lautstark zu Maja Goldberg: „An Sie wenden wir uns später. Uns interessiert insbesondere, wie ihre DNA an benutzte Kondome in Juan Gonzales' Absteige kommt. Aber dazu werden wir sie noch vorladen."

Nadine fing an zu weinen und schluchzte: „Nein, Mama, das kann doch nicht wahr sein! Sag, dass das nicht wahr ist."

Konny nahm sie am Arm und führte sie Richtung Ausfahrt, wo Rainer am Ende der Parkschotte gerade mit dem BMW vorfuhr. Maja Goldberg blieb fassungslos neben ihrem Mercedes zurück.

Stefan hatte die Kopfhörer aufgesetzt und konzentrierte sich auf Majas neu überwachten Telefonanschluss. Sie rief gerade von ihrem geheimen Handy die andere Nummer an und der Gesprächspartner meldete sich: „Hallo?“

„Ich bin’s“, sagte sie mit bebender Stimme, „du wirst es nicht glauben, die haben eben Nadine festgenommen. Die haben sogar seine Gummis analysiert und wissen, dass ich bei Juan war, ich ...“

„Bleib jetzt ganz ruhig“, unterbrach er sie, „wir holen einen sehr guten Anwalt. Wo ist Nadine jetzt?“

„Sie haben sie mitgenommen. Ich verstehe das nicht! Die Psychotante ist doch gerade erst festgenommen worden, das stand doch in der Zeitung, wieso ...“

„Keine Panik, die wissen nichts. Haben die Bullen deine Handys kontrolliert?“

„Nein, die wollten gar nichts von mir. Die eine Bullenschlampe hat vor Nadine gesagt, meine DNA wäre an Juans Gummis und sie würden mich noch einmal vorladen. Nadine ist ganz hysterisch geworden.“

„Die haben eben alles umgekrempelt. Aber mach dir keine Gedanken, die tappen im Dunkeln, sonst hätten sie dich mitgenommen“, entgegnete er und versuchte, sie aufzubauen: „Wir stehen das zusammen durch. Jetzt müssen wir erst mal Nadine rauskriegen, das kann nicht lange dauern, ich kümmere mich gleich darum. Wir nehmen den besten Anwalt. Was haben die genau gesagt, warum sie Nadine mitnehmen?“

Stefan starrte auf die Bildschirmsymbole des Überwachungsprogramms und hoffte auf eine prägnante Aussage.

„Na wegen ihm, wegen ... eines Tötungsdeliktes“, versuchte sie affektiert die Formulierung des Fahnders nachzuäffen und wechselte dann schlagartig in eine deutlich erregte Stimmung: „Ich war ja dagegen, aber du hast mich breitgeschlagen. Die Nacht war ich bei ihm, in diesem versifften Drecksloch, weil du es mir so gesagt hast. Dieses blöde Dress habe ich angezogen und bin mit ihm joggen gegangen. Und dann stichst du ihn plötzlich ab!"

„Pass auf, was du sagst", entgegnete er verärgert, aber dennoch in gedämpftem Ton. „Wir waren uns einig, ihm eine Lektion zu erteilen, genauso wie dem Tenniskasper in der Badewanne. Und so schlecht war es doch gar nicht mit ihm, in seinem Loch. Das hast du mir selbst genau beschrieben. Du hast ihn zum Joggen mitgenommen und dann abgelenkt, als wir uns getroffen haben. Ohne dich hätte ich ihn nicht so einfach erledigen können, falls du dich erinnerst. Also verlier jetzt nicht die Nerven und sag mir, wo du bist!"

Wieder wechselte ihre Gemütslage, sie schien sich zu beruhigen und hauchte mit brüchiger Stimme: „Es tut mir Leid, Chérie, ich liebe dich." Dann nannte sie ihm ihren Standort im Parkhaus.

„Okay, lass mich kurz nachdenken. Die nehmen erst Nadine ins Kreuzverhör, lassen dich ein bisschen zappeln und dann bist du dran", analysierte er kalt.

„Wie meinst du das? Ich sage wirklich nichts! Ich liebe dich doch!", rief sie beinahe hysterisch. Und dann war ihm endgültig klar, was er jetzt tun musste, er hatte es schon öfters als Notfallplan in Erwägung gezogen.

„Pass gut auf! Erstens: Die Bullen können dich jetzt mal ab sofort am Arsch lecken. Vergiss diesen Kripopenner, ruf ihn bloß nicht an, ist das klar?", insistierte er.

„Ja, klar ..."

„Zweitens: Mach sofort dein Haupt-Handy aus und leg es in den Kofferraum vom Benz. Du lässt nur unser Spezial-Handy an und nimmst das mit, okay?"

„Okay."

„Drittens: Du lässt dein Auto stehen und kommst zu Fuß zum Squaire. Wir treffen uns gleich oben in der Halle, wo es zum Fernbahnhof runtergeht. Hast du das verstanden?"

„Ja, Chérie, ich mach alles, was du sagst", hauchte sie verzweifelt und dann war das Gespräch beendet.

Stefan lupfte die Kopfhörer, gab sofort den aktuellen Stand auf der Telefonkonferenz durch und fragte sich, warum der Typ ihn als Kripopenner bezeichnet hatte.

Christoph Heusemann wog das Handy in seiner Hand, überlegte noch einmal die nächsten Schritte, die er nun nicht mehr vermeiden konnte und ließ die letzten Monate Revue passieren.

Nach dem Sieg in der Casting-Show war eigentlich alles klar. Die Verträge waren geregelt, Nadine hatte wirklich Talent, Maja stand wie ein Fels hinter ihr und war nach einer intensiven gemeinsamen Woche wie Wachs in seinen Händen. Der Alte war ausgezogen, bremste nicht mehr und alles ging seinen Weg. Sein Blick fiel durch die Glasscheibe hinunter in das Atrium. Einige sommerlich gekleidete, durchreisende Touristen bummelten mit ihren Rollkoffern durch den Westflügel.

Nadine hatte schon eine Woche nach dem Finale, kaum war die erste CD aufgenommen, ihr angebliches Burn-out. Wovon nur? Sie hatte doch noch nie im Leben etwas gearbeitet. Er steckte das Handy ein, stand auf, nahm sein Smartphone zur Hand und buchte damit ein Online-Ticket bei der Deutschen Bahn. Dann schickte er das Ticket per Bluetooth auf seinen Drucker und nahm es wenige Sekunden später aus dem Ausgabefach.

Ihm fiel ein, wie Nadine noch mal mit dem Tennis angefangen und sich gleich in ihren Tennislehrer verknallt hatte. Zum

Glück war der Trottel so doof und erzählte ihm schon beim ersten Bier, dass er mit Nadine nach Spanien auswandern wollte. Der Kleine freute sich wie ein Kind, als er ihm einige Tage später bei einem Besuch in seinem Appartement Internet-Ausdrucke von Immobilien in Andalusien präsentierte. Dann sah er ihn vor sich, den kleinen Spanier, wie sie zur Feier des Tages noch ein Bier bei ihm tranken und er ihm unbemerkt die Tropfen ins Glas verabreichte. Der Rest war ein Kinderspiel. Er legte ihn in die Badewanne, ließ Wasser ein und inszenierte den perfekten Selbstmord, wie er es schon vor vielen Jahren gelernt und immer wieder erfolgreich praktiziert hatte.

Er dachte an die Zeit bei seiner alten Truppe, seine besten Jahre bis zur Wende und danach die harte Phase als Freelancer im Westen, bis er sich genügend Startkapital für sein Start-up als Manager zurückgelegt hatte. Und jetzt so eine Scheiße mit diesen blöden Weibern. Er hatte die Hühner völlig überschätzt. Wie ein blutiger Anfänger, dachte er und ärgerte sich über sich selbst. Dann hatte er das Erdgeschoss im Treppenhaus erreicht und ging durch die Glastür in das Atrium des Westflügels.

„Er kommt raus, Richtung Rolltreppe abwärts, hat gerade ein Handy herausgeholt", meldete sich Rudi auf der Telefonkonferenz. Der Manager ging ohne Eile und bediente das Handy einhändig.

„Ich übernehme, wenn er die Rolltreppe runterkommt", meinte Steve, der eine Ebene tiefer beim Italiener einen Espresso trank. Ich saß mittlerweile im hinteren Bereich eines Cafés, das neben der Haupthalle und über dem Fernbahnhof lag, und schaltete mich ein:

„Wir warten noch mit dem Zugriff, bis sie sich treffen. Vielleicht telefonieren sie noch einmal, das wollen wir uns nicht entgehen lassen, und ich will sie bei der Festnahme zusammen haben. Dann können wir sie vielleicht umdrehen." Nach Stefans Auskunft reichte das letzte Gespräch der beiden schon jetzt für eine Anklage aus und er hatte noch erläutert, wie labil sie reagiert hatte. Ein Geständnis von Maja Goldberg würde eine Anklage gegen Christoph Heusemann deutlich untermauern.

„Er hat jetzt die Rolltreppe erreicht und telefoniert", meldete sich wieder Rudi. Vielleicht wurde es jetzt noch einmal interessant.

Er hatte die Rolltreppe erreicht und nahm das Spezial-Handy ans Ohr, um sie noch einmal zu instruieren. In dieser Situation wollte er sich keine Schnitzer mehr erlauben. Er trat auf die erste Stufe und musste an die Psychotante denken. Als sie ihnen den Indianer bei einem Abendessen vorstellte und Nadine sofort auf ihn ansprang, reifte die Idee, und er hatte sich entschieden, den Hintergrund der beiden aufzuklären, damit sein Plan für den Ausnahmefall stand. Das kostete ihn lediglich einen Besuch mit dem Fitnesstrainer im FKK-Club, zwei Flaschen Schampus und ein Bad im Whirlpool mit zwei Girls. Der Typ war zwar nicht so blauäugig wie der spanische Tennislehrer, aber auch nicht wirklich raffiniert. Und nachdem er gesehen hatte, wie der Latino bestückt war, konnte ihm die Psychotante erzählen, was sie wollte. Von wegen interessante Gespräche. Was ihm der Indianer im Saunaclub ausführlich bestätigte, als er mit ein paar anerkennenden Bemerkungen sein lateinamerikanisches Ego angesprochen hatte. Dass der Fitnesstrainer es auch mit beiden zusammen getrieben hatte, überraschte ihn nicht. Vielleicht gehörte der flotte Dreier zu einer neuen, ganzheitlichen Psychotherapie.

Als er auf der tiefer gelegenen Ebene ankam, klingelte es endlich. Er ging ein paar Meter, blieb an einem Zeitschriftenladen stehen, betrachtete die Auslagen und konzentrierte sich auf das Telefongespräch, als sie sich endlich meldete: „Ja, Chérie?"

„Bist du schon da?", fragte er und sah in Richtung Glaskuppel über dem Fernbahnhof.

„Ich stehe kurz vor dem Übergang, direkt über den Bahnsteigen", gab sie zurück, immer noch besorgt.

„Bist du sicher, dass dir keine Bullen folgen?" Ein weiteres Brikett lag in ihrem Ofen der Angst.

„Ich ..., ich kann es nicht sagen. Wieso kommst du auf einmal darauf?", gab sie unsicher zurück, ihre Stimme war kurz vorm Kippen.

Er schwieg für einen kurzen, taktischen Augenblick, um sie noch weiter zu verunsichern und dann den nächsten Schritt mit ihr vorzubereiten. Sie würde alles machen, was er sagte, daran hatte er keinen Zweifel. Er musste nur die richtigen Knöpfe drücken, so wie sie es ihm damals, vor seinem ersten Einsatz, beigebracht hatten, kurz nach seiner Jugendweihe.

„Okay, Baby", rief er eine verbale Blaupause auf, die bei ihr immer gezogen hatte: „Wir treffen uns unten im Fernbahnhof auf dem Bahnsteig von Gleis sechs, in der Mitte, jetzt gleich. Sag es mir noch mal, Baby. Wo treffen wir uns?"

„Gleis sechs, in der Mitte. Ich gehe gleich runter, Chérie, ich liebe dich."

„Ich dich auch Baby, wir kriegen das alles hin. Bis gleich."

Er drückte die Off-Taste, steckte das Handy ein, nahm seine Sonnenbrille aus der Innentasche des Sakkos, setzte sie auf und scannte routinemäßig die nähere Umgebung ab. Nichts Außergewöhnliches. Keine Zivilbullen weit und breit, keine jungen Typen in legeren Outdoor-Klamotten, die auffällig unauffällig herumlungerten. Sein Blick fiel zur Glaskuppel, die sich wie der gläserne Panzer eines riesigen Insektes über dem Fernbahnhof wölbte. Es würde wieder funktionieren, denn das war nicht das erste Mal.

Ich hatte mich im Café in den hinteren Bereich verzogen, damit er mich nicht zufällig entdeckte. Stefan meldete sich wieder: „Er hat sie zum Gleis sechs am Fernbahnhof bestellt und sie gefragt, ob sie irgendwelche Bullen gesehen hat."

In diesem Moment passierte Christoph Heusemann das Café. Ich sah ihn aus meiner verdeckten Position von hinten und hielt mich weiter bedeckt. Kurz darauf war er an einer Treppe, die zu den Gleisen hinunterführte. Er blickte auf seine Armbanduhr und ging die Stufen runter. Als er aus meinem Sichtbereich war, wagte ich mich aus der Deckung und sah Steve und Rudi, die einige Meter versetzt vor mir gelassen zur Treppe gingen. Sie sahen aus wie zwei altgediente amerikanische Veteranen in lässigen Freizeitklamotten, auf einem Zwischenstopp zurück in die Staaten. Ich drückte meine verdeckte Sprechtaste: „Okay, wir nehmen sie auf dem Bahnsteig fest, wenn sie aufeinandertreffen", entschied ich.

Mein Adrenalinspiegel machte einen Sprung, nicht nur wegen dieser wichtigen Festnahme. Vielleicht zog Maja den Vorhang hoch und unsere Affäre kam heraus. Aber da musste ich jetzt nun einmal durch. Ich trat aus dem Café in die Halle und folgte den Jungs zur Treppe in die nächste Tiefebene.

Der Manager nahm gelassen und mit langsamen Schritten die Treppe hinunter zum Gleis, atmete tief durch und versuchte sich zu konzentrieren. Damit tauchten die Erinnerungen auf, mit denen sie ihn für immer reinreiten konnte, wenn sie wirklich kippen sollte. Er konnte es sich nicht leisten, dass die Bullen schlimmstenfalls auch noch eine DNA-Probe von ihm nahmen. Vielleicht hatte er doch irgendwo eine Spur hinterlassen, bei einem seiner unzähligen Jobs. Er musste auf jeden Fall verhindern, dass sie auspackte. Verdammt! Warum war er bei diesen blöden Weibern nur so leichtsinnig geworden? Die entscheidenden Bilder flogen in Sekundenbruchteilen an ihm vorbei.

Er hatte am Nidda-Ufer gewartet, am Fahrradweg, als Maja mit Juan zum Joggen aus der heruntergekommenen Pension herauskam. Sie hatte ihm noch eine SMS von ihrem alten Handy geschickt, als der Indio kurz im Bad war. „Okay, gleich geht's los", las er zufrieden und steckte das Wegwerf-Handy in die linke Hosentasche. Weit und breit war niemand zu sehen, sonst hätte er umdisponiert und sie nach der Rückkehr in der Schweinebude erwartet. Kurz darauf kamen die beiden angetrabt. Maja hatte dem Fitnesstrainer schon am Morgen, wie vereinbart, beiläufig erzählt, dass sie Nadines Manager kurzfristig wegen eines geplanten Artikels dringend treffen müsse.

Der Indio hatte natürlich Verständnis für den „Jefe", wie er ihn respektvoll seit dem letzten Besuch im FKK-Club nannte. Als sie ihn erreicht hatten, sah er sich noch einmal um: Kein Schwein zu sehen, gute Gelegenheit.

Das Steak-Messer lag in seiner rechten Hand, die in einem blauen Latexhandschuh steckte, um keine neuen Spuren zu übertragen. Eine Tageszeitung war um die Hand gerollt und er hielt sie von innen mit dem Daumen geschickt fest, auch eine alte, aber immer wieder sauber funktionierende Technik.

„Hola, Jefe!", begrüßte ihn Juan und streckte ihm sofort dienstbeflissen die Hand hin. Maja stieß den Trainer in die Seite und nutzte damit gleich die erste Gelegenheit zur vereinbarten Ablenkung: „Juan, benimm dich! Damen zuerst!", und streckte ihm ihre Hand zum Gruß entgegen. Der Indianer drehte sich für einen Augenblick verwundert zu ihr um, sein letzter Fehler.

Seine Hand fuhr blitzschnell nach vorne, er ließ die Zeitung fallen und führte die Klinge gezielt und kraftvoll unter den linken Brustmuskel des Lateinamerikaners. So hatte er es schon ein paar Mal gemacht, auf Bahnhofstoiletten oder in Seitengassen von üblen Vororten. Überall dort, wo man einen Auftragsmord an einem arglosen Passanten als Raubmord tarnen konnte. Nur, dass er ihn hier nicht zum Schein hinterher nach Bargeld filzte. Das war nicht nötig.

Er zog die Klinge sofort wieder heraus, um den Blutabfluss zu beschleunigen und ging dabei einen Schritt zurück. Zuerst dachte er, der Indio hätte es gar nicht bemerkt, aber dann sah der ihn ungläubig an, der Blick trübte sich und er sah auf sein schwarzes T-Shirt, das schlagartig feucht wurde. Dann kreuzte er instinktiv seine Arme vor der Brust, als wolle er das entweichende Leben verzweifelt festhalten. Der Schock trat blitzartig ein und er sackte zusammen.

Die Bilder verschwanden, er hatte die Ebene erreicht und fokussierte sich auf die kommenden Minuten. Sie stand in der Mitte des Bahnsteigs, hatte ihre Sonnenbrille aufgezogen und zupfte nervös an ihrer Segeljacke. Kein Gepäck, keine Tasche, sie hatte sich genau an seine Vorgaben gehalten. Er sah auf die Anzeige, die den ICE wie geplant ankündigte. Das Timing war perfekt, er lag genau im Zeitplan. Zu dieser Zeit war der Bahnsteig von Dutzenden Fluggästen überlaufen, die nach ihrer Landung mit dem ICE weiterfahren wollten. Noch bevor er Maja Goldberg erreicht hatte, kam die Durchsage für den einfahrenden Zug. Er nahm das Online-Ticket aus seiner Tasche, setzte eine versteinerte Miene auf und winkte sie zu sich. Dabei schwenkte er schon in Richtung Bahnsteig. Sie kam sofort auf ihn zu und als sie neben ihm stand, instruierte er sie kurz und deutlich: „Du nimmst jetzt den ICE nach Köln, dann bist du für die Bullen nicht mehr greifbar. Dort nimmst du ein Zimmer im Hotel am Dom, du weißt wo. Ich kümmere mich um Nadine und melde mich dann. Gib mir jetzt dein Spezial-Handy."

Sie nahm das Wegwerf-Handy aus ihrer Segeljacke und gab es ihm. Er steckte es ein und hielt ihr das ausgedruckte Online-Ticket hin. Sie griff sofort zu, wie nach einem rettenden Strohhalm.

Ja, das passte. Und genauso würde er es den Bullen sagen: Sie wollte nach Köln, zu irgendeiner Freundin. Nach Nadines Festnahme war sie völlig aufgelöst und er hatte ihr ein Ticket besorgt, wollte ihr eigentlich nur helfen, so wie immer. Aber damit konnte er doch wirklich nicht rechnen! Wie tragisch und das doch nur, weil ihre unschuldige Tochter festgenommen worden war. Die konnten sich warm anziehen, die Bullen, dafür würde er sorgen. Sein alter Genosse beim Kurier würde sich über die Story freuen.

Er nahm sie am Arm und zog sie an sich heran. Im Augenwinkel sah er den ICE in die Halle rauschen. Die Fahrgäste drängelten sich, um mit ihren Koffern einen guten Platz zu bekommen und achteten nur auf den einfahrenden Zug. Mit zwei Schritten war er mit ihr in der nächsten Traube von Urlaubern, die alle mit sich selbst beschäftigt waren. Sie ließ sich von ihm führen, wie ferngesteuert, nur mit seinem Druck auf ihrem Arm und er raunte ihr noch einmal zu: „Komm, Baby."

Sie ging einen Schritt vor, der ICE kam unaufhaltsam näher, er verdrehte kurz ihren Arm, sie gab nach und musste vor Schmerz einen weiteren Ausfallschritt machen, so dass er ihren Schwung mitnehmen konnte und sie vor den einfahrenden Zug auf das Gleis stieß.

Steve hatte noch einen Meter auf dem Bahnsteig zu überwinden, als der Typ sie in eine Gruppe von Urlaubern zog. Was sollte das denn jetzt? Der Zivilfahnder sah nur kurz über die Schulter, Rudi war im Anmarsch, wenige Meter hinter ihm. Showtime, dachte er, drehte sich wieder nach vorn und sah gerade noch, wie Maja Goldberg auf die Gleise stürzte. Er bemerkte den ICE aus dem Augenwinkel und sprang trotzdem intuitiv hinterher. Irgendwie wusste er, dass es noch reichen würde. Die nächsten Sekundenbruchteile sah er wie in Zeitlupe vor sich.

Die Sonnenbrille war ihr vom Gesicht gerutscht, sie hatte noch versucht, auf den Füßen zu landen, war aber umgeknickt, kniete jetzt aufrecht und sah ihn aus großen Augen verzweifelt an. Irgendwer schrie im Hintergrund und dann ging alles automatisch. Er landete direkt neben ihr im Schotter des Gleisbettes, machte einen Ausfallschritt, packte ihren Unterarm fest wie im Schraubstock und sprang sofort in das benachbarte Gleis. Sie wog kaum etwas, stieß einen lauten, schrillen Schrei aus und wurde mit ihm katapultartig in das Nachbargleis geschleudert. Ein warmer Luftzug erfasste sie beide, als sie unsanft im Schotter landeten. Dann hörte er das schrille Kreischen der viel zu spät eingeleiteten Notbremsung des ICEs.

Rudi rannte etwa zehn Meter vor mir, ich hielt mich direkt neben dem einfahrenden ICE an der Bahnsteigkante, um schneller vorwärts zu kommen. Die grellen Schreie der umstehenden Urlauberinnen hallten in meinen Ohren. Ich hatte gerade noch sehen können, wie Steve sie am Arm gepackt hatte und mit ihr in das Nachbargleis gesprungen war, bevor mir der ICE die Sicht nahm. Der Manager zögerte keine Sekunde. Er drehte sich entgegen der Fahrtrichtung des ICE und spurtete los, Rudi war nur wenige Meter hinter ihm. Das war kein Bürotyp, schoss es mir durch den Kopf. Wie hatten wir das nur übersehen können? Er rannte auf dem Bahnsteig immer weiter und ich rief via Telefonkonferenz nach Unterstützung. Stefan meldete sich sofort und so gab ich ihm fortlaufend die Standortmeldungen des Flüchtenden durch.

Christoph Heusemann rief seine über Jahre trainierten körperlichen Reserven auf und rannte konzentriert Richtung Ostseite des Fernbahnhofes. Diese blöden Bullen, sie hatten ihn verarscht, die blöde Schlampe als Köder benutzt und jetzt saß er ganz dick in der Tinte. Er rannte weiter den Bahnsteig entlang und wusste, dass jetzt nur noch sein von langer Hand vorbereiteter Fluchtplan half. Er war aufgeflogen, verdammte Scheiße. Zum Glück hatte er Vorkehrungen getroffen, für den Fall der Fälle. Das Fluchtauto mit Bargeld und falschen Reisepässen stand auf einem Parkplatz in der Stadt. Ein Rucksack mit Wechselklamotten und Tarnmaskerade war im Lüftungsschacht einer Toilette im Sheraton deponiert. Und er musste jetzt nur noch aus diesem beschissenen Bahnhof rauskommen, sich auf der Toilette im Hotel umziehen, sein Äußeres verändern und dann konnte er ganz locker in die Stadt fahren und mit seinem Fluchtauto zum nächsten Versteck abhauen. Er würde die Bullen abhängen, das war klar. Er würde sich nicht reinsetzen, nicht nach all den Jahren.

Ich gab weiter die Fluchtrichtung über die Konferenz durch. Er gewann an Vorsprung, doch wir blieben an ihm dran. Mittlerweile hatte er in vollem Lauf mehrere Gleise und den anderen Bahnsteig wie ein jugendlicher Parcourläufer überquert und die Halle des Fernbahnhofes an der Ostseite verlassen. Ich bemerkte ärgerlich, wie sehr wir ihn doch unterschätzt hatten. Rudi und ich bemühten uns, an ihm dranzubleiben, doch sein Vorsprung wurde immer größer. Dann erreichte er die A 3, die mehrspurig zwischen Fernbahnhof und Flughafen verlief. Der Autoverkehr hier war atemberaubend, ein Auto nach dem anderem jagte an uns vorbei. Und dann sprang er über eine Leitplanke, landete auf dem Seitenstreifen der Autobahn und rannte entgegengesetzt zum Verkehr.

Er sah kurz auf die andere Seite der Autobahn. Dann konzentrierte sich auf die Autos. Das letzte Mal war er so am Stadtrand von Paris abgehauen, als ein Auftrag beinahe schiefging und ihn die Bodyguards eines gerade verblichenen Scheichs verfolgten. Es endete im Chaos, weil der erste Leibwächter, der ihm nachrannte, von einem Auto erfasst wurde. Die anderen schossen ihm aus allen Rohren hinterher, er schlug Haken und rannte auf der anderen Seite hunderte von Metern weiter, während hinter ihm die Katastrophe ausbrach, bis er von einer Autobahnbrücke in die Seine sprang.

Jetzt war die Gelegenheit günstig, und er lief dem Verkehr schräg entgegen, so dass er die Geschwindigkeit der Fahrzeuge und ihre Ausweichmanöver besser einschätzen konnte. Er wusste ganz genau, dass ihm die Bullen nicht hinterherlaufen würden. Das war im Gehalt nicht drin. Und jetzt hatte er seine letzte Chance, da drüben lagen Flughafen und Sheraton, er kannte sich hier ganz genau aus. In wenigen Minuten würde er im Labyrinth des Flughafens verschwunden sein.

Ich erreichte die Leitplanke vor dem Seitenstreifen, blieb aber dahinter und lief parallel dazu die Autobahn entlang. Rudi lief einige Meter vor mir und hatte seine Dienstwaffe gezogen. Der

Manager rannte weiter auf dem Seitenstreifen, bog aber plötzlich schräg über die Autobahn frontal in den entgegenkommenden Verkehr ab. Der erste Fahrstreifen war frei. Als er drüber war, kam hinter ihm ein LKW, der eine Vollbremsung hinlegte und trotzdem noch an uns vorbeirauschte. Rudi hob die Dienstpistole. Der Killer im Anzug sprintete haarscharf vor einem knallroten Kleinwagen über den zweiten Fahrstreifen und erreichte den dritten, als sein rechter Fuß umknickte und er auf die Knie fiel. Der schwarze Audi, der aus dem Nichts heranschoss, erwischte ihn frontal. Es gab einen unwirklichen Schlag, den ich deutlich hörte, und er wurde wie ein nasser Sack zurück auf die zweite Fahrspur geschleudert, wo er reglos liegenblieb. Dann begrub ihn die Zugmaschine eines LKW unter sich. Rudi steckte seine Dienstwaffe weg und sah zu mir, ich nickte ihm zu und gab auf der Telefonkonferenz die Lage durch.

Im Strafrecht gab es schon lange kein lebenslänglich mehr. Aber die Autobahn kannte keine Gnade.

Epilog

Ich fuhr durch die klare Sommernacht und hielt mich mit starkem Kaffee aus einem Plastikbecher wach. Der schwarze Audi, ein Leihfahrzeug unserer Personenschutzgruppe, lag auch bei Tempo 200 wie ein Backstein auf der Autobahn. Ich versuchte, mich auf das im Scheinwerferlicht vor mir liegende Asphaltband der Autobahn auf dem Weg nach Spanien zu konzentrieren. Die verschiedenen CDs mit Songs der 80er hielt mich halbwegs bei Laune, doch die letzten Tage und die Zeit mit Maja vor dreißig Jahren flogen vor meinem inneren Auge an mir vorbei und kamen weiterhin unweigerlich aus den Tiefen der Schatzkiste, ob ich wollte oder nicht. Aber nach den Ereignissen der letzten Tage erhielt die unbeschwerte Vergangenheit einen bitteren Beigeschmack.

Maja hatte nach ihrer Festnahme am Fernbahnhof die Aussage verweigert und sofort einen Topp-Anwalt engagiert. Das war mir persönlich gar nicht so unrecht, weil damit unsere letzte Affäre nicht bekannt werden würde. Ihre Aussagen von der Telefonüberwachung und die von Sabine während der Observation aufgenommenen Videos belasteten sie, unabhängig vom Tod des Managers. Insbesondere das vorletzte, hochemotionale Telefongespräch mit Christoph Heusemann hatte sie beide belastet und Michaela Dorfner endgültig entlastet.

Wir hatten uns noch einmal die jeweiligen Aufzeichnungen der Telefonüberwachungen im Original angehört und ich war über eine Äußerung des Musikmanagers gestolpert: *Wir waren uns einig, ihm eine Lektion zu erteilen, genauso wie dem Tenniskasper in der Badewanne…*

Hatte er auch den Spanier ermordet? Waren wir zu nachlässig und hatten einen vorgetäuschten Suizid nicht als Tötungsdelikt erkannt? Diese Fragen brannten mir die letzten Nächte auf der Seele und wir hatten in seinem Büro und auf den Datenträgern alles von unten nach oben gedreht. Die Lösung fand sich auf einem Smartphone, ein Foto von Jaime Cortez in seiner Badewanne, in der angeblich suizidalen Position. Ein Foto als Trophäe. Vielleicht als Beweis für Maja, wozu er im Stande war.

Wir würden es nicht erfahren, wenn sie weiterhin keine Angaben machte. Aber Maja Goldberg verlor kein Wort und Nadine brach bei ihrer Nachvernehmung endgültig zusammen. Wir hatten danach Frau Dorfner hinzugezogen, die Kurt Goldberg verständigte. Ihr Stiefvater nahm sie bei sich auf und schirmte sie von den Medien ab. Nadine hatte die Wahrheit verdient, da waren wir uns einig, nicht nur weil sie schon so oft belogen wurde. Und jetzt musste sie für sich einen Weg finden.

Der Kurier hatte sofort online und am nächsten Tag in der Printausgabe ausführlich mit spektakulären Fotos von zahlreichen Leserreportern berichtet. Neben der Schlagzeile „Star im Fadenkreuz! Manager als Killer im Showdown am Airport getötet!“ sah man eine Totalaufnahme vom Squaire und einen mit einer silbernen Rettungsdecke bedeckten Leichnam neben einem LKW. Auf einem anderen Foto sah man, wie der Leichnam in einen grauen Van geladen wurde. Maja Goldberg wurde in einem Nebensatz als Opfer des Killers dargestellt, der Stalker wurde mit keiner Silbe mehr erwähnt. There's no business like show business, ging es mir durch den Kopf.

Stefan hatte Majas Alibi durch umfangreiche Ermittlungen bei Fluggesellschaften eindeutig widerlegt. Sie war am Vorabend der Tat nach Köln geflogen. Die Online-Buchung einer Charter-Fluggesellschaft bestätigte dies. Dann war sie nachmittags wieder zurück nach Südfrankreich geflogen, um offiziell angeblich überrascht und hochbetrübt am nächsten Tag wieder nach Frankfurt zurückzukehren. Ihr Alibi war damit erledigt, und ihre Anklage stand in Verbindung mit den abgehörten Telefongesprächen.

Bei Montpellier holten mich weitere Bilder meiner Vergangenheit ein. Joe Cocker und Jennifer Warnes sangen im Duett „Up where we belong“, während ich im Geiste Maja im Kino im Arm hielt und der Abspann zum Film „Ein Offizier und Gentlemen“ lief.

Victor Meerfeld, hauptberuflich Fotograf, hatte einen festen Wohnsitz und wurde nach der Durchsuchung seiner Wohnung und erkennungsdienstlicher Behandlung wegen fehlender Haftgründe entlassen. Das Ermittlungsverfahren wegen Nachstellung würde schon bald zur Anklage und Gerichtsverhandlung führen. Auch er hatte keine Aussage gemacht und wir konnten nur mit Mühe und durch Nadines Angaben rekonstruieren, dass er vor einigen Monaten bei einer After-Show-Party ohne Einladung aufgetaucht war und die Security ihn deshalb hinausgeworfen hatte. Nadines Anwalt hatte nach unserer Festnahme ein gerichtliches Annäherungsverbot erwirkt.

Christoph Heusemann blieb ein Rätsel. Der Abgleich der Fingerabdrücke und DNA ergab keinen Treffer und seine persönliche Geschichte konnte nicht nachvollzogen werden. Er hatte sich erst vor zwei Jahren nach mehreren Auslandsaufenthalten in Frankfurt niedergelassen und auch die Durchsuchung des Penthouses am Riedberg ergab keine weiteren Hinweise.

Bei Barcelona lauschte ich den legendären Pointer Sisters zu „I'm so excited" und groovte mit Maja ausgelassen in der damals heißesten Disco der Stadt. Dann holte mich der faule Nachgeschmack der letzten Tage unerbittlich ein und hüllte diese Erinnerungen in düsteren Nebel.

Als die Sonne über dem Mittelmeer aufging, hatte ich die kleine Küstenstadt erreicht und einen klaren Schlussstrich unter meinen Fehltritt gezogen. Ich parkte neben einem Café direkt am Hafen. Felipe wartete schon an einem der Tische und begrüßte mich freundlich: „Hola, Thomas!"

Er hatte schwarze kurzgeschnittene Haare, die an den Spitzen schon grau ansetzten, trug ein weißes Hemd und einen grauen Anzug. Bereits als ich ihn kennenlernte, legte er großen Wert auf ein gepflegtes Äußeres. Wir gaben uns freundschaftlich die Hände: „Hola, Felipe! Schön, dass du Zeit für mich hast", grüßte ich in gebrochenem Spanisch zurück. Wir kannten uns, seit uns eine Ermittlung vor einigen Jahren nach Mallorca geführt hatte und er uns als Leiter der örtlichen Mordkommission unterstützt hatte. Heute war er Chefermittler in einer Metropole auf dem spanischen Festland und hatte mir bei meinem Anruf sofort seine Unterstützung zugesagt.

Er sprach fließend Deutsch mit fränkischem Akzent. Sein Vater hatte in Nürnberg als Kellner in einem Gasthof gearbeitet und dann die Chefin geheiratet. Der kleine Felipe hatte vor fünfzig Jahren das Licht der Welt erblickt und war in seinen ersten Lebensjahren dort aufgewachsen, bis er Jahre später in die Heimat seines Vaters ging.

Er winkte den Kellner heran und wir bestellten zum Frühstück Milchkaffee und gezuckerte Schmalzkringel, die regionalen Spezialitäten, die mich wieder unangenehm an mein Hüftgold erinnerten. Ich sah zwischen den Segelbooten auf das tiefblaue Meer, das im Licht der aufgehenden Sonne in verschiedenen Farbtönen, von Marineblau über Türkis bis in ein helles Blau, schimmerte. Während unseres Frühstücks erzählte ich Felipe den ganzen Fall, mit Ausnahme meiner Affäre mit Maja Goldberg. Er hörte aufmerksam zu und wir einigten uns auf eine Linie. Dann gingen wir gemeinsam den schwersten Gang, den Polizisten gehen konnten.

Die Wohnung lag in einem kleinen Haus in einer schmalen Seitengasse, über der Leinen mit schneeweißer Wäsche zwischen den Fenstern hingen. Felipe hatte uns angemeldet, das Ehepaar hatte sofort zugesagt und sich für unseren Besuch fein gemacht. Sie waren beide in unserem Alter, trugen schwarz und hatten bereits Kaffee und Kekse auf dem Wohnzimmertisch bereitgestellt. Hier war es angenehm kühl, während es draußen schon unerträglich heiß wurde.

Wir nahmen uns Zeit, tranken einen Kaffee, hörten ihnen zu und konnten den Schmerz über den Verlust ihres Sohnes nicht annähernd nachvollziehen, obwohl Felipe und ich selbst Väter erwachsener Kinder waren. Aber das konnte man wahrscheinlich erst, wenn einem das Schicksal selbst solch eine Bürde auferlegte. Auf einer Anrichte standen Pokale und Fotos von Jaime Cortez, die ihn in verschiedenen Posen bei Tennisturnieren zeigten.

Ich erzählte vom Tod ihres Sohnes und Felipe übersetzte einfühlsam. Als ich die Flucht des Mörders schilderte, fing Jaimes Mutter leise zu weinen an und griff mit einer Hand an ihr goldenes Kreuz, das sie an einer Halskette trug. Ihr Mann nahm ein blütenweißes, mit Mustern besticktes Stofftaschentuch aus seinem schwarzen Sakko, gab es ihr, und nahm sie dann in den Arm.

Er war ihr einziger Sohn, übersetzte Felipe, und ich dachte wieder an Maja und was sie und dieser Manager angerichtet hatten. Wie leichtfertig sie Menschenleben auf dem Altar scheinbaren Ruhms, Erfolgs und Kapitals geopfert hatten. Einschließlich der Seele ihrer Tochter. Ich nahm eine Fotomappe aus meinem Rucksack, klappte sie auf und zeigte den Eltern die ausgewählten Fotos vom Unfallort. Die erste der Übersichtsaufnahmen zeigte die Unfallstelle aus der Helikopterperspektive, einen Teil des Squaire und die querstehenden Fahrzeuge. Die nächsten Aufnahmen zeigten den LKW und den aus der Ferne aufgenommenen, verunglückten Manager. Felipe übersetzte, wie die letzten Minuten des Mörders verlaufen waren. Sie nickten beide synchron und dann fing auch der Vater an zu weinen. Er bedankte sich vielmals, dass ich aus Deutschland gekommen war, um ihnen die Wahrheit über den Tod ihres Sohnes zu erzählen.

Als wir uns aufmachten, umarmten sie mich beide fest zum Abschied und ich war froh, ihnen wenigstens die schmerzende Illusion genommen zu haben, dass sich ihr Sohn selbst umgebracht hatte. Und sie hatten die Gewissheit, dass sich der Mörder vor unserem höchsten Richter verantworten musste.

Felipe hatte sich verabschiedet und ich saß wieder in dem Café am Hafen unter einem Sonnenschirm. Die Sonne brannte unerbittlich vom Himmel und ich studierte gerade die Speisekarte mit den Tapas, als eine Mail auf meinem privaten Smartphone angekündigt wurde. Wenige Sekunden später las ich die Nachricht des Labors für Gendiagnostik aus München:

„Die von ihnen eingesandte Speichelprobe stimmt in den relevanten Teilen nicht mit dem als Scan übersandten, anonymisierten DNA-Profil der weiblichen Person überein. Eine Vaterschaft zu dieser Person ist daher ausgeschlossen."

Ich war einfach nur erleichtert. Aber die Persönlichkeit meiner ehemaligen Freundin, erschien mir, mit all ihren bunten Facetten, wie ein ungelöstes Rätsel. Sie schien fortwährend auf der Flucht vor sich selbst zu sein. Nadine spiegelte die gespaltene Persönlichkeit ihrer Mutter wider. Und damit wurden sie zum Spielball für andere.

Ein Moped parkte vor dem Café, ein verliebtes Pärchen stieg ab und sie setzten sich an den Nachbartisch. Sie waren beide etwa Mitte zwanzig, dem Gespräch nach Studenten und genossen einfach ihre schöne Zeit.

Ich stellte mir für einen Moment vor, was wohl passiert wäre, wenn Nadine ein Studium dem Show-Geschäft vorgezogen hätte. Wenn sie nicht dem Ruf des Glamours, sondern dem Rat ihres Stiefvaters gefolgt wäre.

Ich sah wieder zu den beiden Verliebten am Nachbartisch und wünschte mir, dass auch Nadine und Jaime eine gemeinsame Chance bekommen hätten.

„The easy ones were nearly always trouble:
frigid or nympho,
shitzy or commercial or alcoholic,
sometimes all five at once.
Their nicely wrapped gifts of themselves
often turned out to be homemade bombs,
or fudge with arsenic in it.“

„Never sleep with anyone
whose troubles are worse than your own.“

Ross Macdonald, „Black Money“

Der Autor

Andreas Schäfer ist Polizeihauptkommissar beim Polizeipräsidium Frankfurt am Main und versieht seit über einem Jahrzehnt Dienst in der Mainmetropole. In den letzten Jahren war er unter anderem als Zivilfahnder im Rotlichtmilieu am Hauptbahnhof im Einsatz. Im Societäts-Verlag sind von ihm bis jetzt „Mainhattan Blues“ (2003), „Mainhattan Ice“ (2005) und „Mainhattan Hearts“ (2009) erschienen.

Andreas Schäfer
Mainhattan Hearts

In der Single-Großstadt Frankfurt macht ein Phantom Jagd auf einsame Frauenherzen. Für Bach kein leichter Fall, denn er ist persönlich betroffen: das erste Opfer, eine junge Joggerin, ist die Tochter eines alten Freundes und pensionierten Kollegen. Verzweifelt sucht er nach ihrem Mörder, als die nächste grausame Tat passiert: eine Enthüllungsjournalistin wird erschlagen in ihrer Wohnung aufgefunden. Der Autor zeigt in seinem Frankfurt-Krimi wie schmerzlich es für einen Polizisten sein kann, wenn beide Gewissen nicht immer einer Meinung sind.

224 Seiten,
gebunden mit SU
ISBN 978-3-7973-1159-7
14,80 Euro

Udo Scheu

Frankfurter Kreuz

Die bizarre Glaubensgemeinschaft einer Frankfurter Freikirche trifft während einer Prozession am Mainufer plötzlich auf einen Toten. Er ist unter einer Brücke aufgebahrt, als sei er ans Kreuz genagelt. Aus seinem geöffneten Mund hängen einige Goldfäden. In seinen Kleidern findet sich ein Kreuzworträtsel, dessen Lösung seinen Vornamen ergibt. Sensationsreporter Dennis Hauschild recherchiert an historischen Frankfurter Stätten nach einem Schädeltorso mit Goldanhaftungen und bringt so erstes Licht in das Dunkel. Staatsanwalt Schultz und Kriminalhauptkommissar Schreiner stehen vor einem Rätsel.

264 Seiten, Broschur
ISBN 978-3-95542-142-7
12,80 Euro

UF WWW.SOCIETAETS-VERLAG.DE